世纪微小说
精选100篇

中国微型小说学会
中国微型小说（小小说）创作基地　编

中国言实出版社

图书在版编目(CIP)数据

世纪微小说精选100篇 / 中国微型小说学会, 中国微型小说(小小说)创作基地编. -- 北京:中国言实出版社, 2021.11

ISBN 978-7-5171-3958-4

Ⅰ. ①世… Ⅱ. ①中… ②中… Ⅲ. ①小小说—小说集—中国—当代 Ⅳ. ① I247.82

中国版本图书馆 CIP 数据核字(2021)第 251973 号

世纪微小说精选100篇

出　版　人：王昕朋
责任编辑：宫媛媛
责任校对：张国旗

出版发行：中国言实出版社
　　　　　地　　址：北京市朝阳区北苑路180号加利大厦5号楼105室
　　　　　邮　　编：100101
　　　　　编辑部：北京市海淀区花园路6号院B座6层
　　　　　邮　　编：100088
　　　　　电　　话：64924853(总编室)　64924716(发行部)
　　　　　网　　址：www.zgyscbs.cn　E-mail：zgyscbs@263.net

经　　　销：新华书店
印　　　刷：北京盛通印刷股份有限公司
版　　　次：2021年12月第1版　2021年12月第1次印刷
规　　　格：880毫米×1230毫米　1/32　10.125印张
字　　　数：244千字

定　　　价：58.00元
书　　　号：ISBN 978-7-5171-3958-4

序

百年政党的微观记忆

邱华栋

　　中国共产党成立一百周年，"第一个一百年"奋斗目标顺利实现，全党和全国各族人民，各行各业的人们，都怀着骄傲和崇敬的心情以各种形式来隆重纪念这一伟大的日子。微小说同样没有缺席，《世纪微小说精选100篇》，就是一份诚意恳切的献礼。

　　五四运动，为中国共产党的成立做了思想上和干部上的准备。五四运动的主将之一鲁迅先生发表于1919年12月1日的微小说《一件小事》，不足千字的篇幅，记述了一件冬日街头偶发的小事，以车夫灵魂的高大，映出了知识者"皮袍子下面藏着的'小'来"。其深层，在于对一向被歧视的普通劳动者重新审视，发掘出沉默的民众（全篇除"我"外只有三句对话，车夫一句、老妇人一句、巡警一句）之间人格的伟力和相互关爱的真诚，包括巡警，也是和车夫、老妇人一样的城市底层人民。中国共产党的成立，是近代中国历史发展的必然产物，是中国人民在救亡图存斗争中顽强求索的必然产物，是实现中华民族伟大复兴的必然产物。《一件小事》以文学的形式揭示了这一时代大潮，塑造了中国工人阶级的光辉形象。

毛泽东同志指出，土地问题，是中国革命的根本问题。赵树理的《田寡妇看瓜》，虽数百言，却与丁玲的《太阳照在桑干河上》、周立波的《暴风骤雨》一样是反映土改的名篇。这篇发表于1949年5月14日《大众日报》上的微小说，选取黄土高原上一个最普通的小山村南坡村三个最普通的人，围绕着最普通的农作物南瓜，却把土改对于中国农民和农村社会本质的改变刻画了出来。小说背景是1946年，老解放区刚刚经过土改。土改前，贫农秋生偷中农田寡妇的南瓜，被地主王先生指着脊梁骂，田寡妇深以为然，"正中了她的心事"。土改后，原来怎么看都看不住的园子，再也没丢失过南瓜豆荚。秋生赶着牛车拉了一车南瓜，他还让田寡妇到自己园子里去摘。这前后的巨大变化，都因一件历史大事，那就是中国共产党领导的土地改革。土改，让农民不仅获得了土地、牲畜等生产资料，而且恢复了因贫困丢失的道德。南坡村没有了长期存在的小偷小摸，变得和谐安宁。习近平总书记说，为中国人民谋幸福、为中华民族谋复兴，就是中国共产党人的初心和使命。赵树理的这篇小说，具体而细微地阐述了这一深刻道理。

在28年的革命战争中，无数共产党员、革命战士、人民群众浴血奋战，留下了许多可歌可泣的事迹，铸造了光彩夺目的精神谱系，需要文学永远去赞颂、讴歌。收在这本集子里的微小说，便多有此类题材的佳作。

长征是宣言书、长征是宣传队、长征是播种机，红军既是战斗队，又是工作队和生产队。陈毓的《小红龙思泉》就选取长征途中的红军作为"工作队"的事迹。一位十五六岁的孩子，在红军队伍里学了医，当了卫生员，热情、无私地为沿途群众看病，对待老乡家的孩子像自己的亲弟弟一样。最终，他在为百姓看病的路上遭遇敌军，英勇牺牲，甚至真名都没有留下。但这些无名英雄，却把中国共产党的宗旨和精神，播种到14个省，数万里的长征路上。

抗日战争是近代以来中国人民反抗外来侵略中第一次取得完全胜利的民族解放战争。作为中国人民和中华民族的先锋队，中国共产党在九一八事变第二天即发表抗日宣言，号召全民族抗战。在14年艰苦卓绝的抗战中，涌现出无数英雄和值得永远铭记的光辉事迹，是文学作品包括微小说取之不尽、用之不竭的宝贵源泉。抗战题材作品也占到这本集子相当的比例，戴玉祥的《红色诱惑》是值得特别珍视的一篇。小说没有写敌我双方真刀真枪的战争，而是把笔触对准一条河、两条路，写青年男女涉河寻路奔向延安的故事。情节温暖细腻，却又富有象征意义，"中华民族先锋队""抗战灯塔"的意蕴跃然而出。

天安门广场人民英雄纪念碑上镌刻着"三年以来，在人民解放战争和人民革命中牺牲的人民英雄们永垂不朽"，中国共产党领导的解放战争，彻底打碎帝国主义、封建主义、官僚资本主义在中国的统治，建立了新中国，创造了新民主主义革命的伟大成就，为中华民族伟大复兴奠定了坚实的基础。申平的《寻找战马墓》，主角是从东北一直打到海南岛的中国人民解放军第四野战军，但不是战士，是战马。驰骋中原的战马到南方水土不服，不得不被放掉。但它们拼命追赶部队，见到战友后才一匹匹地倒下死去，同样为解放事业战斗到最后一息。

新中国成立后，党团结和带领中国人民，先后创造了社会主义革命和建设、改革开放和社会主义现代化建设的伟大成就。党的十八大以来，以习近平同志为核心的党中央团结带领中国人民，统揽伟大斗争、伟大工程、伟大事业、伟大梦想，创造了新时代中国特色社会主义的伟大成就。经济、政治、文化、社会、生态文明建设和党的建设各方面，都在实现中华民族伟大复兴的中国梦的时代号角中阔步前进。文学记录新时代、书写新时代、讴歌新时代，精品力作不断涌现，微小说创作也高度繁荣。

习近平总书记强调，人民对于美好生活的向往，就是我们的奋斗目标。人民群众的美好生活，是千千万万党员干部团结带领大家奋斗出来的。在中国共产党成立一百周年前夕，脱贫攻坚任务全面完成，小康社会全面建成，微小说作家们用这一既有文学性又有新闻性的体裁描绘新时代新风貌。《石书记的承诺》是辽宁青年女作家李伶伶的新作。和霍金一样，李伶伶身患严重的肌肉萎缩症，坐轮椅，用两个手指写作，她曾说，"微小说让我勇敢地活下去"。她无法独立行走，却始终关注现实生活，反映生活现实。小说写驻村扶贫第一书记劝在山上为烈士守墓的村民老肖搬到山下的故事。易地扶贫搬迁是精准脱贫工作重要而有效的举措之一，但如何做到搬得出、稳得住、能致富，并不容易。李伶伶虽出门困难，但通过多种途径了解现实，准确把握人心人情，小说入情入理，生动准确，而且具有普遍性和典型性。

中国共产党波澜壮阔的一百年，是为中国人民谋幸福、为中华民族谋复兴的一百年，是不断走向世界舞台中央、实现中华民族伟大复兴中国梦的一百年，是党和人民各项事业从胜利走向胜利的一百年，也是文学事业在党的领导下繁荣发展向高原高峰攀登的一百年。这本集子，是这个世界上最大的执政党百年历史的微观记忆，是全国广大微小说作家向建党一百年献上的厚礼。中国共产党成立百年波澜壮阔的历史是一曲激昂雄壮的乐曲，这本微小说集应是百年庆典大合唱中一个动听的音符。

（作者为中国作家协会书记处书记、著名作家）

目 录

一件小事

鲁 迅

我从乡下跑进京城里，一转眼已经六年了。其间耳闻目睹的所谓国家大事，算起来也很不少；但在我心里，都不留什么痕迹，倘要我寻出这些事的影响来说，便只是增长了我的坏脾气——老实说，便是教我一天比一天地看不起人。

但有一件小事，却于我有意义，将我从坏脾气里拖开，使我至今忘记不得。

这是民国六年的冬天，大北风刮得正猛，我因为生计关系，不得不一早在路上走。一路几乎遇不见人，好不容易才雇定了一辆人力车，叫他拉到 S 门去。不一会儿，北风小了，路上浮尘早已刮净，剩下一条洁白的大道来，车夫也跑得更快。刚近 S 门，忽而车把上带着一个人，慢慢地倒了。

跌倒的是一个老女人，花白头发，衣服都很破烂。伊从马路边上突然向车前横截过来；车夫已经让开道，但伊的破棉背心没有上扣，微风吹着，向外展开，所以终于兜着车把。幸而车夫早有点停步，否则伊定要栽一个大跟斗，跌到头破血出了。

伊伏在地上；车夫便也立住脚。我料定这老女人并没有伤，又没有别人看见，便很怪他多事，要是自己惹出是非，也误了我的路。

我便对他说："没有什么的。走你的罢！"

车夫毫不理会，——或者并没有听到，——却放下车子，扶那老女人慢慢起来，搀着臂膊立定，问伊说：

"您怎么啦？"

"我摔坏了。"

我想，我眼见你慢慢倒地，怎么会摔坏呢，装腔作势罢了，这真可憎恶。车夫多事，也正是自讨苦吃，现在你自己想法去。

车夫听了这老女人的话，却毫不踌躇，搀着伊的臂膊，便一步一步地向前走。我有些诧异，忙看前面，是一所巡警分驻所，大风之后，外面也不见人。这车夫扶着那老女人，便正是向那大门走去。

我这时突然感到一种异样的感觉，觉得他满身灰尘的后影，霎时高大了，而且愈走愈大，须仰视才见。而且他对于我，渐渐的又几乎变成一种威压，甚而至于要榨出皮袍下面藏着的"小"来。

我的活力这时大约有些凝滞了，坐着没有动，也没有想，直到看见分驻所里走出一个巡警，才下了车。

巡警走近我说："你自己雇车罢，他不能拉你了。"

我没有思索地从外套袋里抓出一大把铜元，交给巡警，说，"请你给他……"

风全住了，路上还很静。我走着，一面想，几乎怕敢想到我自己。以前的事姑且搁起，这一大把铜元又是什么意思，奖他吗？我还能裁判车夫吗？我不能回答自己。

这事到了现在，还是时时记起。我因此也时时熬了苦痛，努力地要想到我自己。几年来的文治武力，在我早如幼小时候所读过的"子曰诗云"一般，背不上半句了。独有这一件小事，却总是浮在我眼前，有时反更分明，教我惭愧，催我自新，并增长我的勇气和希望。

原载《晨报·周年纪念增刊》1919 年 12 月 1 日

田寡妇看瓜

赵树理

　　南坡庄上穷人多，地里的南瓜豆荚常常有人偷，雇着看庄稼的也不抵事，各人的东西还得各人操心。最爱偷的人叫秋生，因为自己没有地，孩子老婆五六口，全凭吃野菜过日子，偷南瓜摘豆荚不过是顺路捎带。最怕人偷的是田寡妇，因为她园地里的南瓜豆荚结得早——南坡庄不过三四十家人，有园地的只是王先生和田寡妇两家，王先生有十来亩，可是势头大，没人敢偷；田寡妇虽说只有半亩，可是既然没人敢偷王先生的，就该她一家倒霉，因此她每年夏秋两季总要到园里去看守。

　　1946年春天，南坡庄经过土地改革，王先生是地主，十来亩园地给穷人分了；田寡妇是中农，半亩园地自然仍是自己的。到了夏天园地里的南瓜豆荚又早早结了果，田寡妇仍然每天到地里看守。孩子们告诉她说："今年不用看了，大家都有了。"她不信，因为她只到过自己园里，王先生的园地在哪里她都不知道。

　　也难怪她不信孩子们的话，她有她的经验：前几年秋生他们一伙人，好像专门跟她开玩笑——她一离开园子就能丢东西。有一次，她回家去端了一碗饭，转来了，秋生正走到她的园地边，秋生向她哀求："嫂！你给我个小南瓜吧！孩子们饿得慌！"田寡妇没好气，故意说："哪里还有？都给贼偷走了！"秋生明知道是说自己，也还不得口，仍然哀求下去，田寡妇怕他偷，也不敢深得罪他；看看自己的嫩南瓜，哪一个也舍不得摘，挑了半天，给他摘了拳头大一个，嘴里还说："可惜了，正长哩。"她才把秋生打发走，王先生恰巧摇着扇子走过来。王先生远远指着秋生的脊背跟她说："大害大害！庄上出了他们这一伙子，叫人一辈子也不得放心！"说着连步也没停就走过去了。这话正中了她的心事，她一辈子也忘不了，因此孩子们说"今年不用看了"，她总听不进去。不管她信不信，事实总是事实。有一天她中了暑，在家养了三天病，园子里没丢一点东西。后来病好了虽说还去看，可是家里忙了，隔三五天不去也没事，隔十来天不去也没事，最后她在留做种子的南瓜上都刻了些十字作为记号，就决定不再去看守。

快收完秋的时候，有一天她到秋生院里去，见秋生院里放着十来个老南瓜，有两个上边刻着十字，跟她刻的那十字一样，她又犯了疑。她有心问一问，又没有确实把握，怕闹出事来，才又决定先到园里看看。她连家也没回就往园里跑，跑到半路恰巧碰上秋生赶着个牛车拉了一车南瓜。她问："秋生！这是谁的南瓜？怎么这么多？"秋生说："我的！种得太多了！""你为什么种那么多？""往年孩子们见了南瓜馋得很，今年分了半亩园地我都把它种成南瓜了。谁知道这种粗笨东西多了就多得没个样子，要这么多哪吃得了，种成粮食多合算！""吃不了不能卖？""卖？今年谁还缺这个？上哪里卖去？园里还有！你要吃就打发孩子们去担一些，往年光叫我吃你的啦！"他说着赶着车走了。田寡妇也无心再去看她的南瓜了。

原载《大众日报》1949 年 5 月 14 日

第三块墓碑

谭光华

"哈哈，表演共产共妻了！"土匪淫笑着围住区政委康茵，此时她被反绑在一个柱子上，区队长李干被绑在另一个柱子上。土匪们要当众扒光他们的衣服，对他们进行极端的侮辱。

正当砍秫秫的时候，铺天盖地下了十几天的大雨。涡河出了湾，洪水到处泛滥。农民只好把秫秫头削掉了，青纱帐变成了秫秫杆。鬼子投降后，贾家店一带是两拉锯的地方，青纱帐还是能用得着的。

前不久，李干带着区队撵走了贾家店的杂八队，区政委康茵带着工作组在这里驻下了。发洪水以后，康茵说："这是天赐良机，正好利用这个季节把土改的村干部轮训一下。"

李干坚决反对，他说这是送活食给贾维民吃。区财粮靳文中梗着脖子与李干吵，吵到最凶的时候李干不得不把心里的话喊出来："你们打过几天仗？"一直支持靳文中却又未发言的康茵终于火了："李干，你要知道你现在的身份。你已不是区队长了，你正在停职接受组织审查！"一句话把李干打闷了，但他仍憋了一肚子火。

日本鬼子骚扰淮北的时候，李干和贾维民拜过把子。贾维民是大户，买了十几杆枪，发给贾家店的近门看家护院。李干是红枪会的头目，近门也有几十号人。有一次，他们合伙偷袭日军小分队，李干打死了日军十几人，遭到日军反扑，贾维民却不支援李干，反趁机拾捡被李干打死的日军的枪，为此二人分道扬镳，李干投了新四军，贾维民却投了国军。这次发洪水之前，靳文中收到一封贾维民转给李干的信，口气极亲热，他要李干带队伍投国军，保证让李干当个副大队长。这当儿抗战已结束，贾维民已是国民党涡北剿匪大队长了。靳文中觉得这信极重要，他没给李干，却给了康茵。康茵大吃一惊，因为她已决定让李干当区长了，只是没有宣布。康茵便吩咐靳文中保密，一边又向县委作了汇报。赶巧侦察员来报，说贾维民带着队伍进了高庄，康茵就命李干带区队去打。李干带队伍去了，却又一枪未放地回来了。问他为啥，他说敌强我弱，硬打会白死我们的人。康茵便认为他有通敌之嫌，立即收了他的枪，宣布审查他。

贾维民的队伍撤到贾家店后，区队便驻进高庄，他们把周围二十几个村子的土改干部集中在这里，传达文件，训练土改工作方法。

贾维民带着二百多人悄悄穿过秫秫棵，一直摸到庄跟前才被区队哨兵发觉，但晚了，高庄已被包围了。贾维民先不进攻，却公开向李干喊话。康茵让李干回话，其实是想考察他。李干回头要枪。康茵便从靳文中手中取出李干的盒子枪递给了他。

李干站出来说："贾维民你出来，咱当面谈。"贾维民躲在一座坟包后回答说："你举枪过来，我不打你！"李干果然举枪朝前走。李干走到离贾维民五十米远的时候，贾维民才探出半截身子。李干举枪便打，谁知竟是瞎火。

此时，贾维民抬手一枪，打中了李干的肩窝，李干顺势一倒，大喊："康政委快撤！"李干已被匪兵围住，李干打一枪瞎火，再打一枪还是瞎火，他终于被敌人活捉了。

敌人捉李干的时候，靳文中带领轮训的村干部钻进了秫秫棵。康茵和通讯员小高在后面掩护，可他们连同七个未来得及撤退的村干也被活捉了。其他的七位土改工作队员都自首了，但他们不掌握区队的秘密。现在见李干如此坚强，贾维民对李干如此狠毒，康茵说不出有多后悔。

"噢……"土匪贾三将刀子斜插进李干的皮里一拉，李干惨叫一声，但只一声，李干胸前一块寸把长的皮被揭了下来。李干咬着牙，抽着筋却再也没出一声。

"来吧！狗娘养的！"李干大喝一声，哈哈大笑。这一笑，笑得众土匪鸦雀无声。他们杀人如麻，却从未见过这么硬的汉子，土匪们个个全呆了。

贾三双腿发软，不敢再上前。这时贾维民走了出来："笨蛋，共产党不怕血就怕腥，你就不能给他来点儿腥的？"

贾三重新鼓足了勇气，说："好，弟兄们，咱们光听说共产党共产共妻，就是没见过，今天是不是让弟兄们开开眼？"众土匪一片叫好。土匪们把李干解下来，让土匪拧着他的胳膊。另几个土匪则去撕光康茵的衣服，康茵一个劲儿地骂着："畜生！"

李干又落泪了，他不忍心看到自己的政委受辱，他低下了头。看到康茵的裸身，押李干的土匪两眼早已走了神，所有土匪包括贾维民都直直地盯着康茵白嫩的身体。这时，李干猛然发现押他的土匪身上插着四颗手榴弹，他被绑着的手刚好触到手榴弹的木柄。趁这个土匪混乱中丢魂的当儿，他悄悄地拧开保险盖，拉出了火环。

突然，"轰"一声巨响，顷刻间，十几具尸体横七竖八倒在一地。

　　几个月后，在贾家店立了两座墓碑，一座是康茵的，一座是牺牲的通讯员高云贵的，正面都写着："革命烈士，永垂不朽。"背后则写着他们的事迹，但唯独没有李干的。据靳文中的报告说，康茵裸着身子，尸首完整，可见她英勇不屈。高云贵胸上有一刀，显然是匪兵所刺。而李干呢？只找到一些碎尸块，与土匪的尸块混在一起，看不出他与敌人搏斗的痕迹，说不定他还是贾维民的帮凶呢。

　　解放后，公安局抓获了贾维民的部下，了解到了事情的真实情形，这才在贾家店为李干补立了第三块墓碑。

原载《安徽文学》1987 年第 11 期

余 晖

阳 刚

　　这片楼区地处市郊，只有一条街。正所谓天高皇帝远，是个管理不完善的三不管地段。

　　这里的环境卫生状况非常糟糕，到处是建筑垃圾和生活垃圾，风一刮，废纸片、塑料袋漫天飞舞，污水井堵了多日也无人过问，污水横流，臭气冲天。公厕无人管理，脏得进不去人。七月，天气炎热，蚊蝇肆虐。小区道路硬化尚未完成。行人至此，无不掩鼻匆匆而过。

　　一位涂脂抹粉，打扮得花枝招展的少妇走了过来，正哼着小曲，迈着优美的舞步，忽然惊叫一声——高跟鞋差点儿陷进路边污泥里，鞋边已经弄脏了。她气得杏眼圆睁，跺着脚骂："这个倒了八辈子血霉的鬼地方！是人待的地方吗？呸！"这位是娄科长第三位夫人，交谊舞跳得很有名，娄科长离异后从舞场上搞来的。

　　"是呀，熏死人了，也没人管管！呸！太不像话了！"半老徐娘风韵犹存的谭主任夫人立刻接上话茬儿。这位用花手绢捂着鼻子、扭动着大屁股的胖女人，绰号"小辣椒"，与娄科长夫人是无话不谈的好朋友。

其实，"久处鲍鱼之肆而不闻其臭"。别看这里的人们口头上都骂几句，实际上早已习惯了这里的环境。不管多么臭多么脏，嘴上发着牢骚，却照样把垃圾乱扔乱倒，污水出门就泼，方便得很。楼前楼后甚至楼道里都堆满了杂物……至于保持小区环境卫生，谁操那份心哪！

　　一天，这里搬来了一位老人。他满头白发，面目清癯，身体极瘦，走起路来一瘸一拐的。左胳膊还不能伸直，永远像挎着手一样。一身旧衣服穿在身上，显得宽宽大大、空空荡荡的。他皱着眉头四处转了转，边走边摇头叹息。然后，他回家取来了工具，撬开了污水井盖，开始清理污水井。漆黑恶臭的污泥清出了一大堆，污水管道终于通了。老人又找来车，开始清运垃圾。几天工夫，这条街竟初步变了模样。

　　老人每天很早就出门，默默地清除垃圾，打扫卫生，修路垫道。他的话极少，从不找人帮忙，只顾自己一个人埋头干活儿，连头也不抬。有时"呼呼"地喘粗气，有时汗如雨下，却不肯休息一会儿。

　　娄科长夫人扭动着细腰，显摆着刚花三千元买的裙子，谭主任夫人用手指撩着头发，显摆着五千元的钻戒，两人看着这位怪老头儿，又开始闲聊起来：

　　"哎？这老家伙是咋回事？神经有毛病吧？是退休了闲得慌？"

　　"别是犯了啥事儿，发配咱们这儿劳动改造的吧？"

　　"哎？会不会是街道雇来扫大街的农民工？那咱们的物业费、卫生费肯定涨价了！"

　　"哼！几年了都这么脏，还想收物业费、卫生费？老娘我一个子儿也不交，有法想去！呸！"

　　过了些日子，老人把整条街上的垃圾全部清理干净了，把路上的坑坑洼洼都垫得平平整整，连公厕都打扫干净了。老人又捡来旧砖在小区楼前垒起了花坛，开始在花坛内栽花种草……一眼望去，小区变样了。

老人又买来一把大扫帚，每天继续打扫楼区。娄科长夫人和谭主任夫人见了，又凑到一起，叽叽喳喳地咬着耳朵，传播着小道消息：

"哎，听说这怪老头儿还是个老党员、伤残军人？备不住想往上爬，抓挠抓挠，弄个社区党支部书记当当？"

"噢，真备不住哇！我也觉着不对劲儿这年头，没利谁起早呀？"

"对！这老东西不是缺心眼儿就是精神有毛病！多大年纪啦？有病！"

"走！咱们赶紧告诉大伙儿去，少搭理这号人！不正常，有毛病！"

于是，老人每天打扫卫生时，周围便总有睥睨不屑的目光闪过，甚至有人还轻蔑地啐上一口唾沫。

后来，这位老人被功臣敬老院接走了。人们这才知道：老人名叫于辉，是一名老党员、老英雄。

不久，这个小区进行了道路硬化、环境美化，每个楼口都设置了垃圾桶，每天有人及时清理，连街道和公厕都有专人负责清扫，一系列整治措施使小区旧貌变新颜了。听说是一位老党员给市长打的公开电话。

2020 年是中国人民志愿军抗美援朝出国作战七十周年。为此市里举行了纪念大会，电视进行了实况转播。人们发现：于辉老人被请到主席台上就座。老人虽年已九十岁，但精神矍铄，胸前挂满了金光闪闪的英雄勋章。主持人介绍说：于辉老人当年在抗美援朝战场上舍生忘死，奋勇杀敌，多次荣立战功！祖国和人民永远不会忘记那些抗美援朝、保家卫国的英雄们！于辉老人站起来，举起颤抖的右手，行了一个军礼！全场爆发了热烈的掌声！

夕阳西下。晚霞用最后一抹红色的余晖，照耀着市郊这片楼区……

原载《老人世界》1989 年第 10 期（有改动）

最后的秘密

王　炬

　　大辉的爸爸曾当过局长。那时，大辉总受到一些莫名其妙人的莫名其妙的尊敬。大辉很烦，对妻子说："这尊敬不是对我的，是对老头子的。"虽然这样，大辉内心还是隐隐骄傲，为爸爸，也为自己。

　　后来，爸爸退下来了。谣言四起，说大辉爸爸在职期间挣了许多钱，不存银行，而深藏在家中，且言之凿凿，说某日某人搞钢材是他帮的忙，某日他曾给某人批五吨高压聚乙烯条子等。大辉很愤怒，当众辟谣说此纯系造谣中伤，无中生有，信口雌黄……骂累了，回到家中，冷静下来，心中却升起一种莫名的亢奋和希冀：如果老头儿真有许多钱呢？

　　大辉先被这个假设吓了一跳，接着却是夹杂着坚持的喜欢。不希望谣言为真实的同时，却努力希望并非完全的谣言。妻子也听到了同样的或更甚于斯的谣传。于是，白日里的劳累便因充满希望的冥想更疲倦，夜晚的欢乐中增加了亢奋的浊流。现实的状况使他们学会了周密地计划，他们决心照顾好身体愈来愈坏的爸爸，从而使老人不做出任何反常的举动。

在老人同生命斗争的最后日子里，他俩尽了最大的努力来克制，从不流露一丝的厌倦。老人脾气坏到极点，动辄将病床上的被子掀下去，或者长时间端详亡妻的遗像，双目流泪，喃喃不止。大辉夫妻的耐性受到考验，但他们看见，夕阳即将沉没，大限已临，老人的日子不多了。大辉夫妻产生了巨大的忧虑：老人什么都没讲，而病魔却随时可夺去他隐藏着秘密的生命。大辉妻子想发动攻势，向垂危的老人发问。

大辉认为，追问这种事无异是对父亲尊严的强烈伤害和否定，对一个仍竭力维护着自己尊严的老人来说，太残酷了。于是妻子去了。

她拿回来一张三千元的存款单。这是一笔公开的存款：落实政策补贴。妻子说老人说他只有这些钱。

难道那些谣传真是无风起浪吗？大辉妻子极聪明，认为老人是不大相信她，而要将秘密亲口告诉给儿子。

于是，大辉终于在一个柔静的黄昏，小心而婉转地提出问题："爸爸，您还有什么秘密可以告诉儿子吗？比如说，一些什么东西放在什么地方……"

虚弱的老人盯着儿子，大滴大滴的泪水滑过他松弛的面颊。老人开始呜咽，大辉凑近去，听见老人说："我一直骗你妈妈……我肚子里还放着一块弹片……我追求你妈妈，从来没告诉她……"

老人是在早晨安详地去世的。大辉对父亲真正地尊敬和热爱。他觉得这种感情来得干净而崇高。同时，也为自己能尽孝于父亲临终之前而自慰。他可以骄傲地走路，无后顾之忧，蔑视许多不明不白东西。为此，他喜欢一个词：清白。

原载《包头日报》1990 年 8 月 25 日

夜　眼

肖　宁

审讯室。

警官锐利的目光依然和案犯"二狗子"狡黠的目光对峙着……

警官："你到底和谁一起偷的奥迪 A6？"

二狗子嘴唇嗫动了一下，眼皮垂了下去，"好吧，既然你穷追不舍地问，那我只好说了，是……是我和你弟弟一起干的。"警官猛地一怔后，被激怒了，他霍地站了起来，两眼喷火，紧握的双拳捏得咯咯直响，"你胡说八道！"

"信不信由你。"二狗子说完，便低头不语了。

按法律规定，办案人员在办案过程中涉及自己的亲属时，应主动回避。警官尽管不相信这是真的，还是如实向领导汇报了此事。

入夜，发生了一件意料不到的事情，二狗子趁人不备脱逃了。追捕组迅速成立。该去的地方去了，该找的人找了，不仅二狗子，连警官的弟弟也在前几天杳无踪迹……

一天，天黑的时候，警官接到了弟弟的电话，弟弟的声音在电话里有些沙哑，他恳求哥哥务必于晚上八点到"云天大酒家"找他。

警官父母早亡，就这么一个弟弟在机械厂当工人。除了过年过节外，弟弟很少到哥哥家。由于工作忙，警官觉得对弟弟照顾不够，所以常有愧意。但警官依然不相信弟弟是"贼"，警官决定"单刀赴会"。

当警官赶到"云天大酒家"时，顿时惊呆了：只见弟弟和二狗子起身躬迎着他，桌上摆着丰盛的菜肴。警官下意识地按住了腰间的手枪。弟弟赶紧过来，按住哥哥的肩头让其坐下。

听完弟弟的讲述后，警官的头脑一阵晕眩，二狗子没有欺骗他。

弟弟两眼盈泪，说嫂子常年有病，哥哥也不富裕，他结婚需要钱，看到别人结婚的场面他心里不平衡，他不想给哥哥添麻烦，所以就出主意和二狗子一起去偷车。弟弟声泪俱下，说这是第一次，也是最后一次，请哥哥放他们一马，以后再也不干了。

"慢！"警官端起了桌上的酒杯，一杯递给弟弟，一杯留给自己，弟弟脸上露出惊喜。哥儿俩碰杯后，同时一饮而尽。警官拔出了手枪，"兄弟，对不起了，和我回公安局，这是你唯一的出路。"

弟弟面色大变，布满血丝的眼睛盯住哥哥："我就不信你能开枪打你亲弟弟！"二狗子一看势头不对，擦着墙边就溜。警官转身去拽他，弟弟恶胆陡生，顺手抓起桌上的啤酒瓶朝警官砸去。警官头上顿时血流如注，倒在地上。弟弟趁机和二狗子向外冲去……

警官捂着头追到外面，朝天鸣枪示警，"站住！"二狗子本能地站住了，弟弟仍固执地往前跑。"砰！"一声枪响后，弟弟小腿中弹，一个趔趄摔倒在地。

警官走了过去亲手把弟弟和二狗子铐在了一起，然后把自己的衬衣脱下来撕成布条，小心翼翼地给弟弟包扎着滴血的伤口。

弟弟将头扭向一边，警官头上的血却一滴滴地淌了下来。

警官慢慢地扶着弟弟站了起来，带着二狗子一起踏上了归途。

天上，明月如镜，把洒在地上的血迹映照得格外清晰。

原载《内蒙古法制报》1990 年 10 月 16 日

洗产包的老人

墨　白

白大夫一出产房，就惊叫起来，哎呀，下雪了，大娘，你来看呀，下雪了！在她的惊叫声里，有个老人走出来，看着天说，就是，还不小呢。天灰蒙蒙的，大片大片的雪花从天空中落下来，飘飘扬扬很自在。这个时候，不远处响起了鞭炮声，她们突然都意识到是年三十了。白大夫说，人家都下饺子啦！大娘，帮我收拾一下，我先走了。老人说，走吧。老人看着她沿着走廊急急地走远了，才回身进屋去。

一个中年妇女正坐在床边，侍候产妇喝红糖茶，她说，下雪了？老人说，下了。你命好，得个胖孙子！妇女说，一样操心。老人说，那是，人不操心还有啥过头？看着这大个子在身边站着，心里就高兴。那个刚做了爸爸的年轻人，站在一边不好意思地笑了笑。妇女说，光笑，给你奶搬个凳子。老人说，不搬不搬，我还要去洗产包。妇女说，还洗吗？就过年了。老人说，不能放，再放就是明年了。妇女说，你可在这儿洗好多年了，我有小军时就是你洗的。

老人指着年轻人说，这孩子吗？记不清了，你光说，二十多年了。妇女说，二十三年了。老人说，他爸在哪？妇女说，食品厂，会计。老人说，噢，小名叫狗子吧？妇女说，是哩是哩。老人笑了。她指着年轻人说，有他爸的时候，还是我洗的呢。他爷不是老响吗？杀猪的，那是四几年，老谭医生还在镇子里开诊所。那个时候，老谭刚回来，从汉口，正赶上你婆子难产，开刀拿的，要不是……你想呀，那时咱这儿还没解放，三五十里还找不着一个老谭这样的医生哩……

老人说得小两口愣愣地听，中年妇女就生出许多感慨来，就是，四十多年了。这时候，门响了，伸过来一个脑袋来，说，妈，回去吃饭。老人说，你们先吃罢，我还要下河呢。然后对中年妇女说，我大儿子。她大儿子说，吃了饭再去吧。老人说，不中，吃了三十的饺子，这一年就完了，先回去吧，一会儿就齐。门咯吱一声响那汉子消失了。老人也走进产房里，她在里面摸弄了一阵，就扛着一篮子产包走出来。妇女说，还不少哩。老人说，七个，今儿生了七个。妇女说，哎，对了，把钱给你。老人说，不拿不拿。妇女说，不拿能中？大年下，天又这么冷。说着，就递过去十块钱。老人说，那我就爱财了。妇女说，应该的。老人接了钱，从兜里掏出些零票找给中年妇女，说，两块。妇女说，两块太少了，多留点。老人说，不少。你有孩子那会儿，洗一个多钱？三毛。老人说着把钱装回兜里去，她说，你们待着，我一会儿就回来。妇女说，你慢些走。老人说，没事儿。老人说着就出了门。

雪还在下，已经白了一地。老人扛着篮子走过一排又一排房子，然后穿过医院的后门，来到田野里。田野里的麦子还没有完全被白雪覆盖着，但那条通向河边的小路已经积了很厚的雪。她的小脚把雪踏得咯吱咯吱响，趔趔趄趄地来到河边。天很冷，河水已经结了冰，封住了大半个河面，雪也落白了大半个河面。对岸灰红的柳丛半隐半现地蹲在那里，河道里没有一个人，没有一只船，连只鸟也没有，静得让人不敢喘息。老人在河岸上立了一会儿，还是小心翼翼地往河道里去，坡陡，她走得十分小心，可是，脚下突然一滑，接着就像是谁推了她一把，她的身子就朝河道里滚了下去，一直滚到河边不动了。

老人躺在雪地上，感到天旋地转，好大一会儿才坐起来。坐起来她就寻她的篮子，篮子也跟着她滚下了河岸，产包撒了一地。她吃力地站起来，把产包一个一个拾到河边的石头旁。那块老大的红石头，时常随着河水的涨落而移动。早年的时候是她自己移，现在是她儿子移。在她把一切都准备停当的时候，有一滴血落在了她的手上。她用手摸摸额头，才发现出来情况。这人……老人喃喃地说一句，就在河边蹲下来，开始洗。

雪仍在下，把河道下得迷迷茫茫，老人吃力地扬起棒槌，就有"咚咚"的声响在河道里游荡。河水很凉，刺得骨节有些发麻，一道道血口子在她的手上裂出来，火辣辣的疼。可是老人没有停下来，被她用棒槌砸出来的冰洞已经染成了红色。河道里仍然很静，只有棒槌击打产包的声音，是那样的单调和孤独。老人的身上落满了雪花，但她没有停下来，仍在一件一件地洗，等一件一件地洗完了，她的手也冻木了，她艰难地把湿淋淋的手伸到袄袖里去。老人想，该回家了，儿子和孙子在等呢。

原载《百花园》1991 年第 2 期

神　偷

孙方友

　　解放前夕，周口镇有一神偷，号大鹏。他自幼无亲无故，四岁流浪街头，七岁跟师学艺，先用双指从煤火炉中朝外夹煤球，天长日久，练就一双神奇的手，活路做得干净利索，从未失过一次手。那些年，神偷活跃在京广线上，南至广州，北至京都，在"偷界"里颇有些名气。

　　民国三十三年，神偷年过古稀，手眼不济，便不再行窃，他决定洗手还乡，享几天清福。临回的时候，他特请能工巧匠制作了一块样式奇特的铜牌。铜牌为六角形，中间是"二龙戏珠"的图案，而那"珠"是用金贵的蓝宝石镶嵌的，黑夜里亦能熠熠闪光。他把铜牌先交给他的几个大徒弟，然后让他们拿去给他的徒子徒孙们相认，并规定从今以后认牌不认人，凡属日后见到此牌的弟子，均要孝敬几个。他行窃大半生，徒子徒孙无数，而真正见过这位祖师爷的却寥寥无几，于是那块铜牌便成了他安享晚年的经济基础。他无妻无室，回到周口后在颍河边盖了两间草房，养了条狗，种了些花草，日子倒也活鲜。每逢钱不济时，便取出铜牌挂在胸前，从漯河往南或往北坐火车走一遭，不知不觉，几个口袋里便塞满了钞票。

这一天，他又外出"要"钱花，没想到在漯河上火车时，不小心被挤掉了那块铜牌。这下他可慌了神！因为出来时带钱不多，已到了"囊中羞涩"的地步。加之从漯河到周口还有一百多里路，连回家的盘缠也没有了。万般无奈，他准备再行窃一回。他是老手，一眼就可以盯到别人衣兜儿里的钱财。一般人称这种小偷为"两夹儿"，顾名思义，就是用两个手指夹钱包。这种偷儿练功之时不但练快，也练准，尤其对中指和食指的练习，更是严格。他们的中指与食指基本相齐，又细又长，且有力，夹钱包儿如钳般结实，只瞬间工夫，钞票便易了主。当然也有黑话。他们称别人的上衣口袋为"天窗"，称裤兜儿为"地道"。神偷先盯住了一个中年人的"天窗"，见里边鼓囊囊，想来货不少。他随那人上车，决定趁下车时再下手。那中年汉子穿着整齐，头戴礼帽，着一身中山装，样子极显庄重。神偷做活儿从来不小打小闹，他一眼便看出"被钓者"是大鱼。车到许昌，那中年人下车，他也下车，趁人多的时候，他下了手。不想他上了年纪，又很久没行窃，动作显得迟缓，手刚拨开"天窗"纽扣儿，一只大手已抓住了他的手。那中年汉子抬头望他一眼，却没高喊，只是不松手，紧紧地卡住他，一直把他拉到没人处才松了。他很尴尬，从没丢过这种人。

神偷无地自容，面如红潮，说声"谢了"便急急钻进了人群里。那中年人又笑了笑，便出了车站。

神偷并没有走，一直跟踪了那人老远。他一生还未遇到过这种好人，决心要记准他，把他当成了"无名恩人"。

新中国成立初期，周口市为周口县，归许昌专署管辖。由于神偷上了年纪，没有安排工作，吃上了养老金，住进了养老院。春节期间，周口县委书记到养老院给老人们拜年，众人都出门迎接。神偷一看，见来的县委书记正是当年那位中年汉子，一时不知所措，便急匆匆地躲了起来。

第二天，年过古稀的神偷便失踪了。

几个月后，那位县委书记接到一个人送来的木箱，打开一看，惊讶万分——内里是一百多根血淋淋的断指！书记莫名其妙，听那送箱人叙说缘由之后，许久许久，才禁不住叹了一口气……

原载《百花园》1991 年第 3 期

风　铃

刘国芳

　　兵回家探亲时，小琪抱着一个孩子来看他。兵屋里一屋子人，很热闹，小琪进来，把一屋子的热闹熄灭了。

　　旋即，众人离去。

　　一屋子只剩下兵和小琪，还有那个抱在小琪怀里的孩子。

　　相对无言。

　　良久，小琪开口说话了，小琪说："我对不起你。"

　　兵无言。

　　小琪说："是我母亲逼我嫁给大狗的，他有钱，给了聘礼两万块，我不嫁，母亲跳了两次河。"

　　兵无言。

　　小琪说："我是爱你的，一直爱你，我也知道你喜欢我，你还同意的话，我跟大狗离婚，跟你结婚。"

　　兵无言。

　　小琪见兵不说话，出去了。俄顷，小琪走了回来，她怀里除了抱着一个孩子外，还多了一个风铃。

　　小琪说："这风铃是你以前送我的，这两年我一直把它挂在门口。"

兵看见风铃，开口了："你现在来还我风铃，是吗？"

小琪摇头："我刚才说了，你还同意的话，我跟大狗离婚，跟你结婚。这事，你不要急于回答我，你考虑考虑，同意的话，把风铃挂在你门口，我看见了风铃，会来找你。"

小琪说着，放下风铃走了。

屋里剩下了兵自己。

兵待着，许久许久。后来，兵拿着风铃，在手里晃动，于是有丁零丁零的声音在屋里响起。小琪住在隔壁，听到风铃声，她跑出来，抬头往兵门口看。

但小琪没看到兵门口挂着风铃。

小琪待在自家门口，潸然泪下。

兵回部队时，也没把风铃挂在门口，而是把风铃带走了。回部队后，兵把风铃挂在营房门口。是大西北，风大，风铃整天在门口丁零丁零地响。兵没事时，呆呆地看着，在心里说："小琪，我把风铃挂在门口了，你看到了吗？"

军营里挂一个风铃，起先让兵们觉得好玩。久了，兵们烦了，觉得丁零丁零的声音很吵人，于是让兵拿下。兵拿下来，把风铃放好。但没事时，兵会把风铃拿出来，找一个无人的地方，坐下来，让风铃在胸前晃动，让风铃丁零丁零地响，还说："小琪，我把风铃挂在我的心口了，你看到了吗？"

兵把风铃挂在心口也罢，门口也罢，小琪都看不到。小琪只看得见他的家门口，那儿，没有风铃。

两年后兵退伍了，这回，小琪没来看兵。兵问村里人，说小琪呢，怎么不见了？村里人说小琪不怎么出来了，整天缩在家里。兵问出了什么事？村里人说小琪老公找了一个更年轻的女人，跟小琪离了。

兵沉默起来。

隔天，兵把风铃挂在门口。

小琪没来。

兵便看着风铃发呆，在心里说："小琪，我把风铃挂在门口了，你看到了吗？"

有风吹来，风铃丁零丁零地响，兵听了，又在心里说："小琪，风铃在响哩，你听到了吗？"

隔天，兵找上门去。

兵去之前，把风铃取了下来，然后放在胸前，同时用手晃动着，于是在风铃丁零的响声中，兵走进了小琪屋里。

小琪见了兵，头垂下，然后说："我现在被人遗弃了，你还来做什么？"

兵说："来告诉你，我不但把风铃挂在门口了，还挂在心上了。"

说着，兵又把手中的风铃晃动起来。抱在小琪怀里的孩子，四岁了，会说话，听见风铃响，孩子把一只手伸出来，说："妈妈我要……"

原载《小小说选刊》1995 年第 19 期

金 子

马宝山

海川刚娶媳妇，媳妇名叫金子。

那年，小村遭日本鬼子血洗，村前的河水都被血水染红了。小鬼子的恶行也在村民心里点燃了仇恨的火焰，当天晚上，村里一帮小伙子在一个叫阳的青年的带领下，准备进山投靠游击队。

刚刚新婚的海川犹犹豫豫地不想走，金子就冷下脸说："我想嫁给一个有血性的汉子，没想到你原来是个缩头鸟啊。"

海川就红头涨脑地说："那就等着瞧，哪天我提几个小鬼子的脑壳给你做尿壶。"金子脸上就一片灿烂："这才像俺男人哩，你去投游击队十年、八年，一辈子俺都等着你。"

海川就随阳一伙青年人进山了。

海川走后八个月，金子就生了一个男孩儿，取名叫小川。

金子等了海川八年，海川没有回来。说是赶走了日本鬼子接着要打老蒋。金子又等了三年，海川还没有回来。说是要抗美援朝再打美国佬。金子又等了三年，听说海川当了将军。当了将军的海川不要在村里等了他许多年的金子了，在城里娶妻另成了家。

金子哭了三天三夜。第四天她在村南的小河里洗尽了泪水和忧伤，像往常一样过日子。金子把怨懑和委屈埋在心里，把希望和未来寄托在儿子身上。

　　岁月悠悠地过去，在这如水的岁月里，金子愈发的闪光耀眼。在人们赞美金子的时候，自然就对海川有着许多的怨怒。在对海川怨怒的舆论中，小川渐渐长大成人了，也娶妻生子了。一天，小川的儿子问："爹，别人都有奶又有爷，俺咋就只有奶没有爷呢？"

　　小川愤愤地告诉儿子："有奶就行，要那爷做甚。"……

　　留在城里的将军离休了，在家侍花养鸟，闲暇时就爱在逝去的往事里徜徉。那些大大小小的战斗，那一次又一次战场上的拼杀渐渐地在他大脑里模糊了。越来越清晰起来的是养育自己的那个小村，村前那条潺潺流淌的小河，还有在小河畔浣衣的金子。流逝的岁月给将军许多的歉疚和悔恨：金子也该是六十多岁的人了吧？儿子，还有儿子也有三十几岁了吧？老将军思乡情结越来越重。终于有一天，他带着沉重的愧疚回到小村，来到金子面前：

　　"金子，这么多年委屈你啦……"

　　金子不再年轻的面庞一如深秋，天高云淡。她唤过儿子认爹，又唤过孙子来认爷。这时老将军哭了，他没好意思和儿子小川亲近，却抱过孙子一阵狂吻。

　　过去，老将军所到之处都以礼相待，从未感觉到有何不妥。可是对于家人的以宾礼相待他是感到那么的别扭和难受。还有儿子小川明显表现出的疏冷，使老将军心情十分沉重。这天晚饭，全家人都喝了酒，老将军喝过几杯觉得浑身不适，就退到里屋休息了。一觉醒来外屋还亮着灯，有人在说话。细听是金子："小川你听着，你爹在国家遭大难的时候能挺着胸脯迎上去，几十年提着脑袋出生入死，是条好汉。要说亏欠，他只亏欠我一个人。他亏欠你们的那部分我早就替他补上了，你们再不冷不热待你爹，我不答应……"

　　曾经叱咤风云的老将军，躺在里屋炕上已是泪流满面了：金子，真是浪里淘沙，淘出来的金子啊！

原载《小说界》1997 年第 5 期

生死抉择

刘　公

　　半小时之后才能登机，倘在平时，我早就坐不住了。可今日，却无意挪动半步。

　　坐在对面的她，实在太美了。只要步入候机厅的人，尤其是爷们儿，小腿都像灌进铅似的，步子沉得迈不动；眼睛皆若磁石吸引一般，愣愣地朝她瞅。她是我有生以来唯一见到的，笔耕十几年，冥思苦想也寻不着妥帖的形容词描述的美女。

　　常言道：爱美之心，人皆有之。我敢发誓，我对她的读赏，绝无半点邪念。因我在那茫茫沙漠中的西北营地，压根儿看不到女性，更不用说目睹眼前的"天仙"了。

　　我尽力定格自己眨巴眨巴的眼皮，目无旁物地瞄着她，视神经高度的亢奋。

　　盯得久了，难免惹她生气。从她的眼神中，我感觉到她开始不满，甚至有些责备。然而稍后，我又下意识地把目光对着她。能够看得出，她再也压抑不住心中的愤懑，蓦地起身走了。不一会儿，一位公安礼貌地把我请进治安室。"先生，您认识她吗？"公安向她努努嘴。只见她身倚沙发，睥睨地望着我。

"不认识。"我说。

"她叫李莉莉，是去年全国（大连）服装模特儿大赛的金奖得主，今天要去法国巴黎参加国际维纳斯模特邀请赛。她说你的眼睛眨巴眨巴挑逗她，心怀叵测，是这样吗？"什么？简直是小题大做！不提这眼睛也罢，提起它我就怒火中烧。谁不希望自己有一双健康明亮的眼睛呢？

初到西北，正值隆冬，寒风昼夜呼啸，细沙铺天盖地而来，我的眼睛不幸被细菌感染，浮肿如桃，疼痛难忍，治疗一个多月才基本好转，但此后便留下了眨巴眨巴的后遗症。我真想骂人，可考虑到自己的身份，还是压了压火。

我反驳说："公安同志，你听我解释。我在戈壁滩当兵快十年，多年的风沙侵袭，眼睛得了疾患，你可向我单位调查核实。再说，李小姐不看我，怎么知道我在看她呢？"我随手掏出了自己的军官证。

公安接过瞧了瞧，随后向部队挂长途证实了我的眼病，然后客气地说："对不起，误会了。"起身送我离开治安室。

临出门，我不自觉地瞟了李莉莉一眼，她赶快垂下眼睑。当我走到门外时，身后飘来微弱的却又分明能听得清的她的声音——"抱歉"。她的歉意，使我不快的心情得到了一些安慰。

登上波音飞机，我发现这位"冤家"的座舱恰巧和我在一起，天下之事就这么蹊跷。

我坐在她的左侧。尽管她身上袭人的香气在我心扉撩来撩去，但我稍微激动的心花怎么也怒放不起来。刚才的尴尬局面，仍在我脑际萦绕。

飞机起飞不到二十分钟，我们突然感到机身有些颠簸。大家面面相觑，似乎有不祥之兆。

生死攸关的时刻，所有乘客都十分紧张。有的嚷嚷叫叫，有的放声大哭，霎时乱作一团。尽管空姐高八度的嗓门儿一个劲儿地喊："请大家镇静！请大家镇静！"但丝毫无济于事。

我最清楚，旅客的大声噪喧，对驾驶和维修毫无益处，甚至会适得其反。我按捺不住激情，高举着自己的军官证，放声喊道："旅客同志们，我是空军部队的干部，你们的激动情绪直接影响飞行员的驾驶和机师的维修，更影响我们的自身安全，请大家冷静！"

机舱内终于安静下来。按照空姐的吩咐，以防不测，大家分别写好留言，取出贵重物品，由我帮空姐逐一集中到一个旅行袋里。当我走到李名模跟前时，见她只是啜泣，便问："你的留言呢？"她止住泪说："我没有留言，我对不起教练，没办法完成去巴黎参赛的使命。"

"解放军同志，抓紧时间。"空姐在我身后催促着。

我赶紧将乘客们的贵重物品及留言条整理装好。这时，空姐提着降落伞（那是飞机上允许存用的唯一的降落伞），来到我面前，用命令式的语气对我说："快点，把伞背上。"我习惯性地把伞背带套在肩上，系好腰带，空姐将那个代表大家心愿的旅行袋递到我手里，接着说："准备跳吧。"此刻，舱内空气完全凝固，全体乘客用希冀的目光不约而同地注视着我，仿佛我是他们的希望和寄托。

我心里明白，这次跳伞绝不是刚入伍那阵的空降兵训练，更不是后来合成兵种的综合演习，而是一场比战争更加惊心动魄的严峻考验。

我是一名军人，军人的天职就是冲锋陷阵，把个人生死安危置之度外，任何情况下不当逃兵。

我在心里默念着，不能当逃兵，绝对不能当逃兵。客机需要我，乘客们更需要我。我要和乘客们同生死，共患难！

环视全体乘客，尤其是看到同一座舱的名模李莉莉时，恻隐之心、敬重之情陡然剧增，我嗫嚅着嘴唇，差点喊出了声，你不能死，你不能死呀！纵然我死一百次，你一次也不能死！

你是中国女性美的骄傲，你将去巴黎一展中国名模的风姿，为我们伟大的祖国争添光彩。想到这里，我仿佛看到她在巴黎香格里拉宫看台上款款而行，狂热的观众掌声雷动，情不自禁地站起身来为她喝彩，祝贺她荣摘国际维纳斯模特邀请赛的桂冠……

飞机继续颠簸下降，危险在不断升级，容不得我再多想，在没有征得她许可的情况下，我卸下降落伞，强行捆上她的后背，并反复交代启伞、着地等要领。她点点头，好像明白了。

她在空姐的搀扶下，缓缓移向舱门口，走着走着，她又突然折回，"同志，留个纪念吧。"我双手接过她的照片，说："你快走吧。"她泪水涟涟，一步一回眸地离开了飞机。

我默默地祝愿她，跳伞顺利，比赛成功。

"呜——呜呜——"，女乘客们哭成一团，机舱内一片悲哀景象。

大约十分钟后，机师走进机舱，举起微沾油腻的双手，兴奋地狂喊："别哭了——，故障已经排除！"

这一特大喜讯顿时使大家破涕为笑，掌声、欢呼声伴随着飞机的轰鸣声响彻云霄。此时，飞机也兴奋地腾空而起，飞向它正常的高度。

光阴荏苒，两个月的婚假倏忽即逝。当我返回营地时，收发员送来一沓子信件，其中大部分信件的字迹出自一人。我随意拆开其中一封，看着这充满激情的求爱信，我忐忑不安。匆匆拆看其他信件，内容大致相近……面对这一封封热情洋溢的来信，我辗转反侧，我该怎样给她回信呢？

原载《解放军报》1998 年 9 月 12 日

还　乡

祁军平

刘局长退居二线了，之前忙，文山会海抽不开身，如今闲在家里养花、遛鸟的时候，接到了二十多年前下乡插队地方的老生产队长打来的电话：回来走走吧，看看你捐款修的"知青桥"……看看咱山里人改革开放后的好日子。

放下电话，刘局长思绪万千，山里人那朴实熟悉的一张张面孔，在脑海浮现出来。是啊，该回去看看了，那里曾留下了他青春的足迹，那片土地上曾洒过他的汗水。夜里，刘局长心中久久不能平静，思绪又被带到了魂牵梦萦的那山、那水。

当小轿车驶进大山那刻，清新的空气扑面而来，刘局长忙于公务劳累的心缓缓地舒展开来，昔日的简易路，现已改建成了二级路。

二十世纪八十年代初刘局长回来过一次，那时乡间的路是用砂石铺筑的简易路，吉普车后面拖着一条"土龙"。山里的妞子在后面追着，闻汽油烧过的味道，摸着车灯，脸上露出甜甜的笑。

那年发大水，小木桥连同那个叫"杏"的小女孩，被洪水冲走了。次日，刘局长就返城了。一个月后汇款单上署名为"知青"

的两万元汇到了山里。

"老哥，饿肚子的年代，你给了我三个鸡蛋。"刘局长说。

"那些年山里人穷，山里女子都不肯待在山里受穷，往山外嫁。那一年，我去四川领了个女人，翻了四道梁，走在半路又回去了。"

"后来修了路，山里的土特产可以走出山门，山里人的生活水平也提高了。"

"后来老哥你让娃在县交管站养起了路。"

"现如今咱山里人办了杏仁露饮料厂，大红枣也走出了国门，山里人家也看上了 VCD……多亏修了路呀！"

干！喝！

原载《陕西农村报》1999 年 10 月 18 日

党　证

朱幸福

　　辛小红原是纺织厂女工，单位开始裁员时，同事都四处托人，希望能留下来，而辛小红却不声不响地递了份辞职报告。丈夫知道后骂她太傻：因为怎么裁也不会裁到她这位"先进分子"的头上来。但她却说："厂里有难，我也有责，我不下岗还要谁下岗？"丈夫气愤地说："你以为你是谁呀？！"

　　辛小红下岗后，来到李家山菜市场卖蔬菜。菜市场有菜市场的规矩，菜贩子间都有默契，辛小红刚来不知道，按实论价，薄利多销，生意一天天见好，于是菜贩们联手排挤她。先是统一压价，把生意吸引过去，辛小红也跟着降价，但降到成本价时就不再往下降，这样她的菜就有了积压。她心里很着急，丈夫安慰她，就给她弄了块护身符，她不好意思挂在外面，就放在外衣的里面。这天有一个大学食堂的买主在菜场转了几圈，来到她的摊前问："你的蔬菜怎么比别人的价都高些？"辛小红说："我的菜质量好，从不乱涨价。"买主问："为什么？"辛小红想了想，就撩开外衣说："就为这！"那买主仔细地看了一眼她的护身符，肃然起敬，当即和她订下长期购菜的口头合同。第二天，又有一个大买主在她撩开的上衣内看了一眼后，也满脸堆笑地将她的蔬菜买走，并且许诺今后一定多买她的菜。连续几天都是这样，没过多久，大买主几乎都被她吸引过去，连居民们也对她十分青睐，她的生意越做越大，这让张三等一帮小菜贩们嫉妒得要死：她这是给别人看的啥呀？这么有魔力？问那些买主，他们也都是笑眯眯的，并不回答。张三去看，她却说没什么看的，一个护身符而已，便收拾东西准备回家。张三便招呼李四等人将她拦住。张三说："你凭什么抢了我们的生意？"辛小红说："信誉，质量，公平竞争。"李四骂道："那你老是撩开上衣让男人看什么？看你的大肥乳？"辛小红并不生气，说："那是护身符，有本事你也弄一个挂着。"说着拨开众人径自走了。于是大家便猜测这护身符到底是个什么样的东西？张三说："是不是黑社会的老大发的标牌？"李四说："不是，黑老大的护身符我有个朋友用过，没那么大的魔力，只是小混混见了不捣蛋罢了。"王五说："会不会是工商或公安部门什么实权人物家的亲戚？你看大买主都被抢走了。"赵六说："也不一定，也有许多普通市民在买哩。"最后大家一致认为她胸前一定藏有色情、强权等不正当竞争的东西，看她到夏天还能藏在哪儿？一定要揭开这个谜！

这天一早，天就很热，菜场的人也比平时多，辛小红的生意异常火爆，许多人都围着买她的菜。张三等人纷纷围上去，指责她使用"不正当"的竞争手段招揽生意。大家都驻足看起了热闹。工商、派出所及市场管理人员都赶到现场控制局面。张三说："她卖菜，常把上衣撩开给别人看，究竟是看什么呢？今天我们要让她当着大家的面说清楚。""对，一定要说清楚，让她把上衣脱了，也给我们大家饱饱眼福。"有人色眯眯地助起威来。辛小红满面通红，十分窘迫，两手紧紧地捂住前胸，但在众人的压力下，她不得不解开上衣的纽扣，人们看到她厚外衣的里面挂着一块奇特的护身符——上岗证，在她微笑着的照片旁有四个大字："我是党员。"辛小红解释说："我丈夫替我制作了这块牌子，我一直没敢挂出来，没想到关键时刻还挺起作用。现在既然大家都看到了，我就把牌子正式挂在外面了，为了纪念这个特殊的日子，也为庆祝我的生日，我把今天的菜全部免费送给大家。"不知是谁"哦"了声："今天是七月一日哩。"大家都恍然大悟，人群中爆发出一阵热烈的掌声。

从此，在李家山菜市场，凡是党员，都戴上了这特制的牌子，菜场的风气清朗起来，许多人都绕道来买菜哩。辛小红还成立了党员蔬菜批发公司，生意越做越大。

原载《短小说》2001 年第 9 期

惊　涛

李　琳

　　雨下了三天三夜还收不住。天未亮，西大堤狠响了一阵锣声之后，全村人呼啦一下都扑了上去。

　　野性十足的河水，掀三尺大浪横冲直撞，大堤渗水了。

　　人们一阵慌乱，将装满石子和土的塑料编织袋、草包堆在渗水处。不一会儿，野水又从编织袋、草包间渗出来。

　　"支书呢？"堤上的人你看我，我看你，果然不见村支书，像断了脊梁骨一般软了半截。

　　"把堤内的暗洞先堵上！"望望一河三尺高的浪，人人面带惧色。

　　"支书上半夜的岗，下半夜是刘三。"

　　"这个支书，关键时刻搂老婆睡觉呢。"

　　"别胡说八道，支书防洪抗洪累得昏天黑地，歇一会儿有什么！"

　　护堤棚上挂着警锣，风雨中灯时明时灭，不见执更人。

　　"那个刘三也跑了。"

　　"先下人堵洞，再去找支书。"

狂浪饿虎扑食般扑上堤来，堤外的水越渗越多、越渗越急。

"有种的跟我下。"有人"扑通"一声跳下河，潜入水里摸暗洞。

天光渐明。

"快拿绳子来，洞里有人。"水里人朝堤上喊。

有人扔下绳子，半晌拉上来一个人。

堤上一片唏嘘，若不是刘三堵住暗洞，堤早毁了，村子早完了。

突然，远处有人连哭带喊地跑来："支书，我该死，我睡着了哇……"来人竟是刘三。

众人大惊，再看水里捞上来的人，个个目瞪口呆：是支书，是雨前刚刚当选的新支书。

原载《苍梧晚报》2002 年 9 月 5 日

面　试

许国江

　　小林到苏州快半个月了，还没有找到一份适合自己的工作。他应聘过几家用人单位，总是高不成低不就。小林家在苏北里下河地区，来苏州前是乡政府的一名公务员，有固定的工资收入，生活也比较安定。可小林对自己的处境并不满意，觉得在乡政府机关工作，不能发挥自己的专长，更不能充分展示自己的人生价值。苏州是长三角经济最发达的地区之一，那里需要各式各样的人才。他希望在苏州寻找到自己发展的空间。他不听亲友们的劝阻，向乡政府递上一纸辞呈，毅然来到了苏州。

　　小林来到苏州之前，曾给自己设想过许多困难，所以暂时找不到合适的工作，他并不后悔，也不气馁。他想，好事多磨，凭自己的能力和才干，迟早会找到一个适合自己的用人单位。

　　果然，有一家大型企业看了他的材料，觉得公司很需要像他这样的人才。人事主管和小林接触了几次，对他的印象很不错。人事主管对小林说，符合他们公司招聘条件的共有四人，根据公平竞争、择优录用的原则，要在四人中选拔一人，究竟选谁，要经过总经理面试以后才能确定。人事主管要他某天下午两点到总经理办公室，接受总经理的面试，主管预祝小林面试成功。

这天下午，小林准时来到公司，人事主管说，总经理要分别对四人进行面试，小林排在第三位，要他稍等。

就在这时，小林的手机响了，接到电话后，他顿时变了脸色，乱了方寸，立马找到人事主管，说他不能接受总经理的面试了，他母亲病重住院，他是他母亲的独生子，必须立即回家。

人事主管说，我理解你的心情，可是顶多还有一两个小时就要轮到你了，俗话说，过了这个村就没了那个店，机会难得，我看你还是等面试以后再回家。小林说，我的心绪很乱，我母亲是多么需要她唯一的儿子啊，我恨不能插翅飞到母亲的身边，我一刻也不能耽搁了，我现在就得走，请你向总经理招呼一声，就说我小林谢谢他了。

轮到小林面试的时候，人事主管把小林的情况详详细细地向总经理作了汇报。话语中充溢着怜惜之情。总经理一边看小林应聘的材料，一边入神地听着，没有作任何表态。

小林是个人才，人事主管非常赏识他，对他因故未能参加面试，失去了录用的机会，深感惋惜。岂料，傍晚时分，总经理找了人事主管，要他汇五千元给小林，并且通知公司已正式录用了小林，要小林安心给母亲治病，等他母亲病愈后，就到公司来上班。

总经理作出这样的决定，是人事主管始料未及的，他的心里不禁产生了一个疑念：难道小林和总经理已经有过接触？或者……他微微愣了愣，对总经理说：可小林没有参加面试啊。

总经理说：是的，小林是没有参加面试，可他已经通过你向我交了一份完美的答卷，别犹豫了，你这就按我说的去办吧。

原载《郑州日报》2005 年 3 月 2 日

老党员金嫂给我的感动

王孝谦

金嫂虽年过半百，但仍风韵犹存，她穿上洁白的花围裙，笑容可掬地招呼每一位客人。

金嫂的小面别有风味，据说她煲的面汤加了几种名贵中药，面条和臊子分量到位，自然门庭若市。

金嫂一个人撑起门面，一顿早餐下来要煮上百碗面条，经常累得满头大汗。客人稀疏之后，她又在门前支起一个擦鞋摊，一块钱一双鞋，她说这几乎是纯赚。

那天我正吃着面，税所的小税官坐在我对面也要了一碗面。邻桌一名小姑娘狼吞虎咽地吃了一碗面，又要了一碗汤，最后摸出一块钱放在桌上，怯怯地说："阿姨，我妈住院了，我从乡下来看她，我已经没有钱了，但我走了那么久实在是太饿了……"金嫂打断了小姑娘的话说："算了吧，我不收你的钱，你快去看妈妈吧！"

我看到那小姑娘乐颠颠走了之后，问金嫂："你不担心她是骗你的吗？"金嫂奇怪地看了我一眼说："我相信我的眼睛！"小税官已吃完了面，便半开玩笑地说："金老板，我这碗面钱也免了吧？"金嫂回道："你是国家公务人员，我是下岗工人，我不能因一碗面钱让你为难是不是？"金嫂还是收了他两元钱。小税官又说："金老板，这个月交一百元钱的税算了吧。""你这就不实事求是了嘛，我每天都记了账，也累计出来了，你查查吧！"金嫂边说边把账本拿了出来。小税官看看算算，说："按你记的账这月应上一百九十三元税金哟！这样吧，上个整数，三块钱算了，行不？"金嫂说："这不行，该交的分钱不少！"

一种肃然起敬的情绪在我心里冉冉升起。

待小税官走了之后，我问金嫂："不是有下岗人员的优惠政策吗？你怎么不提出来？"

"哎呀！减免那点不吉利，人也活得不硬朗，过去我们所在的那么大个企业，国家免了那么多税还是没扶起来，我十八岁进厂，十九岁入党，年年当先进，最后还不是一样下岗？"金嫂一口气说下来，显得有些激动，脸有些泛红。

我不知说什么好，便"哦哦"两声，随即摸出钱结账，可翻来覆去找也只有一块八角钱的零钞，我问金嫂差两毛钱怎么办，她望望我手上的百元大钞，又看看她的钱箱子，然后抽出我的一张百元大钞，说了声："你等等，我去换！"她走上大街，避让着来来往往的车辆，走进了对面的农村信用联社营业部。我心里感到很是别扭，不就两毛钱吗？至于吗？刚才对她的敬意一下子被挤跑了一大半。

过了两天，我被单位派遣参加一个"共产党员先进性教育典型事迹报告会"，刚进会场便遇上了金嫂，我不冷不热地问："金嫂，你也来开会？钱也不赚了？"金嫂笑容可掬地说："没办法啊，咱们党的会还是要参加，老党员嘛！"说着便往会场前面走去。

主持人宣布今天的会就两个议程，首先是表彰十名优秀共产党员，然后是事迹报告。当县委书记读到金嫂的名字时，我着实吃了一惊，随即听到她的事迹简介后，我全身一阵虚脱，我知道那是一种激动的特殊表现。县委书记在介绍金嫂时声音也有些发颤："金嫂是一名最基层的平凡妇女，她的事迹也很平凡。她下岗后，面对长期卧床不起的丈夫和年老多病的婆婆以及正在上大学的女儿，她感受到了从来没有过的压力，这个家只能靠她一个人了。她放下在大企业当科长的架子，边干边学，卖过小菜、擦过皮鞋、当过餐厅服务员，后来自己办起了小面馆。她不管在怎样艰难的环境中，始终没有忘记自己是一名共产党员，她依法经营，照章纳税，处处起模范带头作用，并力所能及地帮助别人。实际上，她分分角角地积攒，维持这个家已属不易，而她却还长期资助两名素不相识的贫困大学生完成了学业。今天我们请到了其中一名大学生，她将用她对母亲般的爱的感受为我们描绘一个值得我们学习的真实的金嫂……"掌声雷鸣般地响起来，且经久不息。

再到金嫂面馆吃面的时候，我几乎不敢正眼看金嫂了。

有一次我忍不住还是问了她一句："你分分角角地积攒，又成百上千地甩出去，自己又没享受一下，何苦呢？"

她看了看我，问："你一定要知道原因？"我点点头，她凑到我身边很轻地说道："咱是老党员嘛！"

这轻轻的几个字却让我的耳膜声声震颤！

原载《自贡日报》2005 年 6 月 27 日

爷爷的枪

马新亭

　　我是爷爷的一条尾巴，爷爷走到哪儿我跟到哪儿。我感觉爷爷是全天下最让我着迷的人。因为我像所有的小男孩一样喜欢枪。而爷爷也喜欢枪，爷爷总是变戏法似的给我弄来好多"枪"。

　　爷爷不但喜欢枪还会造枪。他有时用各种木棍给我造枪，长的、短的，背着的、挎着的。他有时用各种农作物杆给我造枪，手枪、步枪、冲锋枪、机关枪……五花八门，应有尽有。

　　我问爷爷，你小时候喜欢枪吗，爷爷？

　　爷爷说，喜欢啊。

　　我问，你为什么喜欢枪？

　　爷爷诘问我，你为什么喜欢枪啊？

　　我说，我觉得好玩。

　　爷爷笑笑说，爷爷小时候喜欢枪，可不是觉得好玩。那时候，兵荒马乱枪炮声不断，爷爷害怕，总是枪不离身，身上有枪爷爷就不害怕。爷爷的腿是被日本鬼子打瘸的，你大伯是被侵略者打死的……

　　生活好点后，爸爸和姑姑都会给爷爷一些零花钱。爷爷舍不得花。他每次赶集，总会给我买"枪"回来。有塑料的，有木的，有冒光的，有带声音的……有时，我疑惑不解，外面怎么这么多枪啊。渐渐地，我产生一种离奇的想法——什么时候，我能摸摸真枪啊！

我真摸上了真枪。我到外面的世界当兵去了，天天与枪打交道。

这年，我回家探亲，爷爷问我，摸到真枪了吗？

我说，摸到了，我还是部队上的神枪手呢。

爷爷说，我带你去看看枪。

我笑了，心想爷爷真是老了，糊涂了，但又不想惹爷爷生气，我就问，上哪里去看？

爷爷躬着身子一探一探，一边往外走一边说，你跟着我走就行。

我骑上自行车，追上爷爷，带着爷爷驶出村子。

村外有好几条纵横交错的公路，不管是大路还是小路，路两旁都栽着树。

爷爷指着那些树说，你看像不像机关枪？

我看看说，怎么是机关枪呢，那不是树吗？

爷爷说，你再看看，树干像不像枪身，枝头的无数片叶子，像不像枪口喷出的子弹？

让爷爷这么一说，我看着还真有点像，就说，像，真像。

走着走着，爷爷指着一片高粱地说，你看那些高粱，像不像一支支步枪？

我不想让爷爷不高兴，就说，爷爷，让你这么一说，还真像，我原来咋就没发现呢。

爷爷笑起来。

路过一片玉米地，爷爷又指着玉米说，你看看那一棵棵玉米，像不像一支支冲锋枪。秆像枪身，叶像刺刀，玉米苞像弹夹。

我说，是是是。

爷爷说，知道吗？这些树木啊庄稼啊花草啊都是大地的枪啊。

我说，大地还需要枪吗？

爷爷说，当然需要。它们保护着大地啊。

在回去的路上，我问爷爷，你见过真枪吗？

爷爷说，我不但见过还有过真枪。

我吃惊地说，真的吗？

爷爷说，那还是在辽沈战役的时候，国民党的军队被围困了几天几夜，没吃没喝，一个馍就换一把枪。我就用一个馍换过一把枪。

我又问，爷爷你的枪呢？

爷爷说，打完仗，部队收缴枪，我第一个交的。

……

我再一次探亲时，爷爷更苍老了，老得走不动路，只能坐在炕头上。而我这次探亲与前几次探亲已有天壤之别。我从一个扛枪的兵成为一个扛枪的将。

听说我回来，亲朋好友都来看我，挤得屋里满满的。座位上坐满了人，炕沿上坐满了人，屋里站满了人。人们七嘴八舌地恭维我，恭维我父母。有说我有出息的，有说我光宗耀祖的，有说我父母教子有方的。最后人们又恭维我爷爷，说我爷爷有眼光，当年没人愿意去当兵，只有我爷爷坚决支持我当兵。

我爷爷咳嗽一阵子，就说了一句话："在我眼里他什么都不是，他就是一支保家卫国的枪！"

转载《小小说选刊》2006 年第 9 期

敲钟的老人

高　军

在校园的西北角上，有两间低矮的西屋。屋顶上苫的麦秸已变薄了，呈现出灰黑色。老式的木板门和木窗棂在农村都很少见了。屋前有一棵老槐树，黑褐色树干上，树皮那不规则的纹路好似老年人脸上的皱纹。在上边的树杈上，挂着一个生铁铸的钟，已经锈迹斑斑。耷拉下来的绳子，斜牵着挂在门边。

"好啊，你得把我先杀掉了再说！"随着声音从屋子里走出来一位老人。由于生气，脸上的皱纹更紧地聚在一起。

校长赶忙笑着打招呼："老胡啊，楼房盖起来，它们就有碍观瞻喽。咱们要配备电子报时钟，这些不需要了，所以……"

老胡不客气地打断校长的话："我这老该死的也不需要了，你打谱怎么除掇吧？"

"你为咱们学校辛勤工作了这么多年，是有功之臣啊。以后你要搬到楼上去，享清福。敲钟一辈子了，不容易啊！放松放松吧，老胡。你的一切待遇都不会有什么变化的。"校长安慰他。

他倔强地把头一梗："我哪里也不去，就住在这屋里。"

校长愣了愣，半天，轻轻挥挥手，带着来人走了。

楼房很快建好，电子报时钟也已全部配备上。可每到时间，老胡都会准时敲响清脆的钟声，和电子报时钟竞争似的。一开始，很多师生感到别扭。时间长了，也就习惯了。

　　这天，老胡突然先敲响了他门前的钟，而电子钟却没有响。

　　老师们看看表，是到了上课时间，于是就按照老胡的钟声来到教室。上课几分钟后，电子钟也响起来了。

　　凑巧的是，县教育局来人正检查工作，发现了问题，就对校长说："这样不行吧，还乱了套。"

　　校长着急了，就来到老屋："老胡，别添乱了好不好？"

　　"我添什么乱啦？"老胡理直气壮。

　　"有电子钟了，你就不要再敲了。声音不一致，步调不统一，怎么上课？再说，你闲着干点什么不好啊。"校长强忍着，好说了歹说。

　　老胡在这个学校干了一辈子，对校长的话根本就没当回事："时间叫它一样不就行了。"

　　"你就这样乱敲它怎么能一样？"校长生气了。

　　老胡说："我没有乱敲，我敲的是北京时间。"

　　校长这才想起似的看看手腕上的表，又抬头看看老胡挂在墙上的挂钟，嘴唇抿了抿，不说话了。

　　"好，我回去对好电子报时钟。"校长平静下来，对老胡笑了笑，"真理掌握在你的手里啊，但……"

　　老胡也笑了，正想说点什么，猛然扭头一看，下课时间到了，就跑到门口，快速地抓起绳子敲起来，顿时"当、当、当……"响亮的钟声迅速传遍校园，老师和学生们陆续走出教室。

　　"我得赶快去弄好电子钟了。"校长快速走了。

　　此后，电子钟又与老胡敲的钟声统一步调了。

　　可毕竟年龄不饶人，在这不变的钟声里，老胡的头发几乎全白了，腰也有些弯，脚步越来越踉跄。

不过人们看到，只要抓住钟绳，就好似充了电，他一下子就进入了状态。

"唉，这老家伙，有什么意义？"有人叹息。

"犯贱呗。"有人撇着嘴，轻蔑地说。

"神经不正常，有毛病。"有人尖刻地讥讽道。

校长听到了，狠狠地瞪这些人一眼："他是新中国成立前入党的一位老党员，这是一种敬业精神！"

终于，老胡再也撑不住了，倒下没几天，接着就去世了。

没人再敲响这钟，校长突然感到心里空落落的，他慢慢地走到老槐树下，抬头看着那锈迹更重的钟，半天一动也不动。

盖楼时负责监工的那老师凑过来，斟酌了一会儿，才说："老胡去世了，这口钟是不是可以拆掉了？"

校长仍抬着头，眼光认真地盯着被老胡敲了一辈子的这口钟，又过了半天，才转过头来，声音很轻地说："不，留着它，永远留着它们。"

"为什么？"他感到疑惑不解。

校长很动情地说："你听，钟好像又被老胡敲响了。"

校长说完，就把低垂着的钟绳抓在手中，好似要敲的姿势，最后也没敲，只是仔细地把它送到门边，稳稳地挂在了墙上。

原载《新课程报·语文导刊》2006 年 10 月 10 日

两票反对

冯春生

儒牛是我们的县长，儒牛被选为县长的时候，人代会上有一百八十二名代表投票，结果是一百八十票赞成，两票反对。

选举完后儒牛回到家中跟妻子说：今天投票有两票反对，你知道是谁吗？

儒牛的妻子也是人大代表，她今天也参加了投票，听了丈夫的问话，她说不知道。

儒牛哈哈大笑，说：一票是我自己投的。

妻子惊异地说：你自己投了自己的反对票？

对。我觉着我离党和人民对我的要求还差得远呢，就投了自己的反对票，只是另一票不知是谁投的。

深夜两点多了，儒牛在床上还是辗转反侧睡不着，脑子里不住地翻腾。想那么多干什么？睡吧！睡吧！噢——！

儒牛被当选县长的第二天就奔赴到了全县最穷的磨弯乡。磨弯乡的农业非常落后，他和乡领导们深入到第一线，了解到这里的耕种方式还是用传统的牛耕人播，靠天收成。儒县长立即给农业局长打电话，让他带着科技站的技术员来磨弯乡蹲点，要指导农民科学种田，改变他们的落后面貌。

紧接着儒县长又来到了全县最穷的牧区达克苏木，在苏木长的陪同下，他深入到牧户，了解到牧民牧养的还是劣质的本地羊。这种羊食草量大，但生长缓慢、体格小，它对草原的危害很大。儒县长看到大片大片的草原植被被破坏，荒漠沙浪在不住地吞噬着草原，整个生态环境非常恶劣，这千疮百孔的草原就像是一把刀子扎在了他的心上。他知道这是滥养乱牧、无人保护植被的结果。他立即给畜牧局长打电话，让他带改良站的同志们来。他说：第一，要在这里禁牧，改放养为圈养；第二，要引进优良羊种；第三，要种草种树……

儒县长来到了三位孤寡老人的家里，把一个月的工资捐给了三位老人，老人们热泪盈眶，儒县长说：人民是我们的衣食父母，我们要做人民的孝子啊。

为了跑成一个项目，儒县长一个星期四进北京城，饿了在车里啃点干粮，困了在车里打个盹儿，人整个瘦了一圈。县委书记看在眼里，心疼地说：你可要注意身体呀，千万别累坏了。儒县长笑着说：没关系，我一定要对得起那两张反对票。

妻子看着他一日不如一日的身体，也说：不行就请假休息两天吧，你会累垮的。

儒县长说：哪能呢，我还有一个反对票呢。

终于，妻子担心的事发生了，在一次抗洪抢险的战斗中，儒县长累倒在工地上，再也没有起来。县委书记在慰问儒县长的妻子时说，儒县长是党的好干部，选他的时候有两票反对，他却常常用这两票来激励和鞭策自己。

儒县长的妻子说，一票是他自己投的，另一票是我投的。

县委书记一听瞪大了眼睛，问，你为什么投反对票？

她说，他的身体一直不好，我知道当县长很累啊……

原载《鄂尔多斯日报》2007 年 7 月 20 日

唐三彩

侯发山

那天，康乡长到南湾村调研。村主任老贵忍不住兴奋地告诉他，说栓保的女儿梅花考上了北京大学。

对于栓保，康乡长是不陌生的。去年年关的时候，康乡长给栓保送过年的慰问品。

康乡长和老贵去的时候，梅花正坐在床边，嘤嘤地啜泣着；栓保蹲在地上，不住地吧嗒着旱烟，很是无精打采。

栓保发觉来客人了，慌忙地站了起来，讪笑着说，康乡长来了。梅花别过脸去，用袖子擦拭着脸上的泪痕。

康乡长看了看，栓保家里依然空荡荡的，没有一件值钱的家当，墙角一缸咸萝卜散发出一种说臭不臭说咸不咸的味道。

老贵附在康乡长耳边说道，栓保家一年四季把咸萝卜当饭吃。

康乡长发现墙旮旯放着一个瓷罐，突然两眼一亮，说这个罐子是干什么用的？

栓保不好意思地一笑，说当年腌制咸菜用的，现在嫌它有点小，不用了。康乡长把瓷罐搬到光亮处，用手小心地擦拭了一下，惊讶地说这是宝物啊。

栓保，还有老贵，都眨巴着眼睛，好像不明白康乡长的话。

康乡长说，这个瓷罐不是一般的瓷罐，是唐三彩。

栓保说不可能吧，这是俺爹活着的时候用两个鸡蛋在集市上换来的。

康乡长摇了摇头，接过老贵递过来的一块破布仔细地抹拭着，得意地说，你们瞧瞧，这个瓷罐绝对是唐三彩。

老贵一愣一愣的，说康乡长，你可看仔细了。

康乡长说，你们瞧瞧这瓷罐，造型古雅端庄、生动别致，彩饰新颖细腻，釉色莹润鲜亮，有一种斑斓富丽的艺术效果。

老贵说，为啥叫唐三彩呢？

康乡长侃侃而谈，说这种制陶工艺是从唐朝时期开始的，采用堆贴、刻画等形式的装饰图案，同时使用红、绿、白三种釉色。经过高温烧制后，三种釉色相互交融，三彩就变成了很多的色彩，形成了有原色、复色的斑驳陆离的多种颜色。据说这种玩意由于在制作过程中釉质的自然下流，烧制好的唐三彩会产生许多复杂奇妙的变化。因此，没有任何唐三彩作品是完全一样的……所以说这是一件价值连城的宝贝。

康乡长一席话，把老贵和栓保搞得目瞪口呆，傻了一般。

栓保迟疑地说，康乡长，这个瓷罐真是宝物？

康乡长点点头。

栓保说，可是，可是，这宝物对我来说也没啥用处，也不知道有人要没有？

康乡长说，这样吧，我出三万块，你卖给我如何？

栓保惊喜地说，真的？

康乡长说，不骗你。

栓保就慌乱地点了点头。

老贵也松了口气，说梅花这下可以上大学喽。

第二天，当康乡长交给栓保三万元，正要把瓷罐抱走时，梅花红着脸说，康乡长，这个瓷罐既然是唐三彩，肯定是我家祖传的东西，所以我不想让它流落到他人手中。

康乡长眨巴着眼睛说，你这话什么意思？

梅花说，康乡长，你要保存好这个瓷罐，五年后，我用四万块把它赎回？中不中？

没想到是这样，康乡长一时说不出话来。

梅花说，康乡长，你要不同意，就请拿走你的钱，把瓷罐留下。

康乡长说，那好，五年后你可以赎回，但不是四万，是十万！

梅花沉默了片刻，就使劲点了点头。

康乡长走后，栓保气急败坏地对梅花说，闺女，你是疯了还是咋的？那个破瓷罐他买走就买呗，你还赎它干啥？你当真以为那就是宝物？

梅花说，爹，我找专家鉴定了，那个瓷罐就是唐三彩。

栓保说，确实我是跟着你爷在集市上拿鸡蛋换的，怎么会是宝物呢？若真是宝物，三万块钱咱是不是卖亏了？

梅花说，没有，我们还捡了一个大便宜。

栓保说，那就好，赎回不赎回都中。

梅花在大学里刻苦读书勤奋学习，由于成绩优异出类拔萃，毕业后被一家公司聘为副总，年薪二十万。在老贵的带领下，梅花开着小轿车带着十万元辗转找到了康乡长。这时候，康乡长已经成了康书记。

康书记又惊又喜。他抱出那个瓷罐，说，闺女，实话跟你说，这是一个很普通的瓷罐。

梅花一点也不感到惊讶，说，谢谢您康书记。我当初就知道是个很普通的瓷罐。

康书记很是意外，说，那你为何还要赎回去？

老贵有点明白又有点糊涂，说，康书记，既然您知道是假的唐三彩，为啥当年提出要让梅花拿十万元来赎回？

梅花抢先插话说，老贵叔，康书记一是不想让我赎回这个假的唐三彩，二也是在逼我学业有成，干出一番事业啊。

康书记点了点头，欣慰地说，梅花，我只能拿回属于我的三万。

梅花感到为难，看到身边的老贵，眼睛一亮，说，康书记，剩余的七万我捐给村里。

中，中，中。康书记跷起了大拇指。

老贵高兴得搓着两手，不知如何是好。

梅花笑了，一张笑脸如同盛开的梅花。

原载《百花园》2007 年第 11 期

1943 年的烤地瓜

凌鼎年

三连钟连长带领全连战士们已坚守了两天两夜了，阻击住了鬼子整整一个联队的进攻，以保证野战医院那些伤病员的转移。因为伤病员行动不便，上级要求三连能坚守三天三夜。

晨光熹微中，钟连长望了望阵地，壕沟已被日本鬼子的炮火炸得面目全非，战士们死的死，伤的伤，真正好胳膊好腿的不到三分之一，但依然情绪高涨，一个个向钟连长表示：坚决与阵地共存亡！

只是战士们已一天一夜粒米未进，体力上实在有些支撑不住了。可这个无名小山坡几乎被炸得草木全无了，哪有吃的？连长沉思片刻后，把全连年龄最小的司号员二娃子叫来，对他说："你立即追上部队，报告上级，我们三连没有一个孬种，保证完成阻击任务！"

"这是命令！立即就走！"二娃子很少见连长如此严肃，只好极不情愿地离去。

望着二娃子的背影，钟连长喃喃地说道："给我们三连留个根吧。"

二娃子一路小跑，冲下了小山坡，当他又翻过一个山坡，因饥肠辘辘，跑着跑着就跑不动了。真所谓瞌睡送来枕头，二娃子望见山坡脚下有一块没来得及收的地瓜地，兵荒马乱的，看样子，主人早逃难去了。二娃子感觉到肚子在咕噜噜地叫，忍不住就用手刨起了地瓜，他擦擦泥，就生吃了起来。吃了两个地瓜，身上似乎有了点气力，当他准备上路时，他想起了阵地上的战友，他们可都是饿着肚子在与小日本鬼子干啊。想到此，二娃子不再犹豫，折了根树枝刨起了地瓜，然后捡了些枯树枝烤了起来，没有炉子，地瓜烤得半生不熟，二娃子顾不得这些，脱下军衣，把地瓜包了起来，扛在肩上折回阵地，刚走几步，又停下来，把钟连长给他的那一块银元放到了地瓜地的一块土疙瘩上。

走着走着，二娃子听到了隐隐的枪炮声，看来鬼子发起了新一轮进攻，他不由得加快了步子赶向阵地。

炮弹的爆炸声越来越密，越来越响，显然鬼子是发疯了、拼命了。

"连长，地瓜来啦！同志们，二娃子给你们送地瓜来啦！"二娃子激动地叫着。正在这时，一发炮弹呼啸而来，二娃子连忙卧倒，并本能地把那一包地瓜抱在了胸前，不幸的是他还是被弹片击中，昏死了过去……

二娃子醒来时，已是三天后的一个早晨，他躺在了当地一家农户的床上。二娃子只感到阳光很刺眼，望着那简陋的农舍、陌生而亲切的面孔，他却什么也记不起来。用现代医学术语说就是失忆，那时老百姓不懂，只知他脑子被炮弹震坏了。但乡亲们却众口一致说：你是抗日英雄！

二娃子从乡亲们的口里知道：那无名小山坡上阻击鬼子的三连战士全部壮烈牺牲，他是唯一被救活的。乡亲们对他说：你自已血流满面，地瓜却一个没丢，幸好那包地瓜的军衣在，乡亲们根据军衣上的名字，知道了他的部队番号，知道了他大名叫宋大枣。然而，这些对二娃子来说，像听故事似的。

一晃半个世纪过去了，进入古稀年纪的宋大枣像所有的老人一样，常常陷入往事的回想之中，可一切的回忆都在 1943 年那一包地瓜前戛然而止，宋大枣总觉得那一包地瓜应该有什么故事，然而就是想不起来。

宋大枣七十岁那年一次外出时，遇到了车祸，被撞得满头是血，大家都以为老人这次命要休矣，谁知抢救了过来，醒过来的老人，嘴里不断地叨念着"钟连长、钟连长，地瓜、地瓜……"

也许应了歪打正着这话，宋大枣因车祸这一撞，竟把他尘封了五十多年的记忆闸门给撞开了，他慢慢记起了无名小山坡上的那场阻击战，记起了三连，记起了钟连长，记起了那一块银元，记起了那一包地瓜……

出院时，医生再三关照：必须静养，切忌外出，好好调理，慢慢恢复。然而，宋大枣变得焦躁不安，他固执地说：我已耽误了五十多年了，一天也不能等了，我要立马去祭奠我的战友。

家人拿他没办法，只好陪他前往当年的无名小山坡。

极少极少流泪的宋大枣，不知不觉已泪流满面了。

原载《新语文学习》2008 年 5 月

那晚雁声声

朱闻麟

在特护病房里，病魔已把王永老人折磨得像个木乃伊，只剩下皮包骨头了，要不是那双会动的眼睛，已看不出什么生命的迹象。

处在半昏迷状态的老人时不时地会喊一声"李立"，还会像聊天一样说上几句话。听着那杳无边际的话语，也已上了年纪的儿子王红根不放心了，就去问医生，医生说，人到了这个地步，有时是会产生幻觉的。

那晚，昏迷中的老人突然说道："雁声，雁声，我听到雁声了。"病房有一定的隔音效果，哪里能听到什么大雁的叫声呢，一定是老人又产生了幻觉，然而才过一会儿，老人又叫了起来："雁声，雁声，我听到雁声了。"

已是深秋时节了，在乡下，这个季节时常能看到南飞的大雁，它们排成"人"字形飞过，留下一串串洪亮的叫声，让人感慨万千。红根没想到在城市的上空也会有大雁飞过，而且还是病入膏肓的父亲先听到的。他忙跑回病房，告诉父亲是有大雁飞过。老人的眼睛一亮："老伙伴真的来叫我了，快！快！你们现在就把我送到湖边去，我要去见他们。"

　　谁也没有想到老人会提出这样的要求，在这样的情况下，待在医院才是最明智的选择，红根就劝道："爸，现在是深夜，等天一亮就送你去湖边，你看好不好？""你们不去，我自己去！"老人想自己爬起来，可身体已不听他指挥了。大家都劝他等天亮了再说，可老人却说雁声叫得那么急，等不及了，自己一定得去。

　　老人的脾气儿女们都知道，他想做的事情必须要做到，红根问医生怎么办才好，医生小声说："老人的神志很清醒，怕是还有什么事没完成吧。"红根默默地回到老人的身边："爸，你真要去？""嗯！"

　　"行，我依你，这就去联系车。"听到儿子肯定的话语，老人的脸上露出了笑容。

　　大伙儿小心翼翼地把老人抬到了车上，车子向湖边驶去。

　　夜深了，原本繁华的马路显得十分寂静。细心的红根发现，今天的雁群很怪，时不时地天空中就会传来"咯儿——嘎，咯儿——嘎"的雁声，像是在为老人护航。老人上车后一直很清醒，他断断续续地说着自己那段不寻常的经历。

　　1941 年，日本鬼子进了湖区，他们无恶不作，百姓一下子陷入到水深火热之中。为了打击鬼子的嚣张气焰，在上级组织的领导下，湖区成立了抗战支队，老人就是其中的一员。

　　那年秋天，日本鬼子不知从什么地方得到消息，说支队将在湖边的芦苇塘里过夜，于是调集了近百名鬼子，乘着夜色想偷袭。

　　夜幕下的湖区显得十分幽静，负责放哨的李立发现异常情况时，鬼子已摸近了芦苇塘。李立学着大雁的叫声发出了报警信号："咯儿——嘎"，随后向支队相反的方向跑去。李立的声音惊动了一群在此过夜的大雁，芦苇丛中随即传出一阵"咯儿——嘎，咯儿——嘎"的惊叫声，听到动静鬼子就开了枪。

　　正在熟睡中的队员听到大雁的叫声，知道发生了情况，迅速行动起来。凭借着地形的优势，支队与鬼子摆起了迷魂阵。虽说鬼子人多，装备又精良，但也不敢贸然进入芦苇塘，只能乱放一通枪，眼看着占不到多少便宜，只得留下十多具尸体走了。由于李立的及时报信，支队非但没有受到损失，还打了一个漂亮仗。遗憾的是，王永的亲密战友李立为了引开鬼子而献出了年轻的生命。

老人盯着湖面看了好一阵子，突然他大喊一声："李立，我的好兄弟，我来了！"随后就倒在了家人的怀里。

大伙儿七手八脚地把老人抬上车，随行的医生连忙进行了抢救，然而，老人的心脏永远地停止了跳动。

原载《新课程报·语文导刊》2008 年 2 月 26 日

父亲的心事

卢　群

父亲变了，变得让人匪夷所思。

那天晚上，我正在书房批阅文件，父亲进来说："强儿，我想同你商讨件事，有空吗？"

"有空，有空。"我连忙迎上前。要知道，父亲向我讨教可是大姑娘上轿第一回，我没有理由不受宠若惊。

父亲并不理会我的惊讶，径直说道："市委党校让我给青干班学员上几节古诗文欣赏课，我思量，这些学员是各条战线上的精英，肩负着两个文明建设的重任。南宋哲学家吕祖谦曾说过，当官之法，唯有三事，曰清、曰慎、曰勤。意思是讲官员倘若为官弄权，不干不净，必然心生私利与邪恶，其结果必然失民心，失天下。古代官吏尚知得民心者得天下，当下为官者对此更应有深刻的认识。因此我想选择一些体现勤政廉洁内容的古诗文为教材，在指导欣赏古诗词的同时渗透一些做人的道理。只是我乃一介布衣，这样做是否有点越俎代庖？"

父亲说这些话时，几乎是一气呵成，完全没了平时的慢条斯理。面对父亲的期待，我来不及多想，连忙说道："爸，您曾经说过，教师的职责是传道、授业、解惑，教师不仅要传授给学生知识，更应该传授给学生做人的基本道德。您既然是党校聘请的教员，那些学员就是您的学生。况且廉政建设是这次青干班的重要内容，您的选择真是再合适不过了。"

父亲见我如此说，眉毛先是扬了扬，接着含笑点了点头。我知道，那是父亲的习惯性动作，是对圆满回答问题的学生的奖励。目送父亲离去，我突然疑惑起来。父亲到党校兼课也不是一两次了，为何这次如此慎重？是顾及自己的形象？还是为了我的声望？我不得而知。

这之后我出了一趟差，回来后脚跟还未站稳，父亲就跟了进来。看得出来，父亲有话要说，且是酝酿已久。果不出所料，父亲扬了扬手中的资料说："强儿，再向你讨教个问题。白居易在《卜居》中感叹自己'游宦京都二十春，贫中无处可安贫'。可是他二十七岁进士，从周至县令到校书郎，后来拜翰林学士，官居五品，怎么会连房子都买不起呢？"

我说："白居易信守做人要谦逊诚朴的操行，为官要爱民济民的职责，为官期间敢于直言，针砭时弊，以致得罪权贵，被贬司马。似他这般'不识时务'，居无定所便在情理之中了。"

父亲听后微笑着点了点头，然后意味深长地看了我一眼。父亲的这种目光我是再熟悉不过了，它是一种勉励和期盼、一种关注和疼爱。只是满腹经纶的父亲居然会讨教一个连中学生都懂的问题，这再一次引起我的警觉。

当晚我向妻子说出心中的疑虑。妻子沉思了一会儿说，也许是因为你当上了七品芝麻官，爸担心你为官不仁，在敲你的边鼓呢。我说既如此爸为何不明说？非得来个"曲线救国"！妻子说亏你当了三十八年爸的儿子，爸的为人你不清楚？他是顾及你的自尊心哩。

妻的话让我一下子醒悟过来。是啊，执了一辈子教鞭的父亲之所以深得人们的敬重，除了他的师德高尚外，便是他那独具魅力的人性化教育。

果然，在次日中午的餐桌上，我刚刚端起饭碗，父亲就神秘地对我们说："最近我看了王钢写的题为《包公脸上的指痕》的文章，说的是开封府题名记碑上镌刻的一百三十八任知府名单中，除包拯的名字几乎被磨光外，其余人的名字均保存完好，你们知道这是为什么吗？"

"包拯的名字是被深爱他的百姓抚摸掉的，是被历朝历代的游客抚摸掉的。包拯执掌开封府虽然只有短短的一年零三个月，可是他的美名已誉满天下，故事已传扬千年。爸，这些日子我一直在想，党和人民这么信任我，让我担当全县人民的领头羊，我唯有像包公那样，恪尽职守，廉政勤政，自觉接受监督，全心全意为民服务，才能对得起党和人民的厚爱和重托啊。"

"好，好，就等你这句话！"父亲不等我说完就拍掌叫起好来，那是父亲在看到最满意的答卷时才有的神态。望着父亲欣慰的笑容，我知道，父亲这下该稍稍放心了。

原载《盐阜大众报》2008 年 10 月 7 日

支书盖房

夏雪勤

你老了。你不当村支书了。

其实你并没老到那种程度。

吃过晚饭，你坐在自家的院子里，嘴里叼着半截烟，在夕阳的余晖下，那微微隆起的背影，一眼望去，似乎是有点老的样子。

你看着破败的老屋，心里真的后悔起来，当初干吗不听听老婆的话，把这老屋推了，盖座新楼，想不到有时女人家的话也会有些道理。你淡淡地吸了一口烟，努起嘴将烟雾重重地吐了出去。

是的，老屋比你还老了，几处漏水不说，西墙已剥蚀得差不多，都能透进光吹进风了，要是台风来了，说不定……唉，村上还有几家在住这样的老房子？大家陆陆续续全换新的了，有的还造起了三层四层的小洋楼，那个气派啊，真是看着漂亮，住着干净，多舒服。

村里这么多干部，难道就你思想好，就你清正廉洁？说得不好听，其实只有你最死板，最固执，最傻瓜蛋。这会儿你后悔了吧，后悔的事情多着呢。告诉你，钢筋水泥、砖头瓦片的全都涨价了，有的涨好几倍呢。现在你要盖间新房啊，就不那么容易喽。

除了买材料花钱多外，你上哪儿去叫帮工。一天一百、两百的工价，够你消化的，说不定还要往上涨，明明可以节省的开支，这不都要白白付出去了吗？

你不当支书了，不像过去那样大家都围着你转，都听你的指挥，现在还有谁理你。路上碰了面，叫你一声老支书，这是尊重你。

你看人家，嘿，宅院造得跟宫殿似的。其实你的脑袋也不笨，没吃过猪肉，总看见过猪跑，可你这么看都不会，真没出息，还尽得罪人。你自己想想，假如你盖房子的话，村里谁会心甘情愿地来帮你。是山豆还是葛根，是乌梅还是碧桃。要知道，他们虽然都有办法，有门路，可他们都是受过你的气、恨死你的人。

那时，你家门庭若市，想行个方便走个后门的人一个接一个。村东的山豆就是其中之一，他想承包鱼塘，求你把那口最大的私下里包给他，当然给你好处，可你不干，偏偏要在村民会上投标。人家当面被你的道理说服了，心底里可不是那么一回事。虽然他还是以高出别人几块钱的优势中了标，但你的功劳却一分都没有了。尽管你后来帮他去城里学习养殖技术，可人家是自己掏钱，自己聪明，才学得来的，跟你没什么相干。

乌梅也是，一个女孩子刚刚中学毕业想进拉丝厂当个操作工。你又是不同意，说村里三百多人，拉丝厂现在只能安排四十来个，你姐已在厂里了，无论如何不能再进了，害得乌梅在家耽误了两年时间。两年后，在你的张罗下，拉丝厂发展了，不但村里想进的人都可以进去，而且还招了一些外地民工。经过考试，乌梅以高分被录用，并且分配做检验。乌梅当然挺高兴，检验工不仅轻松，收入反而还高。哼，一个芝麻绿豆的村支书有什么威风的，人家乌梅靠自己考试照样进了拉丝厂，还做检验呢。

最倒霉的要算碧桃。碧桃家要盖新房子了，她想稍稍弄大一点地基。那天，碧桃穿得漂漂亮亮的，扭搭扭搭地来到你家。碧桃少说也是村里数得上的美人，再经过这番精心打扮，别说有多少滋润和水灵。三十出头的少妇，正是最招展的时候。碧桃一进门，就书记长书记短，嗲声嗲气地跟你套近乎个没完。可你不吃这一套，不但没有多给地基，还把她撵出了家门。闹得人家哭笑不得，只好怏怏地回家。一到家，碧桃哇地大哭起来，她感到好委屈啊。就像这种想在你这里动点儿歪脑筋的人，不管是谁，一律是一头撞在大墙上——碰壁。你说你还有什么人缘。

台风季节是说来就来的，你可得千万抓紧时间啊，错过了这个夏天，到了八月份，台风来了，那你可有苦头吃了。幸好，你拿定了主意，要把老屋推倒，重盖新的。这对你来说可是一个重大的决定，可惜你还是稍微晚了一步。

当你的楼房还只是两堵山墙的时候，那晚的气象节目已经在预告台风"紫云英"即将登陆，将影响本地的消息。"紫云英"厉害哪，有十二级。这样的台风一来，你那没来得及结顶的楼房就会被吹倒，多日的辛苦将毁于一旦，材料浪费不说，重起炉灶那工程很复杂，损失可大，真不敢往下想。你急得直跺脚。说实话，这会儿，你再怎么跺脚也没用，台风它可不听你的，照样径直地向你扑来，向你还未建成的新房扑来。

你一夜没睡好，天蒙蒙亮时，就起床赶去工地。老远你就觉得有些不对劲，赶紧奔过去一看，眼前的情景让你不敢相信，工地上已干得热火朝天，几十号人哪，当然，山豆他们也都在里面。

你傻愣愣地站在那里，居然动不了了，好一会儿，两颗清泪从你的脸颊流了下来。

选入中国微型小说丛书《玫瑰之约》

兄弟墓

邢庆杰

鬼子一进村，大家就知道，鬼子是冲那批药品来的。

鬼子还是沿用惯用的伎俩，把村里人都赶到一片空地上，周围架上机枪，然后再挨家挨户地搜。搜了半天，什么也没搜着，鬼子的刺刀上却挑满了鸡鸭鹅等活物，还有伪军牵着羊、抱着猪仔，畜禽们此起彼落的叫声使沉闷的空气热闹起来。

这批药品是八路军游击队伏击鬼子的运输车弄到手的，还打死了十几个鬼子，所以，鬼子中队长伊田非常恼火。当他们接到线报，药品就藏在这个村里时，就纠集队伍疯狂地扑了过来。

伊田对付中国人的办法只有一种，就是杀人。

天气很热，蝉的叫声使人们更加烦躁。

伊田缓缓抽出了指挥刀，刀在阳光下变成了一道寒光。

伊田说，药品的，就在这个村里，不交出来，统统死啦死啦的！

伊田把指挥刀向下一劈，枪声爆响，站在人群最前面的十几个人扭曲着倒在了血泊中。

伊田把指挥刀向上一扬，枪声停了。

伊田说，药品的，能不能交出来？

人群无声。连孩子的哭声都止住了。

伊田的指挥刀作势欲劈……

慢着！

随着一声断喝，村长从人群中走了出来。

伊田笑了，露出了两颗大龅牙。伊田把指挥刀压在村长细瘦的脖子上，你的，知道药品的下落？

村长冷冷地说，知道，药品就是我亲自藏的。

村长两只闪着红光的眼睛紧盯着伊田的眼睛，只有我知道药品藏在哪儿，让这些无辜的村民都走，我就告诉你。

伊田缓慢而坚决地摇了摇头，你的，必须先告诉皇军药品的下落，这些人才可以活命。

村长犹豫了片刻，点了点头说，好，我可以先告诉你，药品就藏在关帝庙后面的树林里。

人群顿时乱成了一锅粥，叫骂声掩盖了蝉的鸣叫。

村长，你个汉奸！

王八蛋！老子早晚杀了你……

不得好死……

伊田将指挥刀插入鞘内，向后挥了挥手。

机枪手都撤了下来，包围圈取消了。

人们四散而逃，有两块碎砖头不知从哪儿飞过来，一块砸在村长的脸上，另一块砸在村长的胸上。

伊田同情地拍了拍他的肩头，你的，带皇军去取药品，皇军的，重重地赏你。

村长走在队伍的前面，后面是荷枪实弹的鬼子。

村长走得很慢，边走边回头向村庄张望。伊田有些不耐烦了，接连推了他几把，你的，快快的……

从村里到关帝庙，也就二里路，村长却走了大约半个时辰。

村长带鬼子刚走到关帝庙前，从庙后的林子里飞出了一颗子弹，正击中村长的前额，村长一声不吭地倒了下去。

鬼子的军医赶紧跑过来，摸了摸村长的胸口，又探了探他的鼻息，冲伊田摇了摇头。

伊田恼怒地拔出指挥刀，向小树林一挥！

机枪、步枪、冲锋枪一起向小树林狂扫，树林里变成了一片火海。

伊田在小树林里一无所获，又带领鬼子们赶回村庄时，发现村子里已经空无一人。

伊田垂头丧气地收兵回城，半路上，却遭到了伏击，一百多个鬼子，全军覆没。

这次伏击是八路军鲁北支队的一个连和县大队联合干的，战斗结束后，县大队的张政委就命令调查一件事：谁开枪打死了村长？

事情很快查清楚了，是县大队有名的"神枪手"鲁怀山开的枪，当时，他带着几个游击队员就埋伏在村口，本是想伺机营救全村的乡亲的，却因人手少，一直没法下手，就一边差人找县大队汇报，一边继续监视鬼子。没想到，后来村长叛变，竟然带鬼子来关帝庙取药品，他就在暗处打了一枪。

张政委一拍大腿，嘿！这个鲁怀山，真是太莽撞了！那树林里根本就没有药品，药品在村长家的地窖里呢。

但组织上并没有追究鲁怀山，因为情况已经非常清楚，村长是想引开鬼子，让乡亲们免遭鬼子的杀害，等鬼子发现上了当，村长最终难逃一死。而鲁怀山以为村长已经叛变，在那种特殊情况下，实在没有办法来不及向上级请示，在原则上讲也没有错误。

但是，鲁怀山最终还是知道了事情的真相，当天，他就用那条令鬼子闻风丧胆的"神枪"自杀了。人们在他那枪的枪柄上，发现了他刻下的一行歪歪扭扭的字：枪，是不可以随便开的。

张政委知道后，半晌无言。

在张政委的主持下，县大队将村长和鲁怀山合葬在了一起，并在坟前立了一块石碑，上面刻着三个大字：兄弟墓。

埋葬了两人后，张政委才眼含热泪地对同志们说：大家可能还不知道吧，村长是我的亲生父亲，而鲁怀山同志，是我父亲的结义兄弟呀！

原载《当代小说》2009年第2期

一个人的午后

夏兴初

一

一个晴朗的午后。

天地间忽然烟尘滚滚，哭闹声、呼救声此起彼伏。

她猛然一惊，还没反应过来就被埋在砖块瓦砾中，四周一片漆黑。

她本能地使劲往上爬，可身子无法动弹。此时，她多么希望他也在身边。

她发出声响，盼望有人来救她。

二

他也被突如其来的摇晃吓了一大跳，接着就明白发生了什么事。幸好此时他正走在大路上。他本能地趴在地上，一阵猛然的摇动过后，便爬起来向家里猛跑。

跑到家门前，见家已成一片废墟。他估摸了一下妻子所在的位置，就挥舞双手掀动砖块瓦砾。终于，他听到了妻子发出的声音。他高喊着妻子的名字，使劲地掀着砖块。不一会儿，露出了一个洞，洞底下传出妻子"哼哼"的声音。

他侧着身子探进去，够着了妻子的手，一拉，妻子发出撕心裂肺的惨叫——妻子被重重地压着。

他准备再掀砖块，把洞扩大，手机却突然响了。他无法转身取下腰间的手机接听，只好伸出一只手去按免提键。手机信号不好，断断续续传出一个女人的声音："你在啥子地方？赶快过来。"

他犹豫了一下，接着对妻子说："你坚持一下，稳住，我去一趟就回来。"接着从洞里退出，跑走了。

她喊了他几声，已没了回音，就哭了起来。

三

一阵余震。

他跌跌撞撞地跑着，找到了在街上组织群众避险的镇党委书记。书记见他灰头土脸的狼狈相，严肃地说："男子汉大丈夫还不如我们女人家，关键时候一定要雄起！马上到敬老院抢险！"

他来不及和书记说声"再见"，就转身跑去。

新修的敬老院摇摇欲坠，三十多个孤寡老人在屋里乱作一团。

他和几个先前赶到的年轻人立即投入抢险。

刚把最后一个老人撤出来，敬老院"轰"地垮了。

他望着腾起的烟尘，长长地舒了口气。

他突然好像想起了什么，转身就跑。

四

又一阵余震。

他又跑回家里，见已有十几个群众在废墟上忙碌。他来回几次找洞口，没有找到。

连续几次余震，洞口已被封堵住了。

他突然拼命地掀起砖块瓦砾来。

一个多小时过去，他终于见到满身是土的妻子。可妻子已经没了呼吸，不再说话。

他搂着妻子号啕起来。

号啕一阵后，他用血肉模糊的双手托着妻子走进了临时搭建的太平间。

太平间里已陈放了十多个遇难者的尸体，一些家属小声地哭着，用矿泉水为他们清洗脸上、头上的灰尘。

他找个地方，放下妻子，静静地看了她一会儿，转身走了。

几个遇难者家属扭头怔怔地看着他，他依然快步离去。

五

他跑到了学校，见学校被夷为平地。上百人在废墟上一边哭喊着孩子的名字，一边不停地搬动水泥砖块。

他在废墟边来回搜寻了一阵，突然哭着叫起来："小山，小山，我的儿啊！"

他的叫声淹没在一片哭喊声中，没有回应。

他立即和所有人一样，拼命地搬动着水泥砖块。

终于，他掏出了一个孩子，还有呼吸。他连忙把孩子抱到操场边的担架上。

他兴奋地又跑向废墟。突然，他头脑一热，眼前一黑，栽倒在地。

几个人立即围了上来，把他往担架上抬。

一本红彤彤的《党员证》从他的衣袋里掉了出来……

原载《广安日报》2009 年 5 月 14 日

明 天

崔永照

　　站在这高高的山顶上，望着炊烟袅袅的村庄，心里说不出是一种啥滋味儿。生在这个小山村，长在这个小山村，一草一木都揪着俺的心，都叫俺想起许许多多的往事。

　　起风了，阵阵山风似天然空调，在这炎热夏季，俺一点儿也感觉不到燥热。想想城里人，在那钢筋水泥垒成的狭小空间里蜗居着，哪能享受到这大自然的无私馈赠？这又叫俺感到一种前所未有的骄傲。

　　说来您不信，俺们这个小山村，是个连乌鸦都不想落脚的地方。村子距乡政府所在地有三十千米，村民靠一条不足两米宽的土路往返，晴天一身灰，雨天两腿泥，过着肩挑背扛的原始生活，没有增收门路，多数村民靠外出打工赚钱，在贫困线下艰难地挣扎。姑娘嫁出山，小伙儿招出山，留得青山无限好，只见大哥不见嫂。"这是那时候的顺口溜，俺没瞎说一个字，真实地反映了那时的状况。父老乡亲几辈子没转出这个小山村，说起来叫俺心好酸啊！

　　俺是地地道道的山里娃，生俺养俺的这个小山村叫夹里沟，所以俺对家乡的山山水水有着特殊的感情。别看俺在这山窝窝里长大，可还算村里一个大能人哩。俺上县城开过服装店，挣过一大笔钱。有了钱就有了胆，干吗去？出去闯闯，长长父老乡亲几辈子都没长过的见识呗！俺到湖南、江西、海南好多个省转悠过。改革开放以来，咱国家喜事连连，各种稀罕事儿也是层出不穷。就说这生态旅游吧，那可是当前人们最喜欢的休闲项目，是一项朝阳产业。您瞅瞅俺夹里沟一周的奇山秀峰，飞瀑流泉，古藤老树，山花绿草……乖乖呀，那个美、那个俏，一准儿能吸引住游客的眼球，就凭这美景，俺村这不是捧着金碗要饭吃吗？

那年春天，准确说是个春回大地、山花烂漫的季节，村委举行换届选举，俺当选了夹里沟村委会主任，大家都说这是个芝麻绿豆官，可这大小也是个"官"呀，大家伙儿信任俺，推选俺当村委会主任，俺就得想法子让村民过上富裕日子啊！于是俺开始把琢磨了好多年的计划付诸实施，下决心把夹里沟开发成一个生态旅游景区。

俺骑着自己那辆破雅马哈上乡里，跑县里，奔走申报，夹里沟的看点和卖点终于引起了县乡领导的重视，决定以招商引资的方式进行开发。就在那年冬天，修景区公路的第一声炮响，至今还在俺的耳边萦绕，几多憧憬，几多希望。

开发景区时困难重重，淳朴善良的村民们争先恐后贡献力量，似盛夏的热浪一浪高过一浪。最令俺难忘的莫过于年届八旬的王老汉，他得知资金短缺，把自己准备做棺材的木板卖了，当他把钱递给俺的刹那间，俺半天说不出一句话，紧紧拉住他的手，泪水哗哗地流，咋也管不住。

俺这个人干啥事儿踏实，用时髦点的话叫什么来着？对，是身先士卒。修进山公路时，正值初冬，俺和村民们一道挽起裤腿，跳进冰冷的水中搬石垒堰。现在想想，俺都不知该咋感谢那块石头，您觉得俺说的话离谱儿，没有啊，听了您就明白了。那天一块滑落的石头砸在俺的脚指头上，趾甲脱落，鲜血直流，大伙儿都劝俺回家歇歇，俺却用布条包住伤口，又一瘸一拐奔忙在施工现场。就这事儿，打动了俺村走出的唯一一个女秀才，也是村花——在县城教书的阿霞。她周末回家看望父母，碰巧见了当时的一幕，就毫不犹豫地用爱的神箭射中了俺。洞房花烛夜，她眨巴着水灵灵的大眼睛，娇嗔地对俺说，当初就是看上了俺为创业付出的一腔真诚。婚后，阿霞教俺学习公共礼仪、公共关系学、市场营销学、外语、电脑，可提高了俺的整体素质。

那年国庆节，火热的节日气氛异常浓烈，经过两年开发的夹里沟风景区和农家乐宾馆就在这个特殊的日子对游人开放了，一拨又一拨的游客前来旅游消费，渐渐地，村民们的腰包鼓起来了。新农村建设、"两免一补"、新农村合作医疗等好政策，使村容村貌大变样，村民们子女上学、生产生活、身体健康也都有了保障。俺还给村民讲道德法治，教文明礼仪，使俺村成了名副其实、文明和谐的新农村。俺也成了乡里、县里的名人了。县里、市里来了好些新闻记者，背着大大小小的照相机、摄像机，对着俺拍来拍去，俺还对着一个漂亮女记者手里拿着的话筒说了夹里沟的今昔巨变。晚上打开电视一看，嘿，俺上电视的形象也不赖，活像个大人物哩！当然，俺心里还是明镜似的，这村委主任在全国一撸一大把，俺实在不算哪棵葱，主要还是靠勤劳的乡亲们。

后来，夹里沟又争创上了国家"AAAA"级景区，名气更大了，更多的游人扯成了串儿。好家伙，还吸引来了不少黄头发、蓝眼睛的外国人，他们一进景区就满口的"OK、OK！""VeryGood！"又是拍照又是录像，像发现了世外桃源似的。

晚霞淡去，夜幕徐徐降临。俺该回去了，全家人都等着俺呢，说再忙今晚也要吃个团圆饭，从不喝酒的老爹还说陪俺喝两盅。

可俺这心里却有点隐隐作痛，两腿跟灌了铅似的迈不开步，不争气的泪水又奔涌而下了，因为，明天俺就要离开这个生俺养俺，又在这里打拼了好多年的夹里沟，走马上任县旅游局副局长了。您问为啥？县委公开选拔农村干部，俺考中啦！

明天，新的生活又开始了。对于俺，这是短暂的，但对于家乡、对于俺县、对于咱整个国家，又是永远的！

俺渴望着明天！期待着明天！憧憬着明天！

原载《中国矿业报》2009 年 2 月 5 日

棋　痴

王全喜

　　在封龙县，李棋的父亲是有名的棋王。李棋小时候，父亲和人对弈时总把他抱在怀里，他不哭不闹，一对水汪汪的大眼睛盯着棋枰，耳濡目染，五六岁时竟能参透棋理，十岁时和父亲对弈，已是旗鼓相当。李棋有了名气，方圆数百里的人都慕名来找他对弈。

　　李棋家住李村，离封龙县城五里地。十六岁那年，父亲病了，他到城里春和堂请了万掌柜来给父亲看病，万掌柜把了脉，说病人得的是急症，开了方子，让李棋快点到春和堂去抓药，迟了就怕病人没救了。李棋箭步如飞来到春和堂，累得气喘吁吁，催促药店伙计赶快抓药，药店伙计不敢怠慢，说稍等就好，马上拉开药屉开始抓药。

　　就在这个空当儿，李棋看到春和堂有人在对弈，就不由自主地凑了上去。李棋不看下棋不要紧，一看就被拴到棋上了。其中一位，年纪比他大不了几岁，棋路却高深莫测。有人知道李棋善弈，就提议李棋和那人比个高低。见高人岂可交臂失之，李棋也有此意。那人听说是李棋，就自报家门，说自己名叫林可，是专

程来找李棋对弈的。旁人一撺掇，两人说话又投机，就在春和堂
对弈起来。

这时，药店伙计喊："抓药的快走吧，药包好了。"

李棋一门心思要赢棋，店伙计的话根本听不进去。俗话说，
心急吃不了热豆腐，李棋越心急，就越赢不了对手，干着急没办
法，头上还冒了汗，屡战不利，这才突然想起自己来是为父亲抓
药的。

李棋慌忙站起身，抱着药往家跑，刚到家门口，就听到了一
片哭声，李棋一下子瘫倒在地上起不来了……

李棋下棋耽误父亲治病的事儿，他的堂弟没对家里人说，也
没对外人说，但万掌柜怕影响自己的声誉不可能不说，这事儿，
最终还是传遍了三里五乡，弄得李棋在人前抬不起头来。

李棋走在街上，人们不再叫他的名字，直呼棋痴。父亲早年
为李棋定有一门亲事，这时女方找上门来，退了亲。

一天，母亲把一个包裹塞到李棋手中说："你名臭了，家里不
能待了，好歹还有你兄弟，你也不用惦记家里，自谋生路去吧。"

李棋给母亲磕个头说："娘，我混不出个人样不回来见你！"
从此，李棋就没了踪影，慢慢地他的名字也从人们的记忆里抹
去了。

"七七"卢沟桥事变后，随着逃难来的人流，一个四十来岁的
中年汉子带着媳妇，领着十来岁的男孩走到李村的大街上，看到
上年岁的人就叔叔大伯的叫，人们恍然觉得耳熟，"啊，这不是棋
痴回来了吗！"

没几天，李棋家靠村东口的那套宅院被收拾一新，门口挂上
了李记饭店的招牌，李棋当了饭店老板。李村比过去热闹了许多，
进城办事的，南来北往，络绎不绝。

1940 年正月初一，人们忙着过大年，封龙县城的日本宪兵突

然包围了李村，村里人都被赶到村边的打谷场上。三挺机关枪对准人群架着，日本狼青吐着长长的舌头，围着人群打转，场面真是阴森可怖。日本宪兵队长龟田是个中国通，讲一口流利的汉话。他对着人群喊道："据可靠情报，八路的特派员来到了李村，你们要把他交出来，不然统统死啦死啦的。"过了一会儿，见没人应声，龟田又喊："再给你们最后三分钟！"三分钟到了，龟田喊："机枪准备！"

就在这千钧一发之际，紧挨着李棋的一个客商打扮的中年人就要往外走，李棋急忙用手一拉，把那人掩在身后，大声喊道："且慢动手，我就是你们要找的人！"

李棋走到龟田面前说："把乡亲们放了，我跟你们走！"

龟田把李棋带到宪兵司令部，摆开棋枰说："据我的内线报告，八路的特派员是个手谈高手，可否赐教一二？"

李棋昂然答道："这有何难！"

于是，黑白双方就战在了一处。那龟田酷爱围棋，日本东京帝国大学毕业，九段高手，东京棋界无人能与之匹敌。只见他棋风老辣，中部杀起，步步紧逼，霸气十足。李棋运筹帷幄，从容应对，平和中庸，尽显中国气派。龟田起初并不把李棋放在眼里，棋到中局，方悟出李棋布局深奥，看似随意，实则奇妙无比。收官之战，龟田自觉功力尽失，体不能支；李棋神朗气清，渐入佳境。细看棋面，龟田目瞪口呆，李棋布局竟是四个大字："还我河山！"

"八格牙路！"龟田恼羞成怒，拔出腰刀直刺李棋的胸膛，李棋手中弹出一枚棋子，正中龟田眉心，那棋子从龟田头颅穿过，又恰好正中墙上悬挂的日本天皇画像的胸膛，没入墙中……

原来，李棋离家后，居无定所，浪迹江湖，在太行山深处，遇一老者，被收为徒弟。老者乃弈界奇人，且武艺高强，隐逸山中，外界无人知晓。李棋尽得真传，老者又把爱女许配给李棋为妻。李棋的师兄竟然是在春和堂和他交手的林可。林可是中共地下组织负责人，介绍李棋入党，又派他回老家开展地下斗争。李棋的饭馆其实是我党地下交通站。林可以特派员身份来找李棋，竟被打入我方内部的鬼子奸细探知。李棋在危急关头，掩护师兄，保护乡亲，挺身而出，英勇献身。

1947 年，封龙县解放，担任封龙县委书记的林可几经周折找到李棋的遗骨，又从墙中找到李棋手弹击毙龟田的那枚棋子，埋在封龙烈士陵园，立碑为记。碑文是：手谈毙日酋，英名万古流。革命烈士李棋之墓。落款是：封龙县人民政府。1947 年 10 月。

原载《小小说月刊》2010 年第 10 期

小城人物

王培静

平平常常的一个日子里，有人突然发现，收废品的哑巴老汉好久不见了。几乎整个小城的人都知道，城西的一家工厂附近是他的根据地。至于那家工厂是干什么的，谁也说不太清。

一位上了岁数的人回忆说，从我记事起，他就在这一带收废品，那时他看上去人虽然年轻，穿的却永远没见干净过。他虽然不会说话，但脾气并不好。有一次，他在工厂门口为收一堆废旧资料，差一点和另一个收废品的打起来。

有一天，一个戴着帽子的人在工厂附近走来走去，哑巴躲在一个角落里紧张地看着他。过了一段时间，见那人没有离开的意思，他突然呀呀地大叫着走了出来，用自己那双几乎辨不清什么颜色的手去拉对方，那人气急败坏地把他甩开，他的鼻子被摔破了，他不管不顾，依然呀呀地大叫着。那人一边躲着他，一边有些心虚地骂道，你神经病啊，拉我干什么。

哑巴特敏感，好像身后也长着眼睛，这一带一有陌生人出现，他就会警觉起来。

每天，哑巴都早早地起床，在厂子外不远处的垃圾堆里仔细地寻找着什么。有起早的人路过垃圾堆，看到哑巴跪在那儿，细心又着急地翻找东西的样子，好奇地问，哑巴，丢失什么值钱的宝贝了，是不是你的金戒指丢了，急成这样？哑巴要么不理不睬，

要么抬起花瓜似的脸，向来人龇牙笑笑，继续干活儿。

终于有一天，哑巴在没人的时候给厂里的保卫处送去了一样东西，脸上像捡了个金元宝似的高兴了一回。

有几个人晚饭后闲得没事，就跟着哑巴到他的小屋去转转，看到那间别人放柴草的废弃的小屋，里里外外放满了他捡回的各种破烂儿。他一边给垃圾分类，一边警惕地看着来人。有人说，放心吧哑巴，你不用这样防着我们，我们不会抢你这些宝贝的。他向来人龇牙笑笑，继续自己手里的活计。他对废品的分类特别细致，废铁、塑料、纸箱、纸张、木块、电线、废旧模具、各种各样的小零件等都放得井井有条，特别是对纸片和旧纸张，翻来覆去看得更是仔细。有人开玩笑说，哑巴，看你这么认真的样子，你是真识字还是假识字，不是装什么斯文吧。听了这人的调侃，同去的几个人都大笑起来，哑巴也跟着笑了。

有好心的人去他的小屋里找过，东西什么也没少，人却不见了，他去了哪儿呢？

失踪了？走迷路了？被人害了？

人们经常这样教训自己的孩子，你再不好好学习，长大了只能和哑巴一样去收废品，捡破烂儿。但自从他不见后，再没有人说出这样的话。

五年后的一天，小城突然热闹起来。

哑巴实际上是有家室的，他有媳妇和儿子。

由于当时在全国解放前后，敌情还很复杂，国民党的很多特

务还潜伏在国内的很多角落。他被组织安排到了一个特殊的岗位，以收废品的名义，防止这个军工厂的一切有价值的东西泄露出去。

为了不暴露自己的身份，他十多年没有和家里联系过，家乡的政府也不知道有他这样一个人。

家人都以为他死在外面了。

听到乡亲们的讲述，他心里难受极了。

他在儿子的坟前语重心长地说，儿子，爸爸对不起你，对不起你妈。当时部队了解情况，问谁家里无牵无挂，我想肯定是有重要任务要安排，就撒谎说，我家里没一个人了。最后部队安排我去了那个小城。

他在儿子的坟前整整坐了一天，把和儿子这一辈子没说上的话都补上了。

那天的小城，真的可以称得上是万人空巷，机关、工厂、学校都组织全体人员上了街，连同普通老百姓，到处是人山人海。

要在小城举行葬礼的人物，就是在城西收废品的那个哑巴。当大家差不多要把他忘记时，他又以这样的方式回来了。

他是有名字的，他叫回大喜，他也不是哑巴，他会说话。死前他在部队的军衔为大校，行政十二级。他咽气前，对组织上的人说，我的所有工资都替我交党费吧。他还试探着问身边部队上的人，能让我穿着军装照张相吗？

部队上的人含着泪说，当然可以，因为您自始至终都是一名出色的军人，您最有资格穿这身军装。

部队首长当场吩咐部下拿来了一身军装，亲手给他换上。

当年轻的上级首长握着他的手，问他还有什么要求时，他想了想说，真想再回那个小城看……话没说完，人就走了。脸上留下一丝不舍的笑容。

还记得多少年前，他着急地从垃圾堆里寻找东西的样子吗？原来是当时工厂里一块新款的造枪模具丢了。

省里的领导来了，部队上的首长来了，在小城人的心中，那天的仪式无比隆重。

载着他的车，在小城里的大街小巷中缓缓走过。

人们簇拥着他的灵车向前走着，视线一刻也不想离开。

每个人的脸上，都无声地流着热泪。

那一天，是他的葬礼，又像是小城的节日。

原载《文学港》2010 年第 1 期

蛇 祸

何一飞

星期三那天，刘力江清早一上班，就接到了他们局挂点的新农村建设示范村岭脚村村支书的电话，要他去吃蛇，昨天下午他们抓到一条四斤多重的五步蛇。

五步蛇是剧毒蛇，据说人被它咬到后在走五步路的时间之内就会毙命，可见这蛇的毒性之大。不过，越毒的蛇越好吃，肉嫩汤香。支书在电话里说，五步蛇一般在半斤八两左右，最重的不过斤多，长到四斤多的连山里的老人以前都没听过见过，这条应该是五步蛇的蛇王了。刘力江本来想拒绝，可支书邀请得非常恳切，又说得漂亮，说吃蛇只是个由头，主要是想请刘局长来给我们指导指导新农村建设工作，把排洪渠规划规划。刘力江看看工作日志，今天没什么重要安排就答应了。一是自己当上局长不久，不去怕人说自己摆架子脱离群众；二是新农村建设工作也是局里的一项大事，既然是挂点单位就要起到挂点单位的后盾作用。岭脚村是个瑶族村，路是简易公路，曲里拐弯的，五十多公里的路硬是跑了两个多小时，等刘力江他们的车开进岭脚村，已是上午十一点多了。坐下喝了杯茶，刘力江就要去看排洪渠的现场。村支书说不急不急，刘局长是贵客，先把蛇杀了，请刘局长吃蛇胆，喝蛇血酒，然后再去看排洪渠。蛇被关在一个有着密密麻麻小眼的大铁丝笼子里，盘着个身子，像是一个大磨盘，蛇头高高昂起，红红的蛇信子嘶嘶地吐着，很是吓人。"这么大的五步蛇，我这个老山里人都是第一次看到。"村支书说。刘力江有点不忍，跟支书商量着说："还是把它给放了吧。"支书说："我们山里面没有什么好东西，你不吃我们也要吃的。"意外就是在杀蛇的时候发生的。杀蛇的是岭脚村的一个抓蛇人，这条蛇就是他抓到的。大家兴致勃勃地围着看他怎么抓蛇杀蛇，只见他右手拿一支木杈，铁笼上面的门刚打开，他右手的木杈已迅疾往蛇头叉去，还没等蛇反应过来，木杈已把蛇头叉住了。抓蛇人左手用力捏住蛇的七寸，将蛇从铁丝笼子里提出来往案板上一放，右手拿刀，一刀就将蛇头剁掉了。支书正要拿盆去接蛇血，突然听得一声惨叫，抬头一看，坏了，手里的大茶缸也"咣当"一声掉在了地上，其他的人和支书一样也是惊得六神无主，茫然不知所措。世界上的事真是无巧不成书，原来那剁掉的蛇头顺着惯性飞了出去，咬住了刘力江局长的手。村里人这才发现，刘力江左手是个六指，蛇头正巧咬在那个六指上。支书又悔又急又气，咬谁不好，偏偏咬了刘局长。这可咋办才好。这蛇毒着呢，搞不好刘局长就会命丧岭脚村，自己的责任跑也跑不掉。其他的人也急了，这边说我们立刻回城，同时给县人民医院打电话，让派医师带药到中途接诊；那边说不能大意，五步蛇是最毒的蛇，那么远的路，不怕一万就怕万一，大意不得。大家还在讨论着，杀蛇人已经把刘力江的六指根部和手腕两处用细线扎住了。刘力江也从开始的慌乱中静定下来，想起杀蛇的人就是抓蛇人，于是问道："师傅，你是抓蛇的，应该会治蛇伤吧？"杀蛇的人说："一般的毒蛇咬伤，我是能治的。可你这伤单靠我的蛇药不管用，四斤多重的蛇，蛇毒是平常五步蛇的几倍，又是临死时的一口，最毒不过了。"停了一会儿，他说："要救刘局长，只有一个办法了。那就是趁蛇毒还没有上行，立刻将被咬的手指剁掉，然后再敷上蛇药。"大家就看着刘力江。刘力江说："师傅，就按你说的办吧。"刘力江的话音刚落，杀蛇的师傅已飞快地把刘力江的左手压在了刚才杀蛇的案板上，一边用白酒往刀上淋，一边说刘局长你回头看看，刘力江才把头回过去，只听"咔"的一声，抓蛇人麻利地将他被咬的手指切掉了，随后从身上摸出个布包，解开将里面的药粉倒在伤口上，再用布包好。刘力江先是觉得痛彻心扉，待那药粉撒在伤口上后，只觉麻麻痒痒，有一种说不出的舒服。"师傅，我要代表我老婆感谢你啊。"刘力江揩了一把脸上的汗，为了缓和一下现场的紧张气氛，就开了个玩笑："我老婆最烦我这个六指，总是催我到医院去做掉，问医院说要住个把星期，你一分钟就解决了，比县里医院的医师强多啦。"支书和大家听后都笑了，不过笑得有点勉强。刘力江没吃饭就走了。后来，刘力江因政绩突出、为人清廉被评为全省"廉政标兵"。省电视台的记者来采访他时，他谈起了被蛇咬伤，"它一直在提醒我、告诫我。"

原载《天津文学》2010 年第 6 期

一诺七十年

徐水法

"你姓马，你知道马亦秋吗？"

老人的十个字，从他因年老显得有些口齿不清的嘴里，断断续续地吐出来，传到前来社会福利院送温暖的市长马宇的耳朵里，不啻刮过十级大风，马宇有些呆了。马宇心里大惊，"难道爷爷临死时托付他的事就要水落石出了？"

"我知道。教书先生。"马宇有些试探性地大声对老人说。

马宇的爷爷是个老革命，新中国成立前在四明山区化名马亦秋，一边教书，一边从事地下革命活动，发展革命积极分子。后因北上抗日，临走前还把一些读书笔记和革命材料寄存在一位他发展起来的地下党员那里，那位地下党员的公开身份是当地的乡绅兼地方上的保长。新中国成立后马亦秋回到原来战斗过的地方，结果那位乡绅因为涉嫌杀害一位对革命热心的村民被镇压了。事实上那位生不见人死不见尸的叫常山的村民也是马亦秋发展的地下党员，不过那时基本是单线联系的。那位乡绅和马亦秋的交往及资助革命等情况马亦秋都有记载的，可惜那包材料下落不明，这样也没法证明乡绅是革命的。口说无凭，又找不到别的人证，此案几十年了，老人有些死不瞑目。马亦秋临死时对孙儿马宇说过，没法为那位含冤而死的乡绅平反了，就把自己埋在那位乡绅的边上。假如马宇他们到自己战斗过的地方工作，别放过一丝一毫的线索。莫非这老人……？

马宇拉着老人的手坐下，对老人说："老人家，马亦秋是我爷爷。你有事对我说。"

老人显然失望了，甩开马宇的手，颤颤巍巍地顾自坐下了，"我得见了你爷爷的面才能说出什么事，你快带我去见你爷爷。"马宇只得实话实说，告诉老人爷爷已经走了。

马宇当着老人和大家的面，解开一层层的包袱皮，里面是几本纸张发黄近乎黏住的本子和一些同样发黄的信。果然是爷爷的遗物！马宇激动地紧紧抓住老人的手不放，想不到爷爷积了半辈子没完成的心愿，自己无意之中解决了。

老人就是当初认定被乡绅杀害的小青年常山，他当时以为找到了伪保长的罪证，不过他想要找到自己的革命领路人马亦秋，亲手交给他。几十年过去了，老人对谁也没透露过半点风声，以至于没人知道他的身边有这么一个小包，更没人知道他的身上有这么一段传奇故事。当时的乡绅害怕这包东西一旦被别人知道，受人之托完不成不算，被当时的伪政府知道自己就是杀头之罪啊！他更不知道常山和他一样也是地下党，就拼命想把东西从常山手里拿回来。结果弄得常山只好逃得远远的，生死不明，自己也最终含冤而死。阴错阳差，七十年后才算真相大白。

常山老人在马宇的安排下，回了一趟老家，在得到平反重新安葬的那位乡绅坟前深深地鞠躬表示歉意。

也许是落叶归根，也或许是心愿已了，当晚，常山和平日一样睡着后，就再也没有醒来。

原载《百花园》2011 年 11 月上半月刊

小红龙思泉

陈　毓

　　遵义城北有座叫龙山的山，因为纪念长征时牺牲在遵义的红军将士，山上建了座烈士陵园，龙山就有了另一个名字：红军山。

　　五月的红军山，树木葱茏，松柏的香气随风飘散，叫人既感到宽慰又觉得惆怅。高耸的红军烈士纪念碑在蓝天白云的映衬下格外庄严肃穆，掩映在翠柏之间，那雕刻在汉白玉石碑上的长长的红军阵亡将士的名单永久地静默着，却又像是诉说着千言万语，让这些来自四面八方朝圣的脚步每一步都走得凝重，每一颗心都怦然跳响，每一双眼睛都流露掩饰不住的潮湿。

　　在遵义红军烈士纪念碑的正后方，一座红砂石大墓掩映在柏树丛中，这是红三军团参谋长邓平的坟墓。在这座大墓的西边，有一座青石圆坟，坟前立着一块石碑，碑上镌刻着"红军坟"三个朴素的大字。

　　一个低头弯腰红军打扮的少年塑像引人驻足凝目。这个少年形象出现在这里，就像一道明丽的阳光穿越云层照耀下来一样，让人的心情猛然一震，又一紧。这个少年的塑像当然和身后的墓主人相关联。

在遵义，这是一个广为流传的故事。

墓中长眠的，是一个叫龙思泉的年轻红军。他牺牲的时候大概是十六岁，或者十五岁，总之还是个孩子。

这个少数时候背枪，多数时候背药篓子的小卫生员龙思泉，爱笑，腿勤，耳朵灵，哪里用得他，他差不多立即就出现在那里了。在一群比他大的大哥哥跟前，他不叫龙思泉，叫"小红"。小红就是他。大家几乎不喊他的大名，要找他了，就喊小红，小红立即就来到眼前了。尤其当地的老百姓，更是亲亲地喊他小红。这个喊小红，那个喊小红，只要有人喊小红，小红都会愉快地、响亮地应答。

还说小红的故事吧，说 1935 年的小红。

这一年，他离开家乡广西百色，已经第六个年头了。在百色，他加入了红军部队，然后跟着他的部队上路。在路上，他从他的郎中父亲那里学来的医术大有用场，他勤奋、刻苦、爱学习，触类旁通，每天都面临的新问题使他的医术突飞猛进。

1935 年，他随他的部队来到了遵义，临时驻扎在一个叫桑木桠的村子，他喜欢这个村子，因为他发现村子后面的山简直就是一座药山，他抓紧部队待命休整的时间，采集晾晒长征路上需要的草药，那些救命的药草。他同时发现这个村子竟然有那么多的人需要他的医术救助。好的药材，准确的诊治，使他迅速名声响亮，方圆十几里的老百姓都赶过来找他医治。于是在"小红"之外，当地百姓又加送他一个亲切温暖的名字：菩萨。

小红没日没夜地忙着，谁看着都心疼，但小红只能那样忙碌，不管白天黑夜，刮风下雨，总是有求必应。

一天傍晚，一个像极了他家乡弟弟的小男孩出现在小红面前，小红一瞬间百感交集，以为弟弟真的来到了眼前，他知道这一刻自己有多想念家里的亲人啊，父母更老了吧，他们都好吗？像眼前男孩的弟弟长高了吧？一定长高了。但是眼前的小男孩跟小红说他的母亲发烧呕吐，奄奄一息，只等小红前去救命。小红立即随这个男孩出门了，赶往十几公里的另一个山村。一夜未归。

也在这天夜里，小红所在连队突然接到上级的命令，即刻转移，连部领导只好留下字条请房东转交卫生员，叫他归来立即追赶队伍。

再后来，遵义桑木桠一面向阳的山坡上，一座圆圆的坟包依着大地醒目突起，年复一年的春天，迎春花总是在那座圆圆的坟包上最早报告春天来到的消息。那座坟被当地人称作"红军坟"。

1954 年，远近闻名的"红军坟"从桑木桠搬迁到了遵义红军烈士陵园。再后来，一座塑像树立在了红军坟前。塑像塑的是一个年轻的红军卫生员，他低头弯腰，左手搂着一个瘦弱的小男孩，右手拿着一个磨损破旧的水壶给孩子喂药。

行人还留意到，铜质的卫生员的雕像在这个五月明亮的早上挂满了红领巾和象征吉祥的红布带，而他那双穿着布鞋的双脚，已被来往的人的手摸得锃亮。

漫漫长征路上，牺牲的年轻战士何止成百上千，又有几人能够留下姓名？还是照老百姓最朴素的称呼吧，即便我们知道这座坟墓中长眠的是小红军龙思泉，但我们就照民间的说法，称这座墓为红军坟。

这说法是温暖的，也是恰当的。

原载《小说月刊》2011 年第 8 期

入　党

张孝前

在我的抽屉里，至今存放着一份空白的老式入党志愿书，它见证了一个战士的成长过程。

五年前，我在一个连队担任党支部书记、指导员。事情就发生在年底老兵复员的时候，也是我们单位一年之中最后一批发展党员的时候。

有一天晚上，熄灯号响了以后，我按照惯例查铺查哨后回到办公室。刚在电脑前坐下，一个面临复员的战士敲响了房门。进来之后，他有些拘谨，一看就是有事要求人的样子。我说："有什么事就直说吧，别吞吞吐吐的，我会尽量帮助你。"听我这么说，他才有些放松了，说他马上要复员了，想在退伍之前入党，也好给家里人一个交代。他还说，他也知道今年这批入党的名单上没有他，所以他自己找人从外单位弄来一份入党志愿书。说着他从口袋里掏出一份入党志愿书给我。看到这份入党志愿书，我顿时明白了。这一年，军队统一换发新式入党志愿书，单位里有老式入党志愿书的还可以限期使用到年底，明年就作废了。老式入党志愿书没有编号，也不分类，干部、战士通用。原来，他是想钻这个换发的空子。

说句实话，这个战士工作成绩并不是特别优秀。在他想来，在面临退伍的时候，提出这么个要求，还自己弄来一份入党志愿书，又不占连队名额，似乎也在情理之中。

想到这儿，我不动声色地问他："可以说说你的入党动机吗？"听我这么问，他好像看到了一丝希望，有些欣喜地对我说："当了两年兵，不入个党，回家脸上无光，村里人也会瞧不起的。""就这么简单？"我又接着问了一句。他似乎又感到了我对这个答案的不满意，低头不语。于是我接着说："我们姑且按照你的逻辑去思考，但是你想过没有，假设组织上违反规定让你入了党，你会觉得很有面子吗？村里人知道后还会瞧得起你吗？最关键的是，如果你以这样的方式'入党'，你一辈子都不能挺起胸膛说'我是一个真正的共产党员'。这份入党志愿书我先留下，你回去好好想一想。如果明天你还有这个想法，再来找我。"

第二天，这个战士没有来找我。直到我把他送上回家的火车，他再也没提入党志愿书的事情。就这样，这份空白的老式入党志愿书留在了我的抽屉里。随着新年的到来，它也就作废了。

一年以后，我接到了这个战士的电话。他告诉我说："指导员，我入党了，在我们村党支部大会上全票通过……"

又过了三年，我再次接到这个战士的电话，他告诉我说："指导员，这次我们村党支部换届，我当选为村党支部书记……"

原载《中国青年报》2011 年 6 月 7 日

听说哈图是英雄

何君华

哈图回到草原上的这个小嘎查是两年后的事。

哈图两年前去当了兵，两年后退役归来的他成了英雄。凭什么说哈图是英雄？因为哈图回来的时候胸前戴了红花。

听说哈图在部队立过三等功，还入了党。这叫大家是不敢相信的，两年前的哈图还窝窝囊囊，别说套马、摔跤这些男人的活计赢不过别人，就连一个人走夜路他都胆怯，怎么一进部队就脱胎换骨，反倒成了英雄呢？

两年前的那场那达慕大会，整个嘎查的人至今都还记得。哈图刚一上场就被小他四岁的呼日勒狠狠摔倒，躺在地上再也爬不起来。

都说部队是练兵场，再孬的人也能给你练出一副钢筋铁骨来。大伙儿对这话将信将疑。大家对哈图是怎样从一个窝囊废变成英雄的深感兴趣。闲下来的时候，大伙儿就围着哈图问这问那：哈图，你是咋立的三等功嘞？哈图只低低地说一句：都过去的事了，有啥好说的。

你就说说呗，有啥好保密的？性急的人不肯放下话头。

真没啥好说的，都是小事。哈图还是不肯说。

小事能给你记三等功？不要搪塞大家嘛。你不肯说，莫非你的三等功是假的？说话的人用了激将法。

是啊，不会是假的吧？人群里马上就有人附和。

哈图面对大伙儿一脸的质疑，讪讪地走了。

哈图这一走更加重了大伙儿的怀疑，莫非哈图所谓的三等功真的是假的？谁也没见过哈图的军功章呀！那凭什么说哈图就是英雄？

再碰见哈图的时候，好事的人还是不肯罢休，追着哈图说：哈图，我这辈子还没见过军功章呢，你拿出来让我开开眼。

哈图说：我要去学校，没工夫给你拿。再说，也没啥好看的。

说完哈图就加快脚步走了。

哈图回来之后一直在嘎查小学当门卫兼司铃。学校穷，买不起电铃，上下课的时间到了哈图就去教学楼敲铃，但今天是周末，学校早放假了。

哈图只当没听见，头也不回地向前走。

哈图一点也没变，还是当初那个窝囊废！人们这样议论的时候，哈图每天照样去学校，好像大家议论的不是自己，而是一个与自己毫不相干的人一样。

这年的天气说也奇怪，连绵的大雨下了一个夏天也没个止。这在往年是很少见的，在草原向沙漠的过渡地带，十年的雨水也不见得有今年多。

哈图是第一个发现伊古达河决堤的人。后来哈图跟大家说，他在部队抗过洪，他是听到洪水的号叫声判断出决堤的。哈图在洪水越来越尖锐的嘶吼声中拼命向教学楼跑去，一边跑一边喊：大家快跑呀，洪水来啦！由于连月来的暴雨袭击，按照上级的要求，学校提前进行过应急训练。这回真的派上用场，大家都有些手忙脚乱，但万幸的是，全校一百二十多个孩子都及时跑到了高坪上。为了预防洪灾，上级教育部门专门拨款修建了这个高坪，虽然有些挤，好歹能让大家躲过一劫。

刚上高坪，洪水就卷着泥沙远远地奔袭而来。乌云校长立即清点人数，却发现三年级少了两个学生！三年级的班长这才想起来，下节课要搞大扫除，那两个学生是值日生，刚去学校后院领劳动工具，现在可能还在路上！话音刚落，哈图就听到从洪水里传来呼喊声，正是那两个孩子的声音！哈图二话没说一头扎进水里，逆着水流向两个孩子游去。那两个孩子手拉着手抱着一棵小树，被洪水冲得摇摇晃晃，吓得大哭起来。哈图拼命向他们游去，就在快要接近的一刹那，一个浪头打来，洪水把他们三人连同那棵小树一起卷向了下游……

哈图趁势抓住两个孩子的手，但更凶猛的洪水再次扑来，很快，他们三个连成一体消失在了大家的视线里。

洪水一直把他们仨冲到了南沙野，哈图一直没松开他们的手，他们抓住一截断桥墩挺了一夜。等洪水终于过去，哈图把两个孩子送上岸的时候，已经完全没了力气，躺在岸边足有半小时动弹不得。

人们都以为哈图死了。当哈图领着两个孩子回到嘎查时，巴特尔！巴特尔！大家兴奋地冲着哈图喊。

后来，哈图向大家说出了自己的故事，他在部队抗过洪，那枚军功章就是在抗洪时得的。他得了军功章，可是他的两个战友却被洪水冲走了，连遗体都没捞到……看到军功章，他就会想起战友，就会想起当时那一幕，他们离他那么近，只隔着一只手的距离，只要再靠近一点点，他就可以抓住他俩的手，可是他没有抓住……

哈图说着禁不住流下了眼泪。大家都擦着泪，哈图长舒一口气，接着说：幸运的是，这一次，我抓住了那两双手。

巴特尔！巴特尔！众人又发出一阵山呼海啸般的呐喊。

原载《鹿鸣》2011 年第 7 期

帮　扶

郑武文

　　村主任站起来，举起杯，非常真诚地说："再次感谢王局长的帮助，让我再敬您一杯。"

　　王局长却头不抬眼不睁，只淡淡地说："你以为我们的钱是大风刮来的，整整十万块，整这么个酒席就把我们打发了？"

　　村主任尴尬地说："村里确实困难啊，改天你到我家里，我养了一群草鸡，饿了吃蚂蚱，渴了喝露水。标准的农家饭，比五星级酒店都吃着舒服。"

　　王局长说："那也行。今天呢，为了表示你的诚意，你得喝酒，你喝一杯酒我给你一万块。"说完拿起高脚杯倒满，递到村主任面前。

　　村主任说："我确实不喝酒啊，我、我……"

　　旁边的秘书从包里拿出一万块，放到桌上，说："我们局长说了，喝吧。"

　　村主任犹豫了一会儿，端起来，一仰头，干了。把钱拿过来，交给旁边的村会计。

　　喝了五杯，村主任的舌头就大了，就絮絮叨叨没完了："我村的那条路，那是晴天一街土，雨天一街泥。多亏上面拨了十万，又把我们结成帮扶对子，你们支持我们十万，我们再凑一点，路面就能硬化了，几辈人的梦想啊……"然后就一下子钻桌子底下去了。

第二天一上班，王局长就对秘书说："今天咱上杨村，把那个捐助手续办了。顺便尝尝那个村主任家的蚂蚱鸡。"

一下省道，路就变得坑坑洼洼起来。虽然车的减震好，王局长还是在车里东倒西歪的。进了杨村，竟是满大街的大坑水洼，司机小王一边抱怨，一边心疼临出门才洗刷得锃亮的车。秘书说："要不我下去打听一下吧？"

王局长说："甭打听，村里哪家房子好，直接去，十有八九是村主任家。"又自言自语地说："这些村干部，说得都好听。十万块，村干部吃三万，村主任贪三万，能有四万用来修道就不错了。"

奇怪的是，几户好房子里都没住着村主任。正好碰到村会计，村会计说："我领你们去吧。"

村头一个破落的院子，院墙都倒塌了，院里院外遍是杂草。几只瘦得只剩骨头的鸡在此中觅食。

敞开屋门，空荡荡的屋里，村主任正躺在床上，胳膊上绑着吊瓶，呼噜打得山响。

村会计在旁边说："村主任的老婆去年得了脑溢血，如果是好路，应该能救的，可就因为这几里颠簸路，又没好车，硬给颠簸死了。儿子还有尿毒症，每周做透析……"

第二年，局里又和杨村搞帮扶活动，王局长一行又去杨村。在省道上，通往杨村目光所及的地方，都铺了柏油，里面的路只是铺了一层小石子，依旧坑洼难行。

秘书说："还是领导看得准，这村主任真是没斗过私心。"

王局长说："这次咱找新盖的好房子，看有没有错。"

车子开进村里，村里的路都硬化了，比上一次好走多了。

村里有所新盖的楼房，王局长大摇大摆过去问道："这是村主任的房子吗？"他是存心要给村主任好看。

村民说："哪里啊？这是在外打工的李二狗的。"

王局长的脸一红，问："那村主任住哪儿啊？"

村民一指村头村主任原先的旧房子。

王局长又上车往村头走。

村主任没在家。往远处一看，正在伐树呢，村里一帮人都在，有个还脱了上衣光着膀子。看到王局长，急忙跑过来："恩人来了！"

王局长说："伐树干什么？"

村主任说："村头还有块路没硬化，正凑钱呢。实在没办法了，也就这几棵树了。"

王局长看着满头大汗、穿着破烂的村主任沉吟了一下："要不我们再回去研究一下，看能不能再支援一下。"

村主任忙说："那敢情好。"

王局长回到局里，先偷偷给老婆打个电话："把那几笔钱给人退回去，我们是走在刀尖上啊。"回过头又自言自语："受党培养这么多年，难道还不如一个村主任？"

第二天的晨会，王局长一帮人研究了下一步对杨村的帮扶。

"多亏了那个村主任对我的帮扶啊。"王局长突然自言自语地说。

众人面面相觑，不知道王局长什么意思。

"周日呢，咱都上杨村，帮他们修路去。也看看基层的党员群众是怎么工作的。我想这和重走长征路一样有意思。"王局长最后说。

原载《时代文学》2012 年第 11 期

红色诱惑

戴玉祥

故事发生在二十世纪抗日战争爆发后的豫南。

当时我在地主家打短工。正是收麦插秧的季节，天上下着火，我光着脊背，手攥镰刀，在割麦子。

一位年轻后生走过来，走到我跟前，喊我声"大叔"，我才发现他。后生穿着天蓝色的褂子和裤子，都褪了色，但很干净；后生长得也干净，皮肤白白的，像是学堂里的学生或先生。见我在喘气，汗水由脸上往下流，在肚皮处形成几条黑沟，后生嘴巴张了张，像是还想说什么，但没说。后生接过我手中的镰刀，弯下腰，沙沙地割起来。真是大出我意外，我真真没有想到，后生干活儿竟然会这么利索。我喘息了一会儿，尔后接回后生手中的镰刀。后生看着我，同时指指河那边两条泛白的小土路，有些顾虑地问我说："大叔，去西北方向走哪一条啊？"我说："啥子地方吗？"后生想了想，还是说："就是去西北方向的那一条啊！"我知道后生对我不放心，这年月，汉奸特务到处都是，后生的顾虑可以理解，我手指着河那边的小土路，说："那一条通往延安，那一条通往汉中。"后生深深鞠了一躬，疾步走开。河边，后生和衣扑进水里，像一条撒欢的鱼，很快上了对岸，跳上那条通往延安的小土路，雀跃着跑开了。

我再割麦子时，脑子里就晃着后生的影子。

小河就在麦田边，清清的河水，上面荡漾着阵阵涟漪。

我真想扑进去，赶走肚皮上的黑沟沟，可我不敢，我怕那个脸上搁着刀疤的"狗腿子"。偷眼四望，热浪扑脸，大地像烤熟了一般，"狗腿子"的影儿也没有。我丢下镰刀，向河边走去。

这会儿，我看见一位姑娘喊着"大叔"，向我跑过来。我心里乐颠颠的，钉住了。姑娘上穿红色短褂，下着荷花裙，发黑如墨，肤嫩似脂，齿白唇红，脸绽桃花，分明大户人家"千金"。姑娘竖到我面前，口吐兰香，玉手指指河那边两条泛白的小土路，说："大叔，去西北方向走哪一条啊？"我说："啥子地方吗？"姑娘想了想，还是说："就是去西北方向的那一条啊！"我乐了，心想今天这是怎么了，刚刚过去的那个后生也是这么问的呀，我笑而不答。姑娘倒好，头一扭，转身奔河边就走。这下，我急眼了，猛跑几步，拦住姑娘，手指着河那边的小土路，说："那一条通往延安，那一条通往汉中。"姑娘冲我吐吐舌头，跑开了。在河水里，姑娘宛如一条美人鱼。我看得目瞪口呆。更让我目瞪口呆的是，我看见姑娘上岸后，竟然也跳上了那条通往延安的小土路。

姑娘的倩影牵着我的目光，直到望断，才发现自己其实在河水里泡得有些时候了，我慌慌上了岸，回到蒸笼般的麦田里。

沙沙沙，看着倒下的麦子，心里很不是滋味。自己帮长工打短工，到头来，还不是没有立锥之地？这样寻思着，忽听有说笑声漫过来。我抬起头，见是一群青年男女，像是走了很远的路程，风尘仆仆的，但彼此还在说笑着，谈论着。他们来到田边，站在那儿，齐声喊："大叔，去西北方向走哪一条啊？"他们的手，同时指向河那边两条泛白的小土路。仿佛我在黑夜划亮了一般，半晌，有人说话了，"大叔，我们是去延安。请问去延安走哪一条呀？"我有些感激涕零，感谢他们对我的信任。

他们像一群小鸭子在河水里扑棱了一会儿，后来就跳上了那条泛白的小土路。

这年秋末，我得了重病，卧床不起，儿子要去抓药，我清楚自己没救了，阻止儿子。儿子跪在我床边，哭着说："爹，那儿子一定给你买一副好棺木。"我说："给爹织个草席裹尸就行了，省那钱，去买些木头，在小河上架座桥吧！"儿子不解，问我："爹，架那桥干吗？"我说："天冷了，有年轻人还要过河呢！"

原载《解放军文艺》2012 年第 3 期

执　着

王平中

李部长一到办公室，刘老头就坐在那里等着他了。

我那个事你啥时解决？刘老头质问道。

给你说了，你那个事，只有找到张先生才能解决嘛！李部长耐心地说。三十多年了，刘老头就一直缠着他，要求确认他是共产党员。

三十年前，刘老头找李部长，那时他才二十多岁，还不是部长，叫小李，说，1948年，我在县城读高中时认识了安靖会的张先生，安靖会是四川的一个"袍哥"组织。我经常同张先生交流，接受了他许多进步思想。有一天，张先生突然对我说：你愿意加入党组织吗？我早就想加入共产党，听了张先生的话，我欣喜若狂，但接着一声叹息，说找不到门路啊！张先生说他有门路。你是共产党员？！我大吃一惊。张先生点了点头。原来，他是利用安靖会作掩护的。几天后，张先生对我说，组织同意你加入共产党！说完拿出一面党旗，挂在墙上，接着说，你现在只要对着党旗宣了誓，就是党的人了，但记住，从今以后，你必须保证永不叛党！我神情庄重地点了点头，庄严地举起了右手……

你有入党材料吗？小李问。

没有。张先生说，我们从事的是地下工作，入党的事一定不要告诉任何人，他今后会为我做证的！

你找张先生来证明不就得了！

我入党不久，张先生就离开了安岳，不知道去哪里了。

新中国成立后，你为啥不早向组织反映呢？

新中国成立后我回到家乡，当了一名村小教师。我时刻没忘记自己是组织的人，四处打听张先生下落。谁知不久就被打成了右派。"文化大革命"中，安靖会被定为反动组织。我被开除公职，回村劳动改造。没机会反映啊！我现在要组织认可，是我入党时发过誓，永不叛党！

那，你唯一的途径，就是必须找到张先生，不然，我们也无能为力。小李说。

三十年过去了，小李早就当上了部长。刘老头找了张先生三十年，却依然杳无音信。只有掉头回来，找李部长。

估计张先生已不在人世，我年近八旬，耽误不起啦，我说的都是真的，你们不能让我带着遗憾去呀！刘老头说。

那你重新写份申请吧！

不！我没有退党，凭啥要重写申请！你们这么做是错误的！刘老头的颈子伸得老长，青筋毕露，双目圆睁。

李部长叹口气说，你呀！真倔！这样吧，现在有了网络，传播得广，我们将你的情况发到组织网上，看看还有没有点希望。今天你先回去，一旦有消息，我们就立即通知你。

刘老头无可奈何地点点头。

几天后，李部长打电话兴冲冲地说：张先生找到了，就在成都。

原来张先生在离开县城后参加了解放西南的战斗，被一颗子弹打中了头部，失去了记忆。

还是听李部长的，重新写份入党申请吧！老伴儿劝他。

我没有退党啊，怎么能重新写入党申请呢！刘老头说，浑浊的泪水从眼眶里涌了出来。

一个月后，刘老头离开了人世。临走时，对老伴儿说，我十八岁入党，找了几十年组织也没成功，遗憾哪！我死后，一定把这个给我戴上……说着，将握着的拳头打开，掌心，是一枚鲜红的党徽，在灯光的映照下，闪闪发光。

补记：刘老头去世一个月后，组织确认了刘仁富是中国共产党员。原来张大柱的家人在他去世后，发现一本日记，上面记载：1948年，我在安岳开展地下活动时，介绍了一位叫刘仁富的进步青年加入党组织……

刘仁富就是刘老头。张大柱是张先生。

原载《青年作家》2012年第10期

情　报

郝继福

　　1942 年，是东北抗联最艰苦的时期。抗联大部队已到苏联集训，黑龙江省境内只剩下五十名抗联战士。

　　日寇实行"铁臂合拢、篦梳森林"政策，抗联队伍只好撤到小兴安岭密林深处。他们与地方党组织和百姓失去了联系，没有粮食，夏秋吃野菜、野果；冬天把战马杀了吃，还吃皮带、皮鞋；末了，吃草根、树皮……

　　东北的寒冬，夜里滴水成冰，抗联战士常常卧在雪窝里抱着枪杆露营。抗联队大胡子队长老潘整宿睡不实，隔一会儿就把战士叫醒，怕被冻僵永远醒不过来。

　　1944 年秋天，在苏联集训的东北抗联教导旅派联络员到小兴安岭找到老潘带的队伍，要布置一项重要任务。见老潘手下仅剩七名战士，个个长发遮面、破衣烂衫，瘦得皮包骨头，联络员掉泪了，半天不好张口。

　　老潘猛给联络员打个立正：报告首长，别看我们衣着不整、瘦不像样，打仗可不含糊！

　　联络员说，这次不是打仗，是让你们摸清日军的驻防和火力配备情况。潘队长坚决表示：就是上刀山下火海，也要完成任务！

在潘队长带领下，抗联战士冒死获得了大量日军情报。但是，怎样才能把情报送到黑龙江对岸，老潘犯了难。

当时，为了切断抗联与苏军的联系，沿黑龙江边几十公里，日寇架设了铁丝网和观察哨。夜晚，探照灯光把江边照得亮如白昼，夜空中飞过一只鸟，也会惹来阵阵枪声。

"怎么不能！"嗓音极其洪亮，一个高大的身影忽地站起，铁塔一般——是侦察班长张德林。

张德林在江边长大，水性极好，有"浪里白条"的绰号。小日本烧了他家的渔船和房子、打死他的双亲之后，他就满怀对小日本的深仇大恨，上山当了抗联战士。他作战勇猛、脑子灵活，曾用一只木头枪只身端掉敌人的据点，把五个鬼子送上了西天。

潘队长眼前一亮，伸出拳头"咣咣咣"，照张德林胸脯就是几下：好，有种！送情报的任务就交给你了！

第二天夜里，张德林带着情报、钢钎和羊皮袋，一声未吭，便消失在夜幕之中……

之后的好几个月，都没有张德林的音讯，潘队长很是惦念：不知他把情报送去没有，人是死还是活……

1945年8月9日午夜，苏联一百五十万军队出兵中国东北，向日本关东军发起突然袭击。此时，在苏联集训的东北抗联教导旅战士也回国与苏军并肩作战，打得日寇落花流水，屁滚尿流。

潘队长暗自思忖，张德林送的情报肯定起了作用。但这只是猜测，情报到底送没送到，张德林是否活着，都是未知数。

1945年8月15日，日本宣布无条件投降。在东北抗联队伍的庆功大会上，潘队长见到了张德林。

张德林已失去了左腿，一见潘队长，两人紧紧搂在一起，泪流满面。之后,潘队长死死盯住张德林问:"情报你送到了吧?"

"送到了!"

"你是怎么过江的?"

"在冰层下泅渡!"

"冰下还能泅渡,开玩笑吧?"

"绝不是开玩笑,你听我细说!"

原来,张德林从小在黑龙江边长大。他知道,每年封江后的枯水期,江水水位便会下降,冰层和江水间便会出现半米高的空间。接过情报之后,他备好钢钎和羊皮袋子,趁黑夜来到江面,用钢钎凿个冰窟窿,再把钢钎、穿的棉衣和情报一起装进羊皮袋子扎紧,然后系在腰上,就光着身子跳进冰窟窿……

不料,正当他往冰窟窿跳的一刹那,探照灯光掠过江面,立刻射来一排子弹,击中了他的左腿。他强忍疼痛跳进冰窟窿里,黑暗中,他奋力向对岸泅渡……

不知过了多久,终于游到了对岸。他用钢钎凿透上面的冰层,脑袋从冰窟窿里钻出,看见了满天星斗,心里抖然一亮。

此刻,由于伤腿失血过多,他已经神志不清。看见夜色中有几道手电光柱渐渐逼近,还隐约传来哇啦哇啦的俄语声。等这些人走近,他才知道,是苏联边防军来了。

他心里突然一喜,指了指身旁的羊皮袋,吃力地吐出两个字:情——报!

他连冻带累,说完这两个字,就失去了知觉……

原载《伊春日报》2013 年 12 月 5 日

英　雄

邓耀华

队伍路过小村时，顺便停下来休整。

二牛的家就在小村里，二牛当兵后，一直南征北战打鬼子，从没回过家。二牛就向连长请了假，回去看家人。

娘说："傻儿子，看你说哪儿了，你在外边打鬼子，有啥不孝的？"

二牛又说："娘——儿子不孝啊！"

二牛站了起来，把娘上上下下打量了一遍，又说："娘，儿子这几年不在家，你一个人是咋过的呀？"

娘说："咋过的？慢慢熬呗，这不是好好的嘛！"

连长说："二牛，我知道你是孝子，但队伍马上要上前线了，你是老兵，会打仗，队伍离不了你呀！"二牛是出了名的神枪手，枪打得准，鬼子们早就对二牛闻风丧胆。

二牛说："连长，俺求你了，俺娘她真的要人照顾，俺走了，俺娘咋办呢？"

连长说："不行，你想临阵脱逃，我毙了你。"

二牛说："连长，俺跟你这些年打鬼子，你看俺是那种临阵脱逃的人吗？俺娘没多少日子了，俺得孝敬她几天。"

连长说："让我来想想办法吧！"

二牛说："能有啥办法？在村子里，俺没亲没故的，要是有办法，俺也就不会求连长了。"

连长思索了一阵子，摆了摆头，叹了叹气。

二牛带着哭腔说："连长，俺得给俺娘送终啊！"

看着二牛的样子，连长无可奈何地摇了摇头，答应了。

晚上，二牛回到娘那里。二牛跟娘说："娘，儿子这回不走了。"

娘一惊，问二牛："儿子，咋了，你不去打鬼子了？"

二牛说："娘，你老了，儿子留下来侍候你，等你百年后，儿子再回队伍里打鬼子。"

听了二牛的话，娘恼了。娘发脾气说："儿呀，你真是混球。"

二牛说："娘，儿子不是混球，儿子是要孝敬你。"

娘说："儿子，你这是孝敬娘？你这是在给娘丢脸哩！快回队伍里去，要不，娘饶不了你。"

二牛说："娘，你都这么老了，二牛咋舍得下你呀？"

娘说："儿呀，娘再老，但娘的手脚都还能动，要是不能动了，娘就爬到井边上，一头扎井里，就了事了。"

二牛大叫一声："娘——不，儿会孝敬你的。"

娘说："儿子，你到底回不回队伍上去？"

二牛说："不回！"

娘说："儿呀，你这样，不是孝敬娘，是害娘啊！"

二牛说："娘，儿子咋会害娘呢！"

娘晓得说不动二牛，娘知道自己的儿子打小就是一根筋，就依了，说："好吧，儿子，那就留下吧，但娘有个要求。"

二牛问："娘，有啥要求？儿子一定答应你。"

娘说："儿呀，答应娘，给娘养老送终后，没啥牵挂了，就赶快回队伍上去，多杀几个鬼子，行不行？"

二牛说："行，儿子听娘的。"

娘笑了，娘说："娘晓得儿子是个孝敬儿子，娘也晓得儿子不是个孬种。"

二牛使劲地朝娘点头。

第二天早晨，二牛去娘房屋里给娘送洗脸水，突然就传出了撕人心肺的哭叫声："娘——你为啥要这样呀——"

娘死了，是在夜里用裤腰带自缢的。

队伍官兵闻讯，无不痛哭流涕。全体官兵为二牛娘披麻戴孝。

娘下葬时，二牛大哭道："娘——俺听你的，去杀鬼子。"

官兵们也一起大哭道："娘——你安息吧，俺们一起去杀鬼子。"

队伍还给二牛娘立了碑，连长亲手写的碑文，只六个字：俺们的娘，英雄！

原载《延安文学》2013 年第 5 期

马把式

王全喜

马把式出生在封龙县的马村。马村有一骡马集市，逢五排十方圆百里的人都会到马市来交易买卖骡马牲口。马把式刚生下来，奶奶就抱着他出去撞街。刚出家门不远，迎面遇一贩马人，赶着马群往马市走。按当地风俗，孩子刚生下来撞街遇到的第一个人就是孩子的干爹，奶奶就要马把式认马贩子为干爹。马贩子说："老人家，我乃一行走天下之人，认下这孩子，今日一别恐怕一生难得再有相见之日。"奶奶说："孩子和你有缘，给他取个名字吧。"马贩子说："就依老人家之说，此子既与我这贩马人有缘，就为他取个俗名叫马儿吧。"马贩子说着从怀中取出个玉锁，生肖竟然就是马，挂在马把式的脖子上，扬长而去。

马儿生性喜欢马，光着腚的时候就替大人放马，摸透了马的脾性，练就了驯服烈马的本领。那天，马儿来到马市，看到一个中年人牵着一匹大红马，马上坐着个十二三岁的姑娘，向人们打听马儿家住的地方。马儿正要上前搭话，突然听到一声炸雷，大红马是匹烈马，突然受惊，挣脱中年人的手，一声嘶鸣，腾空跃起，撒腿向野外狂奔而去。马市顷刻炸了锅，人们都说，烈马跑了不要紧，怕的是骑在马背上的小孩性命难保。马儿见身旁的树上拴着匹白马，解开缰绳跨上马背，朝着惊马追去。不一会儿，人们就见马儿和那姑娘同骑着白马，牵着烈马来到马市，马儿把姑娘从马背上抱下来，把白马又拴在了树上。

中年人看到马儿脖子上挂着玉马锁，摸着马儿的头说："好孩子，难得你有这般身手。我是你干爹，正要找你家。快领我到你家去。"

马儿欢天喜地领着干爹来到家里。马儿的奶奶依稀想起了当年马贩子的模样，拉住他干爹的手说："十几年不见，你可好啊！今儿个是哪阵风把你给吹来了？"

奶奶见桂英长得聪明伶俐，脖子上挂的玉马锁和马儿的一模一样，就摸着玉马锁说："我看桂英和马儿真是有缘哩，你要不嫌弃，就让桂英在我家住着吧。"

他干爹说："我也正有此意，恭敬不如从命。"从此桂英就住在了马儿家里。

这件事后，马儿可就出了名。人们都说，十几岁的小孩能降服烈马，马儿天生是驯马的把式。人们见了马儿就叫马把式。

一晃，又是几年。日本鬼子占领封龙县城，马村也住上鬼子的骑兵部队。干爹其实是个职业革命者，他要马把式设法把鬼子骑兵的马弄到手，要组建抗日骑兵部队。

马把式扮作聋哑人为鬼子喂马，偷偷地驯服它们。半年后，马把式悉数把鬼子骑兵部队的马交到了干爹的手里。从此封龙县八路军独立团有了一支骑兵连队，马把式和桂英也都成了抗日骑兵战士。马把式在与日寇英勇作战中屡立奇功，不几年就当上了独立团骑兵营长。可惜在一次鬼子的炮袭中腿部负伤，落下终身残疾。新中国成立后，马把式毅然解甲归田，和妻子桂英携儿带女回到马村。

　　马把式在生产队当饲养员，一干就是几十年，不要政府抚恤，靠自己的劳动自食其力。

　　马把式老了，就天天坐在自家门口晒太阳，看风景。门口边的墙上挂着马鞭，兴致来了，他就站起身来，从墙上取下马鞭拿在手中来回舞动。于是，清脆悦耳的鞭声便弥漫在马村街的上空。马村人喜欢看马把式舞动马鞭的身影，喜欢听马把式有余音绕梁之感的鞭声，马把式已然成了马村街上一道亮丽的风景。

　　一天，马把式照常坐在自家门口晒太阳，看风景。一会儿竟斜靠在墙上睡着了。到了晌午收工时分，街上人声嘈杂，忽听有人高喊："马惊啦！快截住！"马把式从睡梦中惊醒，睁眼一看，可了不得：一辆受惊的烈马拉着耕犁正从街的东面向他这里狂奔而来，一群刚下学的小学生站着整齐的队伍从街的西边也向他这里走来，眼看受惊的烈马拉着耕犁就要冲向学生，一场惨祸就要发生。就在这千钧一发之际，马把式从墙上取下马鞭，不用几下就把受惊的马安抚住了。

　　马把式神态淡定从容，转身回到自家门口，把马鞭挂在墙上，慢慢坐下，又斜靠在墙上歪着头睡着了。人们以为马把式累了，也不惊动他，过了一会儿，才发觉情况异常，马把式已与世长辞。

原载《小小说月刊》2013 年 6 月下半月刊

温暖的山芋

满 震

　　韩老六正猫在自家的山芋田里发愁呢，老伴儿中风，半身不遂，卧床不起，自己的腰疼病这几天又发作了，疼得要命，这一田的山芋靠自己一个人蚂蚁啃骨头似的，一块一块地刨，得什么时候能刨完啊，刨完了还得一车一车拉到城里去卖。

　　这时候，村党支部副书记、大学生村官小林姑娘来找他。

　　"韩叔啊，要起山芋了吧？"

　　韩老六看到小林很高兴："是啊，小林姑娘。"

　　韩老六夫妻俩无儿无女，是村里的贫困户，也是小林的定点帮扶户。平日里，小林常来看他们，帮着干点家务活；农忙时还会带几个大姑娘小伙子来帮着干农活。老两口很过意不去，小林却说："我在家是独生女，我在外地工作，不能孝敬爸妈。看到你们我就想起我爸我妈。"老两口觉得小林真是个好姑娘，要是有这样一个女儿该多幸福。

　　小林说："韩叔啊，我来找你是想跟你商量件事，你今年的山芋卖不卖啊？"

　　韩老六说："卖啊。可是，你看你婶躺在床上也帮不上忙，还

123

得要人服侍，我腰这几天又犯病，这山芋在土里还没起出来，还得拖上街去卖，你说怎么卖呀？"

小林说："那就卖给我们吧。这山芋你就别刨了，就搁地里头，改天我们来刨。"

韩老六不明白小林为什么买山芋却不要他刨出来，只知道一个劲儿地说感激的话。

星期天，公路上开来了十几辆小汽车，车队到了韩老六的山芋田边就停了下来。小林姑娘从第一辆车上下来，一声招呼，从后面的车上下来一大帮人，看样子都是一个个小家庭，一对对年轻的夫妻各自带着五六岁、七八岁的小男孩或小女孩。他们呼啦啦地拥进了韩老六的山芋田里。

小林说："请各家派一名代表到我们这里来，爸爸也行，妈妈也行，小朋友也行。我和韩爷爷先教大家一下怎样挖山芋。"等各家的代表都围拢了来，小林就一边示范一边讲解，"先轻轻刨开薄薄的一层泥土，山芋就露出来了，然后沿边上挖。这样就不会把山芋弄破了。好，下面我们就开始挖山芋比赛，看谁挖得多。奖品就是：你们挖的山芋不管多少一律归各家所有。"

然后，各家的大人小孩就用自己带来的小铲子、小钉耙忙活起来，一嘟噜一嘟噜的山芋就从土里被刨了出来。孩子们惊喜地喊叫着："啊，这么多的山芋！"

韩老六看到一个个胖胖的大山芋挤挤挨挨的，就想到一群小猪崽在老母猪怀里挤着吃奶的情景，真叫人心生怜爱。

孩子们有的在刨山芋，有的在用泥土搭城堡，有的在追逐嬉闹，叽叽喳喳，快乐得像一群小麻雀。

"爸爸妈妈，快来看啊，这个山芋好大啊！"一个小女孩双手抱起一个大山芋开心地大喊大叫着。

她的妈妈拿来照相机："别动别动，我来给你拍一张。"然后说，"这张照片的名字就叫《小娃娃和大山芋》。"

小林走过来："韩叔啊，我来给你山芋钱。"说着递给他三千元。

韩老六吓得连连推让："你们省了我起山芋，省了我一车车拖到城里去叫卖。省了我好多工夫。我这一块地的山芋至多也就能卖个三四百块钱。哪能要你这么多钱？"

小林说："这次'起山芋'并不只是来帮你干一次农活，它是我们村党支部邀请团县委和县妇联共同举办的'开心农场'采摘活动内容，目的是培养城市孩子亲近大自然、热爱大自然的思想感情。这是我们的最大收获。十五户家庭自愿报名参加这项活动，每户交二百元，共三千元。你就把它看作是我们大家对你的一点心意，收下吧。"

韩老六的心里就如吃了热乎乎的山芋一般，顿时涌上一股暖流。

原载《金陵晚报》2013 年 5 月 8 日

爸爸去哪儿了

范　进

　　"爸爸到底去哪儿了？是死了，还是叛变了？"围绕这个谜，他整整猜了十五年。

　　1964 年，十九岁的他面临高考，可头顶"失踪军人家属"的帽子，政审如何通得过？他犹豫再三，决定到父亲失踪前所在部队问个究竟。

　　母亲给他打气，"以我的了解，你父亲肯定不会做对不起党组织的事情，他一定是被派到某个山沟里，从事绝密的军事任务或者研究去了。"母亲一边说着一边拿出一页已经破损的纸张："龙儿辞乡闯五洲，不恋悲欢不恋留。忧国忧民痴心在，功名不成誓不休。"这是父亲十九岁那年投笔从戎辞别故乡盐城时写的一首言志诗。

　　在他的记忆中，父亲的形象已经模糊：高高瘦瘦的，有军人的威严。但唯一让他印象深刻的，是父亲的那双炯炯有神的大眼睛。在他四岁那年的一个晚上，父亲突然紧紧地抱起他，平时坚毅的双眼默默含泪，许久之后，父亲轻轻放下他，毅然转身离去……他和母亲一样，已经习惯父亲的忙碌和来来去去。可谁也没想到，1949 年 10 月的那次离别竟成永别。

父亲曾经是名地下党员。解放战争时期，他在国民党的江阴要塞司令部担任要职，策动了江阴要塞起义，协助解放军顺利横渡长江。后来，父亲被党组织抽调到上海工作。

他和母亲成了"失踪军人家属"，这个身份压得他们喘不过气来。在整个童年和少年时期，他都在寻找父亲。他和母亲去父亲所属部队打听，得到的答复是"这是秘密，不能说"。常常有人来家里问父亲到底去哪儿了，母亲只是垂着头哭。

……

1964 年的部队之行，他终于打探到了父亲的下落。他捧回了一张"革命烈士证书"。部队告知，早在 1950 年，他父亲就在台湾牺牲了。1949 年 10 月，受中国人民解放军海军司令部情报部门派遣，父亲率领八人小分队潜入台湾，但由于叛徒出卖，超过一千一百人被国民党逮捕处决。

一张"革命烈士证明书"，让盘旋在他和母亲头脑中的谜总算解开，但也打碎了他们心中坚守多年的期待。此后母亲一直沉浸在哀伤中，他无数次被半夜的哭声惊醒。他的心中升腾起新的愿望：取回父亲的遗骸。

这个愿望一等又是五十年。

在海峡两岸热心人士的不懈努力下，父亲的墓碑在台北荒郊的六张犁墓区被意外发现。原来，父亲当年在被当作"匪头"公开枪决后，有好心人趁着夜色用薄棺将他收殓，并取石头为他刻了字立了碑……他接到父亲坟墓的照片后，一刻也不愿意多等，立即让女儿从上海动身前往台湾。

2014 年 5 月 27 日下午 1 时 05 分，从台北飞往上海的一架客机缓缓降落在浦东国际机场，古稀之年的他手捧覆盖鲜红党旗的父亲遗骸，忍不住号啕大哭，"妈妈，您的遗愿实现了，我终于把爸爸给找回来了！"他的耳畔仿佛又响起了父亲十九岁那年辞别故乡盐城时吟咏的那首诗：

"龙儿辞乡闯五洲，不恋悲欢不恋留。忧国忧民痴心在，功名不成誓不休。"

原载《盐城晚报》2014 年 9 月 24 日

天地"粮"心

马河静

村长虎娃在迎宾饭店请客,驻村干部使村里脱了贫,现在要走了。

驻村干部来电说,心领了,饭不吃。

虎娃正要走,看见旁边餐桌上有吃剩下的饭菜:一条鱼连筷子都没有动,一盘烧大肠只吃一个角,一盘家常豆腐吃了一半,一盘炒青菜还剩下两个叶,还有半碗紫菜鸡蛋汤。另外还有两个小吃,一个烫面角,一个南瓜饼,各剩下三五个。还有一瓶仰韶酒,虎娃听说一瓶就得三百多块,他掂起瓶摇了摇,估计还有一多半。

虎娃看其他人都埋头吃饭,就旁若无人地坐下来吃开了。虎娃边吃边想:造孽呀,咋剩这么多呢?孝敬老子哩?等着老子来"光盘"哩?

虎娃个子小肚子不大,撑死着吃也没有吃完。他酒量也不行,喝几口就晕乎了。虎娃重重地打了个嗝,把烫面角和南瓜饼用纸一包,夹起就想走,又看看酒瓶,估摸这一桌就它贵。拿走吧?

小朝问:二哥,下馆子啦?

村长虎娃一个人"四菜一汤，喝酒都三百多"，就像碌碡掉进水井里，在村里引起轩然大波。

隔天村委开会。

监委会主任小红对虎娃说：叔，我给你提个意见吧？

你说。

你一向很节俭，是我们学习的榜样——

先说意见。虎娃不耐烦了。

前天你去乡里请客啦？

请啦，没请到。

没请到你一个人就敢四菜一汤？

虎娃脸上有点窘。

支部书记老钱拧着眉头，咳嗽了一声：虎娃，你真把你当成干部啦？啊？毛主席教导我们说：贪污和浪费是极大的犯罪，你知道不知道！啊？

虎娃沉默了一会，说：四爷，我吃了四菜一汤。虎娃如实说出了四菜一汤的来路。

听了虎娃的叙说，大家心头深深一震。

小红说：叔，对不起，冤枉你了。

副村长小朝笑着说：二哥，你吃人家剩下的……就没觉得这个，这个丢……

老支书说：哪个？丢人，是不是？我说小朝，咱们是种庄稼人，知道啥叫丢人，啥叫粒粒皆辛苦。

老支书语重心长地接着说：新中国成立前我与你奶奶逃荒要饭，脸一抹，弯着腰，拉根棍，逢人大爷大伯叫着，那是啥滋味？丢人不丢人？其实不丢人！啥叫丢人？

老支书长长吸了口烟，声调提高八度：我说，点了不吃叫丢人！吃不了倒了叫丢人！

老支书站了起来：我说啊一粥一饭汗珠换，倒下的是剩饭，流走的是血汗！我请你们永远记住，人生天地间，靠五谷杂粮活命，人讲良心，爱惜粮食，这就是天地"粮"心！粒米虽小犹不易，莫把辛苦当儿戏。虎娃不丢人！你们说对不对？啊——

大家鼓起了掌。

村长虎娃吃别人剩下的四菜一汤，一石激起千层浪，涟漪波及乡里，又逐步演绎到县里。县委有关领导认为这是落实中央"厉行节约，反对铺张浪费"的一个现实题材，责成宣传部、广电局深入挖掘，广为宣传。当一群记者举着扛着像枪、像炮一样的摄像机对着虎娃时，虎娃嘴笨，就是不配合。

记者开导他：你响应党的号召呀，实践"光盘"行动呀；你勤俭节约呀，不铺张浪费呀；你是时代的楷模呀，学习的榜样呀；你身为干部呀，不嫌弃别人吃剩下的饭菜呀……

虎娃恼火了：扯蛋，你是表扬我哩还是腌臜我哩！

虎娃说：你咋不去采访点菜的人哩？你咋不采访公款吃喝、上一桌子菜不吃倒了的人哩？他们才是名人哩！

虎娃当时是想造孽啊，孝敬老子啊。但这话放不到桌面上。他忽然想起老支书说的话。虎娃攥着拳头躬着腰，虎啸了一声：天地"粮"心啊——！

记者吃了一惊，不知所以然，又似有所悟。

原载《青年作家》2014 年第 3 期

大山的女儿

尚庆学

　　自从蒋医生申请参加党员志愿者，来到大西北小山村以来，她已经整整半年没有回家了。

　　眼看要到深秋了，大雪说下就下，如果大雪封了山路，车走不出去，她就只能在这大山里过春节了。

　　这天，她接到丈夫的电话："妈妈病危，你快回来见她一面吧，妈妈想你。"

　　她的眼泪一下涌了出来。她一人来到大山，把九岁的孩子交给了婆婆。婆婆又做饭，又要照顾孩子上学，确实苦了她了。"婆婆，我对不起你。这次我一定回去，好好侍候你。"她下定了决心。

　　她把手头上的活儿跟山村卫生所里的几位医生交代了一下，然后乘上林业局专门派来的车，顶着浓浓的云雾，向山外艰难地走去。

　　一百多里的蜿蜒山路，汽车走起来颠簸不堪，她紧紧抓住车内的手柄，身体左摇右晃，时起时落。她知道，像这样的山路得走几个小时。尽管如此，她还是高兴地打电话给丈夫，说自己已经启程回家了。

走了不到四分之一的路程，她接到山村卫生所打来的电话，说有一位老妈妈突发重病，很危险，急需救治。她让司机赶紧车开回山村医院，治完老妈妈的病再出山。

她向丈夫说明了此事，丈夫在电话里长长地叹了口气："唉，没有办法，我支持你这个党员志愿者。看完病你得赶快回来啊，再晚就可能见不到妈妈的面了！"

她擦一把眼泪，连声说："一定，一定。"

回到山村卫生所，她立即给那位老妈妈诊治。老妈妈是旧病复发，这次发作很严重。她采取了急救措施，然后开了一些维持治疗的药物，反复叮咛身边的医生："一定要及时观察，按时给老人服药，有什么情况，及时向我报告。"

她又行驶在回家的路上，山中的云越发浓了，风也越发大了。她很疲乏，可是她睡不着，山路的颠簸让她想吐，家人的急盼让她想飞，婆婆的病情让她想哭。她又给丈夫发去了消息："我又启程了，正往大山外面的公路行驶，告诉婆婆，一定让她老人家等着我，我就要回到她的身边了。"

汽车走了不到一半的山路，一个男子骑着一辆摩托车从她的车后超了过来，拦在了她的车前。

"你是干什么的？"她走下车急忙问。

那男子急匆匆地跑过来，扑通一下跪在了她的面前，哀求道："蒋医生，俺的媳妇要生产了，可她怎么也生不下来，都昏过去了，她快不行了，求求您回去救她一命吧！"

"她人在哪了？"

"在卫生所里。"

她赶忙打电话询问，卫生所里的医生吞吞吐吐地说："产妇已经昏过去了，我们不想再让您回来了，可是……那男的见我们犹豫，就骑上摩托车追您去了。"

"掉头，救人要紧！"她坚定地说。

汽车再一次掉转车头往山村卫生所里走。她强忍着泪水给丈夫打电话说明了情况，只听丈夫在那边有些生气："你到底是怎么回事？难道你今天就走不出那座大山了！你回来看一眼妈妈，过几天再回去也行啊！"

她的眼泪又一次涌了出来，只是自言自语地说："我知道，我知道，救人要紧啊，救人要紧啊！"

终于回到了卫生所，那个妇女还昏迷在那里。她跳下车，立即投入紧急抢救。那产妇慢慢醒了过来，她的丈夫又一次跪在了地上，对着蒋医生千恩万谢。

她走出医务室，外面开始下雪了。乡村医生焦急地说："司机，你说什么也要把蒋医生送出山外！"

她的车又一次上了山路。雪更大了，光线更暗了，汽车十分艰难地颠簸着。车子到了黑风口，司机熄了油门，这里的山路已经无法通过了。

蒋医生跳下车，仰天长叹，一下跪倒在雪地里，她对着自己家的方向大声呼喊："妈妈——"

手机响了，是丈夫悲切的声音："妈妈……她……已经离开我们了……"

她一头栽倒在雪地上，昏了过去。

原载《作家文艺》2014 年第 153 期

送　信

梁　刚

　　雪花飞扬的一天，父亲他戴着礼帽，身穿黑色棉袍，顶着怒吼的西北风，朝黄河边的渡口疾走。

　　父亲奉命给冀鲁边区的八路军"纵挺"支队送封密信，这封信维系着这支部队的生死存亡。

　　父亲经常在这条道上行走，对哨卡伪军的盘查一般都能应付自如，然而这天，父亲乘坐渡船在靠近对岸滩头时，突然感到异常，哨卡不仅增设了许多伪军，还有鬼子正虎视眈眈地盯着所有上岸的旅客。

　　父亲暗自揪紧了心，但表面上却淡定从容，他提着棉袍下摆，迎着那个哼着京戏的马脸伪军走去。"马脸"瞅了父亲一眼，又瞅了一眼，然后变长声音问，从什么地方来？父亲说，高苑。"马脸"冷笑一声说，编吧，八路最会编了。他一招手，另一个伪军端着枪抵到父亲胸前。"马脸"开始在父亲身上乱摸，摸着摸着就摸到了父亲藏着信件的棉袍衣襟，父亲顿时感到有股凉气唰地一下直冲脊梁，但他冷静地摘下礼帽，朝"马脸"弯弯腰，并掏出两包香烟和几张"准备票"递过去。

慢！"马脸"突然揪住父亲的衣襟说，这是什么，他的脸上有了得意的狞笑，想蒙老子，你这棉花里藏的什么？父亲平静地说，老总，那是几张钞票，不瞒你说，俺生来胆小，有几文小钱喜欢揣在烂棉絮里。父亲边说边从怀里掏出一块金表说，老总给个方便吧。父亲话音未落，"马脸"劈手夺过怀表，另一个伪军则用匕首挑破了父亲的衣襟，棉袍顿时豁开了一道口子。

事已至此，父亲突然出拳，猛击"马脸"的鼻梁，同时一个侧腿起飞，把另一个伪军踢出两米开外，就在时间凝固的瞬间，父亲转身飞奔。

枪声响起，喊声一片，岗楼的机枪迅速织起了一张火网。父亲拼命飞奔，左躲右闪。

这时，他看见了高坡上来接应他的联络员张明，然而子弹覆盖过来，他感到左腿一麻，便栽倒在地。子弹洞穿了他的左小腿，鲜血顺着两个弹孔汩汩流淌。伪军、鬼子蜂拥而来。

把信毁掉！父亲飞快地想，不，密信必须送达目的地。他想刨开土地，埋掉信件。因为张明见他倒在这里，一定会过来寻找，但黄土冰成铁板一块，短时间根本无法刨出一个坑来。而敌军已追到眼前，千钧一发之际，父亲灵机一动，快速把信件卷成香烟大小，塞进左腿的枪眼里。枪眼的进口虽小，但出口却很大，足可藏下一团信纸。

这时，鬼子已站到父亲的跟前，领头的佐官"哇哇"喊着。父亲右膝支地，飞起左脚向他踢去，鬼子条件反射，举刀劈来，一刹那，刀起腿落，那封密信也随之落地而藏。

父亲的身子顿时抽空一般倒地，血色点燃了那个早晨的雪光，花一样静美。父亲微笑着在地狱与人间徘徊，他被敌军拽着的身子，在厚厚的雪地上留下了一串斑驳的血诗。

父亲被拖走后，张明抱着父亲的残腿返回了部队。

许多年以后，父亲拄着拐杖非常得意地说，他借用鬼子的挂刀，砍掉了自己的一节小腿，又借用小腿把情报送了出去。嘿，父亲兀自笑着说，用一节腿，换回一支部队，值！

原载《小说月刊》2014 年第 12 期

一分都不能少

岳秀红

一、张所长

我肯定知道税富国会这样做。

小税在工作上从来不讲私情，不免人情税，也不收人情税。同学的税，他依法征收。朋友的税，他同样依法征收。就是女朋友的税，他照样依法征收。

税务工作者当然也是有血有肉有情感的人。当时，小税如果向所里开了口，我们也会使用合法的执法裁量权，一定程度上照顾一下。小伙子工作认真积极，老大不小了，解决个人问题是大事，不能因为一切为工作、因为太有原则耽误他一辈子的幸福嘛。但小税守口如瓶不透一丝风，所里全部同事都不知道他的女朋友在做生意。

后来是咋知道的？他女朋友小杨被评为诚信纳税模范，到局里开表彰座谈会，让小税在局里工作的铁哥们儿兼大学同学小王认出来了。小王一看小杨，就呆若木鸡了，问小杨：你咋和我哥们儿女朋友长得如此像？我看过他手机屏保上女朋友的相片，你们就一模一样！小杨当即大方承认自己正是小税的女朋友。

二、杜老师

我当然知道税富国会这样做。

小税在前进小学读书，我从一年级就教他，一直教到六年级小学毕业。小税六年里一直当班长，很懂事很乖的孩子。

小学生多大嘛，小屁孩儿，谁都爱吃个零食，爱买个小玩具。班上就只有小税不。我知道小税是孤儿，被税为民收养。税为民虽然是税务工作者，但老婆是个"药罐子"，病不离身，家境也非常困难。我让小税当班长，时不时卖些班里的旧杂志旧报纸旧资料，意思是多多少少补贴他，让他可以买包零食尝个鲜、买个小玩具过瘾。小税从不照办。不管是卖了几元几角，甚至几十元，都一分不少地交给我，说这是班集体的，是大家的公费。

三、税为民

我自然知道税富国会这样做。

税富国也算是我儿子，我从来没把他当外人看。当然，他也一直把我当亲父亲。虽然没有血缘关系，但人终究是情感动物嘛，日子久了，就有了亲情。亲情就好比血缘关系。

我只有一次短暂的怀疑。为什么事哩？一件不大不小的事。

我女儿在银行上班，个人头上有一定的储蓄任务，跟奖金福利挂钩。那年年关，我女儿没完成任务，差十万元的存款。我女儿先想到税富国，他算她唯一的弟弟嘛。人有急事难事，总是首先想到兄弟姐妹。我女儿求税富国帮忙，说他刚上班没几年不借他的钱，也不要他借别人的钱，只让他合法提前征收管辖对象的一个月税款，存到她工作的营业厅充任务。过一星期再取出缴税。税富国没答应，他说今年的税全收了，再收就是收过头税，就是提前收新一年的税，也违反了《税收征管法》。

女儿告诉我，我当时也生气，骂自己养了只白眼狼。气一瞬间生过，可再细细一想，他做的是对的。

四、妻子小杨

我不用想就知道税富国会这样做。

我们刚谈恋爱不久，我就接手了亲戚的一个店，心想自己男朋友是税官，还用缴什么税。做生意成本低些，赚钱要容易点嘛。

税富国来我店看过后，说足够起征点，要缴税。我一下子火了，脱口而出：税富国你自己选择，要税还是要我？！

当然他没有做选择，做了选择就没有我们现在的婚姻。他也不算笨人，见我在气头上，哄我说去做所里工作，争取不缴。其实他偷偷给我办了相关证件，自己掏钱替我缴了差不多两年半税。两年半后，我早中了他的情毒快结婚了。也吵了几次小架，就认了，谁让自己选择的男人的工作是收税哩。

慢慢地，我真的理解他了。税是取之于民，也用之于民的。比如税富国他读大学拿全额奖学金，比如我小时候家里享受的民政补助，比如现在我们的孩子免费上义务教育学校，其实这些钱都来源于税收。

五、税富国

别夸大美化我，我不想接受采访，我只是一个普通的税务工作者。

当时我身上只有两万元税款，不多。税是我上门收的。那位纳税人生病没来得及缴税，电话联系后，我就上门去收取，主要怕过了征收期他要缴滞纳金。收了税款出来，穿一个小巷去赶公交时就碰到打劫的人了。

没多大事，伤得不太重，就被刺了几刀。打劫的主要想吓住我，让我放包，并不想杀人，都没往致命处刺。我坚持不放，他们也就放弃了。不严重，养几个月，就全好了。

当时真没多想，也没时间多想。刀子抵在身上也不怕，就一个念头：税款是国家的，在我手里，一分都不能少！

原载《小说月刊》2014年第8期

奶奶的党费

李立泰

在抗日战争最艰苦的岁月里，奶奶为缴党费犯愁。

缴啥啊？别说钱，连一点值钱的东西也找不到了。区委讲，缴党费没钱实物也行，有的东西可直接上缴区里。

奶奶入党是干出来的。爷爷的抗日武装被围，爷爷被鬼子杀害。奶奶擦干眼泪，忘我地工作来排遣痛苦，她救治过多名伤病员。

奶奶把情报藏好，背着草篮子，顺马颊河大堤树丛走，累得浑身大汗，褂子都湿湿了，成功把情报送到县大队。天黑前她还要背着一篮子草进家。奶奶进家就累瘫了。

她积极组织妇救会做军鞋，带头交军粮……区委批准奶奶为党员。

晚上奶奶去村支书家开会。

晚饭奶奶吃得潦草，刷完锅，洗脸梳头。镜子里的奶奶是漂亮人儿。奶奶身材适中，秀发高耸，大香蕉髻梳在脑后。中式裤子，大襟褂子，奶奶眼不大，可亮，眼珠黢黑，放光。她的妯娌、姐妹们夸奶奶好看，好看到眼上了！

奶奶拐了俩胡同，到支书家。

村支书对奶奶说："你的入党申请，批准了。"奶奶心里一阵激动，脸立马红了，说："我合格吗？"

"合格。但是，还要严格要求自己，工作继续努力，起先锋模范作用。"奶奶点头，记到心里。

区组委同志说："欢迎你，李淑玉同志。"

奶奶看着鲜红的党旗，举起右手宣誓。奶奶站在组委一侧，面对党旗，重复得句句铿锵有力。

奶奶说："小小棉油灯，照得几个人影影绰绰。但鲜艳的党旗映红了脸，照亮了心。会场虽小，意义重大。党给了我第二次生命的起点就在那间小屋。"

奶奶说："解放后参加那么多次地区的、县的党代会，妇代会，积代会，都没我入党宣誓的支部会刻骨铭心。"

我是在党的人！我听党的话！不折不扣按党说的去做！绝不讨价还价。她心里说。

每月一分钱党费，一年一毛二。若放到今天一毛二还叫钱吗？地上丢一毛钱甚至一元钱，年轻人都懒得弯腰去捡。可当年一分钱难倒英雄汉！

一年多未雨，大田旱得冒烟，已是赤地千里。人们成群结队地逃荒要饭。拆房卖屋，卖儿卖女。村庄荒芜，兔狐出没，饿殍遍野，荒凉凄惨。兵荒马乱，日伪顽杂抢粮，已没可抢之粮。他们看见烟筒有烟，闯进家去就掀锅，菜窝窝抓起来就吃。

县委指示，精兵简政，开展大生产运动，共度灾荒。

奶奶思忖，区队战士吃饭也成难题，吃了上顿愁下顿，甚至饿着肚子打鬼子。那怎么行啊？

奶奶抬头看院子里的大榆树。春天吃了一串串榆钱儿，分期分批地撸榆钱儿，吃了将近月余。

现在榆叶碧绿，奶奶还没舍得吃它。当时就想着榆叶能派上大用场。

奶奶眼里含泪，说："小儿不哭，我蒸菜给你吃。"

父亲多想吃把榆叶啊，鲜嫩的榆叶在手里过了一遍，也没敢尝尝。

奶奶蒸了一锅榆叶窝窝，那点儿可怜的高粱面，几乎蒸不成个。给父亲叔叔蒸了几个野菜杏叶团子。奶奶实在蒸不成窝窝了，就团揉团揉放到锅里。

榆叶窝窝熟了，锅上冒出香甜的热气。叔叔瞪着大眼看锅，他们瘦得皮包骨头，三根筋挑着头。

出锅了，绿绿的榆叶窝窝，香啊，热气扑脸。

村支书批准奶奶把一锅榆叶窝窝作为党费上缴。

奶奶提起榆叶窝窝走时，叔叔又哭了。奶奶想放下一个给父亲和叔叔吃，可是战士也在饿肚子，吃一个也凑不够整数了！她心一横，坚定地走出家门。

一直到解放，奶奶还保存着当年李区长写的收条。

我带师生参观全市"纪念建党 90 周年展览"，在"难忘的岁月"展室里，看到皱巴巴、烂乎乎的、奶奶当年交党费的收条。

收条

今收到豆腐梁村李淑玉全年党费，一锅高粱榆叶窝窝。

区长：李善亭（区委副书记、区队长）

一九四三年农历五月十七日

原载《涟水快报》2015 年 7 月 6 日

末日英雄

黄克庭

当记者总会遇到几次刻骨铭心的事。

这不，今天凌晨两点十分，报社记者部主任给我打来电话，台风"武辜"正面袭击我县，县委书记马上要去塔下洲村检查抗台风工作，叫我三十分钟内去现场跟随采访。

暴雨如注。

正是睡觉的好时机，却偏偏要离开温暖温馨的被窝，实在是"痛苦"！

无奈，我匆匆起床，顾不得洗一把脸，就穿好雨衣，背上采访包，骑着摩托车，上路了。

雨大，风急，我浑身感到寒冷。大地黑沉沉一片，雨声、风声、流水声、树木和花草的哀鸣声混杂在一起，营造出一种骇人的气氛，似乎有万千个大魔怪，把我当作可口的猎物，正紧紧睁着阴绿的眼睛，准备随时扑过来。

尽管开着摩托车大灯，但是路面的能见度不足二十米。我咬咬牙，坚定地冲进巨大的雨幕中……

路面上，有许多被台风刮断的树枝阻挡着我的车道。为了赶时间，我不能先清理道路再赶路……

终于，我被一杈并不太大的柳树枝弄得人仰车翻，原来柳树枝的下面还藏着一块饭碗大的石头，车轮侧偏压过时，石头翻了个身。

幸好，我的车速不快，虽然跌得我鼻青脸肿，却未伤筋断骨。顾不得疼痛，我先把摩托车重新扶起，试了试，还正常，心里竟万分感激老天爷，尽管这时我已经全身湿透，左侧膝盖、手掌正混着鲜血、雨水和泥水！

手机铃声大作！正当我掏手机的时候，一小片树叶像某个人的手掌一样打到我的脸上。我这才想起，我的头盔被摔丢了。

这一定是来催促我的电话！

我看了一下时间，凌晨两点四十五分。我已经迟到五分钟了，虽然受伤，却也惭愧与内疚。这鬼天气！要是在大白天，我一定能按时赶到塔下洲村。

接通电话，我立即先检讨："对不起！对不起！！对不起！！！我还在路上，我迟到了……我检讨……"

"小黄，是我！我是老周，周……博……同……啊！你是不是在做梦啊？半夜三更给你打电话，是我对不起你啊……是我要检讨啊！"

天！

原来，给我打电话的人，不是记者部主任，也不是县委书记的秘书，而是抗战老兵周博同！

周博同是我五个月前才认识的一位参加过抗日战争的老兵，今年九十七岁了。为了纪念抗日战争胜利七十周年，县委统战部和我所在的报社、县电视台联合开展了"抗战老兵影像志"采访活动，将全县一百一十五位还存活的抗战老兵的"抗战故事"用影像、照片、文字等形式记录下来，作为档案永久保存。

那天，我与电视台的同志去马踏石村采访周博同。在山村中心地带的一座四合院内见到了他。这座四合院起码有两百年历史，十多间房子就住着周博同和保姆两个人，天井里长满杂草和青苔，除了周博同与保姆生活的两间房子，其他的房子全是杂物，上面布满了麻雀窝、蜘蛛网和灰尘，满目苍凉。据说，这座房子五十年前曾经居住过四十七个人。如今，这座房子的主人们都"下山奔小康"去了，包括周博同的三个儿子七个孙子。不知何故，周博同却固执地选择"坚守"。

周博同实在是老了，下肢行动很不方便，满口假牙，只要一说话，上面的假牙就会往下掉。他一脸消瘦，脑门深陷，混浊的眼睛几乎没有一点光亮，全身松弛的皮肤像是宽大了一号的衣服穿戴在身上，给我的感觉是，他的皮肉并不相依相连。幸好，他的思维还是正常的。

那天，周博同作为唯一还活着的"亲历者"，主要讲述了七十五年前县地下武装第一次消灭日本鬼子的经过。这次战斗，虽然只打死七个鬼子，却由于是"第一次"，意义非凡，尽管我军损失很大，死了二十七名战士，队长也牺牲了。周博同说，其原因是我军武器落后、缺少弹药，平时缺乏训练，多数同志枪法都不准。

风大，雨大。我对着手机大声喊叫："老周啊！现在台风很大，县委书记正在检查抗台工作，我正在路上，赶去采访，半夜三更的，你有什么事啊？明天再说吧！"

"小黄！我是老共产党员！我半夜给你打电话，是因为急啊，我时间不多了，随时都可能走了，但我不能带着思想包袱去见马克思，请你把我说的话录音下来……"

周博同说，上次说的，有错误！他不是英雄，而是狗熊，虽然现在只有他还活着，当年的事全由他说了算。可是，说了假话，良心难安。那天，鬼子要去寿光村抢粮的情报确实是他得到的，在哪里设伏也是他提出来的，但是，"由于年轻气盛太冲动、贪功心切——很想成为第一个打死鬼子的人，在鬼子还有五十来米远时，抢在队长前面率先开了枪"，加上"枪法不准"，给了鬼子反击的时间和机会。结果是，我军六十七人去伏击二十三个鬼子，却惨败，队长牺牲后，大家各自逃命……

"小黄啊！我是一个有罪之人。当年是谁向鬼子开了第一枪？没有其他人知道，我也一直没有说，这是我永远的心痛。近五个月，我……很……矛盾……晚上老是……失眠，二十七名……骨干战友……老队长的死，我应该负主要责任，请你把真相告诉大家……我，不能丢了党性……昧着良心，去见……战友们……"

两天后，我得知周博同当晚死在县人民医院里，他是在被抢救八天后苏醒，回光返照之时，面对三个儿子七个孙子，给我打来的电话。

原载《小说月刊》2015 年第 12 期

插在门缝里的纸条

王维新

　　1939 年的深冬季节，北平的百姓在日本侵略者的铁蹄蹂躏下，迎来了入冬以来的第一场雪，北风呼啸，寒气袭人。

　　清早起来，南锣鼓巷里响起收潲水的梆子声，不一会儿，门外传来吆喝，"老刀牌香烟！"

　　随着"吱呀"一声，陈先生打开双扇木门，他还没有跨出门槛，却发现一张折叠着的字条从门缝里掉了下来。

　　他弯腰捡起字条，这是一张竖笺明十八行宣纸，打开一看，上面用毛笔写着两行字："今天上午十点钟以前，必须到后海白塔跟前去会见你的老朋友，不去后果自负！"

　　陈先生摘下毡帽，挠着短发，他感到太奇怪了，简直有点莫名其妙嘛，自己从上海到北平来不过半年时间，在这里孤身一人，举目无亲，哪有什么朋友可言。这是谁和我在搞恶作剧吧？他又一想，万一不去，真的有事耽误了怎么办？不去，会有什么后果呢？可是，去了，又会是什么结果呢？这个未知的前景，可是让陈先生犯了踌躇。

　　他在屋里踱步，走过来走过去，到底该不该去呢？要不要问问小金太太？他细想，不行，不知道这是一个什么样的女人，还是不要让她知道自己的事情为好。

陈先生琢磨了半天，最终还是走下阁楼，坐上一辆黄包车，沐浴着飞舞的雪花，很快来到后海公园。

湖中的水上飘落着树叶，几艘木船停靠在岸边，无人问津。白塔在寒风中依然挺立，雪花在它的身上落下，融化。

奇怪！当他打开房门时，又一张字条掉了出来："你躲过了一劫，有人在你的阁楼下安装了炸弹，十点钟爆炸。你走后，有一个修水管的人把炸弹起走了。这里不安全，你必须赶快搬家！"

陈先生感到更加奇怪，谁在给我写字条？谁在暗算我？我一个文化人，平生与世无争，为什么到哪里都不能安生呢？

姑且再相信他一次，陈先生带上简单的行李，搬到了东四大街的报房胡同，在那里租了两间房。这是一个四合院，门口有一棵大槐树和一家卖驴打滚等点心的铺面。

陈先生以为这下安稳了，可以高枕无忧，谁知他又看到一张字条从门缝里掉下来："晚上七点到三里屯德隆酒吧，有一个拿一本《新青年》杂志的姑娘等你。"

陈先生不想去，但是，他想起第二张字条叙述的可怕景象，他在犹豫中，又坐上了黄包车。

三里屯是个不夜城，这里的酒吧、咖啡厅人满为患，灯红酒绿，歌声阵阵。

陈先生心想，这个姑娘会是一个什么人？她见了我会说什么？

走进德隆酒吧，他环顾四周，并没有一位拿杂志的姑娘啊？他找了一个空位坐了下来。

他打算等一会儿，如果她不来，他就要回报馆去加班。

突然，一位手拿《新青年》的姑娘走入了他的视野，紧跟着传来一句话："你是陈先生吧？"

陈先生礼貌性地欠了欠身子："是啊，您请坐。"

姑娘说她名叫白雪，非常喜欢先生的文章。她说："您在《大公报》发表的那篇杂文，戳疼了国民党挑动内战的软肋，戴笠安排中统北平站要暗杀你，获得这个情报后，组织派人掩护你、保护你，你不知道内情。现在局势还在恶化。上级要求我和你面谈一次，如果你愿意，请你到解放区去，到延安去，那里欢迎有文化、有民族气节的人。"

陈先生松了一口气，原来是这样！他说："这样也好，我早就仰慕解放区的抗日氛围，在这里，总是让人提心吊胆的，既要防明枪，还要躲暗箭。这样吧，容我向报馆交了辞呈后，就动身去延安，奔向光明。"

突然，有人喊道："快看，宪兵队又把两个人抓去了！"

选自《岁月的指针》白山出版社 2015 年 9 月出版

一把生锈的步枪

黑　凝

一

有封重要情报，必须及时送出去。然而，敌人不但把万化山城里三层外三层地围困住，还掐断了与外界联络的电话线。

最先派出的通信兵，一个还没走下山，就被敌人发现，牺牲了。另一个被敌人撵得走投无路，跳了悬崖。还有一个一去就没了音信……

常毅是守城独立团派出的第四个通信兵。可常毅是怎么通过敌人三道金箍般封锁线的，他从没对人提起过。

新中国成立后，常毅去过几次万化山，他去寻找什么，没人知道。直到他退休，成了白发苍苍的老人，有一天他在电视机前看新闻，新闻里说，万化山的伐木工人在伐倒的一棵大树的树洞里，找到一把生锈的步枪，步枪怎么会跑到树洞里，成了一个谜……看到这则新闻，常毅泪流满面，当年送情报的情景又浮现在眼前。

二

　　常毅过万化山第一道封锁线的时候，就被敌人给拦住了，可是他早有准备，因为在半路上，他就把步枪藏进了一个树洞里。他穿着一身破烂衣服，挑着一担柴，故意佝偻着腰，把自己装扮成手无缚鸡之力的罗锅。一个腰佝偻成九十度的罗锅，能是扛枪打仗的军人吗？敌人看他这熊样，照他的屁股上踢了两脚，越踢他的腰就越佝偻。敌人笑得不行，一边踢一边嘻嘻哈哈取笑说，别踢了，再踢就成龙虾了。成龙虾好啊，正好老子馋海鲜了，成了龙虾就多放点辣椒煮了当下酒菜，哈哈哈。

　　敌人把常毅戏耍够了，踢翻了他的柴，带他到库房，让他把两袋面粉送到山腰第二道封锁线的厨房。

　　因为常毅是从第一封锁线来送白面的，所以第二封锁线的敌人根本没有怀疑，还赏了他一个馒头吃，馒头被他吃得狼吞虎咽，生怕被别人抢走似的，噎得他直翻白眼。敌人看了就说，这穷鬼，一辈子没吃过细粮。敌人这样说，他故意伸长了脖子打很响的饱嗝。

　　送完了白面敌人不让他走，让他在伙食房帮忙劈柴烧火，天黑了还脱不了身，他急得团团转。伙食房的大师傅被他转得心烦，说，你像个虾米似的瞎转悠啥？常毅说不转就腰疼。大师傅哼了声，毛病不少！

　　说着话大师傅猫腰去炒菜，常毅看见大师傅的腰上拴着个葫芦。就问大师傅，你腰里的葫芦装的是啥好东西啊。大师傅从鼻子里哼出一个字：酒！

　　看着大师傅的葫芦，常毅心里暗自高兴。干活时趁大师傅不注意，打开了他腰上葫芦的盖子……

　　酒葫芦被常毅用火点着的时候，大师傅还没发现，等火烧到了屁股，大师傅才"嗷"的一声惨叫，窜到了门外……

趁着一片混乱，常毅逃到山下把情报送了出去……

可那把藏在树洞里的步枪，常毅在完成任务后去找了几次都没有找到，丢了枪他不但说不清楚，还受到了独立团的处分。这把步枪一直成了他的一个心病，如今这把枪终于重见天日，可一切已成了历史。假如世界上所有的枪炮都锈迹斑斑，永远拉不开枪栓，永远是和平的蓝天，那该多好啊……常毅这样想着，微笑着斜倚在沙发上睡着了。

原载《前卫文学》2015 年第 4 期

相约钥匙桥

万　芊

　　1948 年 9 月的一天深夜，月高风清。小学老师周楠受命去周庄与人接头交换情报。周楠在自己学生的精心安排下，借了条小渔船缓缓地靠近约定的接头地点。

　　钥匙桥下，两条小渔船缓缓地靠在一起。两位渔人隔着船舷，对火抽烟，聊了几句渔事，正合接头暗号。周楠拿出一把老式铜锁，对方拿出一对铜钥匙。周楠接过钥匙，一试，手里的锁被轻巧打开。两人忍不住把手握在一起，轻轻地互唤了声"同志"。交换了情报，周楠抑制不住内心的激动，说，同志，新中国就要成立了，我的孩子也即将出生了。到时候，我们能不能在这里再次相会？！对方竟也激动地说，我的孩子也即将出生了。我们再次相会的时候，就带上自己的妻子和孩子。周楠又说，如果我们生的都是男孩或女孩，那就让他们结为兄弟或姊妹。对方说，如果两个是一男一女，那就让他们结为娃娃亲。周楠说，好的。对方说，一言为定。暗号：新中国万岁！时间：十年后的明日中午。周楠说，好的。信物，就这对铜锁和钥匙吧。两人各取信物，再次握手，互道保重，相继摇船缓缓地离去。

1949年10月，新中国成立。小学老师的周楠从暗处走到明处，被新成立的人民政府任命为北乡第一任乡长。周楠经常背着盒子枪下乡做群众工作，非常忙碌和艰辛。工作之余，他老是想起周庄接头时遇见的那位地下党同志，只是不知对方姓啥、名啥，天又黑，也只大体记得对方的模样。不知道他怎么样了？！

第十个年头，周楠已经是县委副书记了，大儿子也已经读小学了。9月那天，他带着妻子儿子专门到了一次周庄，早早地守候在钥匙桥上，手里拿着那把铜锁，桥石栏上放一张写有"找同志"的白纸，然而苦苦等到天黑，对方一直没有出现。周楠的心里蒙上了一层阴影。

之后，周楠的工作一直在变动，职务也在慢慢朝上升。工作总是很忙。然而不管再忙，到了第二个、第三个十年约定的时间，他总提前准备着，带上妻子儿子早早地守候在钥匙桥，一直到离休以后还是如此。这一约定，他苦苦守候了整整六十多年。

九十一岁高龄的周楠有一回看电视台的寻亲节目时，跟业已退休的大儿子说，解放呀，你想法跟电视台联系联系，了了我一生的心愿。他大儿子叫周解放。

周解放联系了电视台，节目组专门到周家，根据老爷子的回忆，到周庄拍了一段模拟情景的视频。让周解放做了一回替身。三个月后，节目组让周解放陪着老爷子赶到电视台做现场节目。只是，老爷子不慎摔伤了膝盖，在家卧床休养，没法去，只能由周解放代表了。

现场直播很顺利，放了视频，周解放就等着即将出现的激动人心的瞬间。然而现场又播了一段视频，那是一段节目组的寻访实录。主持人介绍，我们节目组在接到周楠老先生和他大儿子周解放提出的寻亲请求后，进行了寻访。首先，我们通过周老先生提供的线索，翻阅了当地的党史资料，知道当年与周老先生接头的也是一位小学老师，他叫刘平原，是上海地下党组织派来的。我们进一步寻访时了解到，刘平原那次接头时，组织内出了叛徒，多名党员被俘被害。刘平原因为到周庄接头，逃过一劫。只是当时形势非常复杂，他所在的小组几乎被全部破坏，没有第二个人能够证明他的清白，新中国成立初期的几年他一直在接受组织的审查。后来，他被安排在上海的一家工厂做普通的工会干部。到了1966年，刘平原的历史遗案又一次被人翻了出来，他被送到苏北老家劳动改造，全家也都跟着去了。整整十几年中，刘平原向组织写了整整一百多万字的历史问题交代。这些资料，都已全部移交到了党史档案馆。我们抽阅了部分书面文本，能够从中感受到一位老地下党员对党的赤胆忠心。二十世纪七十年代中期，刘平原重新回到上海，恢复了工作，八十年代初期，刘平原光荣离休。只是，非常可惜的是，离休后没几年，刘平原身患绝症。弥留之际，他向家人说出了牵挂一辈子的一个秘密，就是当年在周庄钥匙桥下的约定。他不知道对方姓啥名啥，唯一的线索就是约会的时间、暗号和信物。现在，节目组和周老先生提供的约会时间、暗号和信物对比，完全吻合。

现场，掌声响起。

主持人接着说，我们欣喜地告诉大家，刘平原先生当年生的是女儿。大女儿叫刘媛媛，是大学退休老师。我们已经联系到了她。前一段时间，她在加拿大女儿家照看外孙女。为了做我们这场节目，她专门从加拿大赶了过来。

全场，掌声雷动。

屏幕缓缓打开，一位外表端庄、外秀内慧的女子款款步入现场。手里攥着一对铮亮的老式铜钥匙。周解放愣住了。呀，是你呀？！两人相拥在一起。原来，他们是77级首届高考时的大学同学，同窗四年，友好交往了几十年。

试锁，一下子打开了。

全场欢呼，掌声经久不息。

电视机前，周老先生喃喃着约会暗号，"新中国万岁"，早已热泪盈眶，泣不成声。

原载《小小说月刊》2015 年第 7 期

永不掉队

谢志强

1947 年冬，秦山第一次听见方歌唱歌。

团长命令："我们的两条腿要跑过敌人的汽车轮子。"秦山穿草鞋，把脚磨破了，渐渐地，落在急行军的队伍后边。于是，他听见了那支歌："向前向前向前，我们的队伍向太阳……"

方歌站在路边的一个小土坡上，齐耳短发，她旁边还站着两个女兵，是师文工团的团员。

秦山踏着歌声，赶上了队伍。

部队准时到达了指定的地点，堵住了敌人的退路，激战三天。秦山身负重伤，被送到野战医院。

方歌所在的文工团来医院慰问伤病员。

秦山在昏迷之中，仿佛又掉了队。他听见方歌的歌声后苏醒过来。歌声飞进了他的心里，他像在舔嘴唇，默默地跟着哼唱。

医生对方歌说："你把这个英雄唱醒了。"

秦山家境穷困，爹娘却供他上学，念到初中，日本鬼子来扫荡，他就参加了新四军。受过五次伤，这一次伤得最重。他说："一颗炮弹把我炸飞了。"

方歌说："我见过你，看不出，你还是个英雄。"

秦山笑了，说："听你唱歌，我就活过来了。"

方歌也笑，说："如果我唱歌有这么厉害，我就唱。"

秦山说："那我们可就说好了。"

1948 年，秦山被调进了王震所在的部队，他当了独立旅一个连的连长。挺进西北，开赴新疆——后来新疆和平解放。

秦山的心里奏起旋律。茫茫戈壁荒漠，一眼望不到尽头。

方歌突然唱起了歌："向前向前向前……"

秦山站起来，走过去，说："你咋知道我在唱……我一点也没唱出声音呀。"

方歌说："我似乎听见了一个旋律，有谁起了个头，你唱出来呀。"

秦山说："我这么个烟嗓子，一唱会吓坏你。"

部队来到了南疆重镇阿克苏——驻守在塔克拉玛干沙漠的边缘，开始垦荒。

秦山第四次遇见方歌，是在团部。他乐了，说："是要来慰问一下我们了，戈壁荒滩听了你们的歌声都会开花呢。"

方歌说："这一回，我是被调到你们这儿了。"

过后，秦山知道，方歌主动要求调离师部文工团，下放到秦山所在的团，当了宣传干事。

团长是秦山以前的上级，背后向他透露："你这个英雄，有福气，别人是英雄救美人，你却是美女救英雄，方歌追你追到沙漠来了，就看你能不能接住了。"

秦山一见方歌，脸就发烫。

方歌也几次到秦山这个营收集垦荒的事迹。她还组织了一个宣传队，把垦荒的故事编成歌曲、快板。

1952 年春，秦山独自骑马向着太阳升起的方向，他进入了沙漠。他打算建立一个新的连队，开垦一片新的荒原。按他的说法是："大口啃一块沙漠。"

　　突然起了大沙暴。沙漠似乎要捉弄一下英雄。两天里，风沙铺天盖地，仿佛真的要叫他进去出不来。风一停，沙一落，像是什么事都没发生，沙漠呈现出壮丽的美景，移动过的沙丘，那纹路，如同水的波纹。沙漠总是将进入它里边的物体含而不露地收藏起来。

　　幸亏有一棵枯死的胡杨树。找到秦山的时候，他搂着树干，沙子已埋到他的腰。胡杨树仿佛缩短了一截。秦山的嘴里灌满了沙粒，几乎没了脉搏。

　　秦山像胡杨树一样，一动不动。

　　方歌和女兵含泪唱歌，唱了《沂蒙山小调》。

　　秦山是山东籍。对家乡的歌也没反应。

　　女医生听不见秦山的心脏跳动了，就用一块白布裹住秦山。

　　教导员拿来了军旗，盖到战友秦山的身上。

　　方歌揭掉军旗，打开白布。

　　教导员说："你再看他一眼吧。"

　　方歌说："我们早就讲好了，现在，我给你唱歌。"

　　地窝子里一片宁静。

　　歌声响起："向前向前向前，我们的队伍向太阳……"

　　教导员说："秦山，你别掉队了，起来吧。"

　　渐渐地，所有的人都跟着方歌唱了起来。阳光从地窝子上边的天窗照进来，沙尘像音符，在阳光中飞舞。

　　秦山的嘴唇居然嚅动了。

　　教导员说："你这家伙，我就知道你不会掉队。"

过后，秦山说他像是做了一个梦。他睁眼，看见一片脸，随即，他的目光停留在方歌的脸上。

方歌的脸如同一轮圆月，明净净地悬在空中，像水洗过一般，还沾着水珠。

秦山说："水，渴死我了，咋回事？"

教导员说："方歌把你唱活了。"

秋天，开垦的荒原收获了玉米。团长主持了婚礼。入了洞房，一个地窝子，方歌说起大沙暴。她说："当时，我就想最后再给你唱一次歌。"

秦山说："战争年代，我都死不了，我命大，能这么轻易掉队？我就等你来唱呢。"

方歌说："你别耍嘴皮子了。"

"掉队"是父辈对死亡的另一种说法。

多年后，我了解到了秦山和方歌各种版本的爱情故事。父辈不愿说过去的故事，但是，都有一首自己喜欢的歌曲，一不留神，便会哼出来。秦山已是农场的副团长。他的步子总像是踏着歌曲的节奏。他的儿子秦平沙是我的同学，我们都是军垦第二代。

有一次，秦平沙突然说："人生有许多关卡，哪一个关卡过不去，后来的一切就都不存在了。多危险，我爹几次险些没了命，是我娘把我爹唱活了。"

我说："向前向前向前，没你娘的歌，你爹一旦'掉队'，谁知道你在哪里呢？可能根本没有你，你不出生，我就没有你这个朋友了，确实悬乎。"

原载《微型小说月报》2016 年第 9 期

女红军

徐社文

一

那是一场和敌人的惨烈战斗后，阵地上遍地都是战友的尸体。你和幸存的战友忍着悲痛在快速地掩埋。突然，一张熟悉的面孔映入你的眼帘，这是你的新婚丈夫，你们在部队转移前刚刚完婚，这是转移以来你们第一次见面。战斗的惨烈让你们都有了可能"光荣"的设想，但是猛然见到，你泪如雨下。

和着泪水，你擦净丈夫英俊的脸庞，把你们结婚时首长送的一支没有舍得也没有来得及用的牙刷放在丈夫的上衣口袋，然后一把土一把土地埋葬了你们短暂的婚姻。

你如同一片秋风中的落叶趴在团长的马背上，昏昏沉沉了几天。一次新的急行军开始之前，战友们还是把你留在隐秘的山洞里。你连说话的力气都没有了，但你心里知道你一定要回到队伍。几天后，你换了一身老乡的服装、剃光了头，装成男人报名参加了国民党军队。你知道跟着他们就能找到红军。

你跟着敌人的队伍在大山里转来转去，终于有一天敌人停下了脚步：前面就是红军。距离如此之近，你几乎看见闪现在灌木丛中虽已褪色但依然夺目的红五星。你忘记自己的处境，你不顾一切向前奔跑，你扑进了一条湍急的河流，快了，快了，就要回到那温暖的怀抱。

突然，身后一声枪响，你想喊一句都没有喊出来，瞬间就消失在一个血红色的旋涡里。也就在那一瞬，一排复仇的子弹射向敌人，一场新的战斗打响了。

二

那是连日战斗后难得的休息。老乡看你背着药箱，那么和气，那么爱笑。壮着胆子凑上来，说家里老人和孩子病了，想请你去看看。你二话没说，跟着老乡就走。看了这家去那家，老乡们把你当成活菩萨。你笑着说：红军才是活菩萨，要带着穷人翻身做主人呢！

你不知道夜里到了什么时候，看完最后一个病人才走出老乡的家。月明星朗，寒气袭人。你快步向战友们宿营的地方走去。但一到那里你就傻了，偌大的打谷场刚才还是那么拥挤，现在竟然一个人也没有了。空荡荡的让人迷茫。

村子里突然响起了狗叫声。你一刻不敢停留，独自追赶队伍。刚到村口，迎面碰到国民党的保长带着几个狗腿子。保长说："看你是个娃娃，只要愿意当长工就可以不死！"你用女孩子少有的愤怒破口大骂："我给你们当爷爷！"话声刚落，就被疯狗似的保长一刀砍死了。

乡亲们得到消息，流着泪用清水把你擦洗干净，悄悄把你埋在村口的荒坡上。

保长也得到了消息，气急败坏地带人把坟铲平了。可第二天你的坟就被重新堆好，光洁的坟头还插上了一束迎风招展的野菊花。

三

在部队转移前你怀孕了，拼死求情才得以跟随队伍前行。你挺着大肚子，克服了难以想象的痛苦，始终没有掉队。你一再叮嘱肚子里的宝宝：乖乖待着，等妈妈到一个安全的地方你再降生。

可偏偏在这敌情最危急的时刻，你要分娩了。你被抬到路边的一个草棚子里，因为难产的剧烈疼痛，你在地上不断打着滚。敌人的枪声越来越近，敌情报告此起彼伏。就在你万分自责哀求战友们快走的时候，你听到了军团长的一个严令：生孩子需要多长时间，就给我顶多长时间。你还听到前沿阵地质朴的政治动员：我们今天革命打仗，就是为了孩子们的幸福明天。

你振作精神，拼尽全身气力，孩子终于呱呱坠地，你也昏厥过去。孩子没有在你怀抱里停留片刻，你也没能看上孩子一眼。就在你被战友抬走的同时，孩子也被一位长者用衣服包好放在硝烟弥漫的路边。这位长者还特意写了一个纸条放在孩子的包裹里，纸条上写着：收留这个孩子的人是世上最善良的人。

当你从昏迷中醒来时，你满耳都是孩子的哭声，你对抬你的战士说：孩子就在不远处的草丛中，快抱过来让我看一眼。小战士说：大姐，我们已经急行军快二百里了！

多少年后，你一直做着同一个梦：在硝烟弥漫的路口放着一个包裹着的孩子，突然，一把明晃晃的刺刀向孩子刺去……你就被惊醒，就会长时间坐在床上流泪。

四

你是一个卫生兵，只有十三岁。战友们说你是百灵鸟，走到哪儿唱到哪儿，战斗的间隙，你唱起《盼红军》，让战士们信心陡增;伤病员们说你像天使,包扎护理都是那么温暖细致,你常说自己饭量小,把干粮都省给了伤员。

你是南方人,从来没有见过这么壮观的雪,把一座山包裹得严严实实。

你太冷了,眼里出现了幻觉。

是大哥吗?兄妹三人参加红军后还是第一次见到大哥,大哥你醒醒,我是幺妹啊!大哥血流满面,但大哥身上还有丝丝温暖。你抱紧大哥,小心地将大哥伤口中的蛆捏出。大哥,你醒醒!大哥真的睁开眼对你笑了笑,就头一歪,死在了你的怀里。

大哥走了,那是二哥吗?和二哥也是在队伍中第一次遇见。二哥也负伤了,正被担架抬着往老乡家送。大部队还要转移,重伤员只有托付给老乡。二哥拉你的手说:留下来难逃白狗子凶手,我想往家的方向走,但很可能会死在半路。你好好地跟着红军干,就当二哥已经死了。

醒了!醒了!原来是战友们的呼喊。大家告诉你,一个连的战士轮流抱你,轮流用自己的体温温暖你,你终于活了!你用疲惫的双眼望去,满眼都是大哥、二哥亲切的面容。大雪山已在身后很远,很远。

原载《盐城晚报》2016 年 8 月 3 日

书记家里的寒酸事

段乐三

县委书记黎民要调省委工作。一辆卡车停在楼下，在装他家里的桌椅板凳、衣被书籍、坛坛罐罐。

突然，两名男子汉爬上车，争着卸下自己想要的东西。

司机慌了，立即制止。

这两名男子汉说："何必拖出去扔掉？书记家的东西我们同样作废品收购，又不是不给钱！"

司机吼道："你们疯了，这是书记的家当！"

省委书记黎民的妻子，叫白馨。

黎民对白馨说："向你的店长请几天假吧，与老同学们玩几天。跟着我天天打工，回来又忙家务，许多大点的城市也没去过，这次正好有老同学们做伴。"

白馨带上她仅有的自认为好看一点的两套花衣，去了上海。她提前半个小时，到达老同学们指定的旅社茶座等着。她想，这些老同学都三十多年没见面了，不知还认识得出来吗？

白馨正想探问，却被一名富贵女人叫住："愣什么愣，你还不快给客人泡茶？"

白馨微笑着，立即泡茶，一一送到面前。

送到最后一个，只听这人自言自语："这白馨，到底是书记夫人，架子大，约好时间就是迟迟不来。"

白馨站立在他面前，说："我是白馨。"

大伙愕然，富贵女人比谁都更惊讶："白——馨——呀！你看你，还这样苗条，怎么穿得这么土气呀，我还把你当成服务员啦！"

白馨回答说："我在省城做临时工，就是在当服务员。"

"你难道没正式工作呀？"

"我只有初中毕业水平，不符合在省城安排正式工作的条件。"

黎民在中央某委担任书记了，更忙。逢六十虚岁生日，嫂嫂特从南方乡下赶到北京为他做寿。白馨只好陪嫂嫂逛大半天街，晚上做了几个好菜，等黎民下班回家吃生日饭。

餐间，嫂嫂埋怨弟媳不贤惠："弟弟这六十大寿，儿媳也没来，不请亲戚朋友，连个同事也没有！"

黎民对嫂嫂说："公务员都在忙工作。等我退休后，回老家去看望亲戚朋友和老乡们，好好与大家聚聚。"

原载《潮州日报》2017 年 6 月 30 日

灯 花

徐 风

　　三儿在家的时候灯花几乎天天开，兰子的笑容更是天天比灯花还灿烂。今晚灯花会不会开呢？娘说灯花一开就有亲戚或喜事来。兰子直勾勾盯着跳跃的火苗，好看的大眼睛里有忧郁，有期待。

　　那天，还差半个月就定亲了，三儿却急匆匆跑来告诉兰子，要去打仗，杀日本鬼子。

　　兰子说：俺要是个男人早去了，你不愧是俺的三哥哥！

　　三儿挠着头皮说：定亲的事得往后拖拖了。

　　兰子说：定不定亲俺都是三哥的人！

　　三儿走了，留给了兰子一个大丈夫的背影。

　　三儿走了，兰子却哭软了双腿。

　　兰子恨日本人，恨打仗。

　　今晚，兰子做了一个梦，梦里灯花又大又亮。

　　第二天，兰子早早爬了起来，把辫子梳洗得又黑又亮，去了三回村口的老槐树那儿。

　　中午的时候，听到从镇上回来的村人慌里慌张地讲日本鬼子就要打过来了。兰子不信，三哥就是为了不让鬼子来糟蹋村子才去的呀。吃败仗了？那三哥……兰子不敢再往下想，身子顺着老槐树滑到地上。

隐约有噼里啪啦的声音，像放鞭炮。兰子不知道咋回的家。

兰子，娘跟你爹都收拾好了，不管是真是假，去山里躲躲吧，村里人都快走光了。你爹还得到处看看有没有落下的人，咱先走吧。兰子娘瞅了眼破旧的院子，抹着泪，牵着兰子的手跟着村人往山里拥去。

黄昏时候，鬼子果真进村了。躲进山里的村民瞅着村里浓烟四起、火光冲天，无不咒骂痛哭。兰子只关心她的三哥哥，她恨不得变成一只老鹰飞下山，把鬼子挨个啄死，替三哥哥报仇。

鬼子走了，哪怕是在梦里灯花也不开了。兰子没魂了，整日嘴里就俩字：三哥。

汉奸！走狗！畜生！真没想到！村人们找不到别的词。

咋会这样呢？听到消息的兰子几乎哭晕过去，觉得她的灯花这辈子不会再开了。

三儿回家了，而且前呼后拥，大摇大摆，神气活现。

三儿的爹娘紧闭屋门破口大骂。

三儿知道爹娘接受不了，要不然也不是他三儿的爹娘了。三儿阴着脸大手一挥，转身往兰子家走去。

兰子爹把老婆和闺女关在屋里，一只手叉着腰，一只手握着旱烟袋，看那目光恨不得把三儿生吞活剥了。

三儿"讪讪"一笑：叔，俺不难为你，只要让兰子跟俺走。

提到闺女，兰子爹一个箭步奔到三儿跟前，抢起烟袋杆子就抽：你还有脸见兰子，你个畜生！

几个保安队员哪里容兰子爹如此放肆，枪栓"哗啦"响动，黑洞洞的枪口齐刷刷对准了他。

不要啊！屋门哐当打开，兰子哭着跑出来，伸开双臂挡在爹面前。

兰子几乎是被架着出了院子。

三儿拍拍身上的土，整了整帽子，一龇牙：叔，您放心，俺不会让兰子受一丁点委屈的。

几天后的夜晚，保安队大院灯火通明，笑语喧哗，好不热闹。

弟兄们，使劲喝啊！他们刚吃了败仗，损兵又折将，一时半会儿不敢轻举妄动，放心喝，来！三儿干掉碗中的酒，摇摇晃晃往洞房走去。

洞房内，兰子神情呆滞地坐在床沿，一对红烛映着她姣好的面孔。

房门"咯吱"开了，又"咯吱"关了，兰子的心跳到了嗓子眼。她从眼角的余光里看到三儿进来瞅了她一眼，然后又出去了，直到一对红烛着了过半也再没有他的动静。

喝吧，喝得越多越好！兰子又把剪刀摸出来，漂亮的大眼睛里滚落一串泪珠子。

约莫又过了一盏茶的工夫，兰子听到外面动静异常，好像有大帮人冲进了院子，然后就有人哭爹喊娘地叫唤。

兰子似乎觉得发生了啥意外，紧紧握着剪刀，紧张地注视着房门。

红烛越发亮了，房间里只剩了三儿跟兰子。

咋样，没费一枪一弹就解决了，三儿扳过兰子的肩膀，因为事关重大，不得不演了这么一出，让你受委屈了。俺演得还行吧？俺叔和你配合得也不错，呵呵。

兰子只有眼泪。

再瞅那一对红烛，不知啥时候真的双双开了灯花，又大又红。兰子和三儿依偎在一起，仿佛看到这红艳艳的灯花，已在山野蔓延开来。

原载《精短小说》2016 年第 3 期

寻找战马墓

申 平

父亲退休的第二天，就开始收拾行囊，准备进山去寻找战马墓。母亲拦不住，就打电话把我叫回来，希望我能帮她阻止父亲的行动。

我对父亲说，爸你疯了，这么大岁数了还要冒险进山去找一堆马骨头。如果你觉得闲极无聊，可以去周游世界啊，钱我来出。我还把父亲的行囊藏了起来。父亲被我缠得没办法，他说：那好吧，我现在把情况给你讲一讲，如果不能说服你，那我就不去了。

我坐下来，以嬉笑的神情面对父亲，看他能说出什么花儿来。

父亲沉默了一会儿，以忧伤的语调开了头：孩子，当年你奶奶，还有我和你的叔叔、姑姑们也是这样阻止你爷爷的。你爷爷一生最大的憾事，就是没能进山去寻找战马墓。他临死的时候，还拉着我的手，断断续续地说着两个词：大榕树、战马墓……

后来，我在你爷爷的回忆录中，才真正了解了事情的真相，我一直都在后悔当初不应该千方百计地阻拦他。

你爷爷原是第四野战军一个骑兵连的连长，咱家里不是有一张他骑在马上的照片吗？那真是威风凛凛，而且他也是战功赫赫的人啊！后来，骑兵连随军南下，那些驰骋中原的战马，到了南方就有点不适应了。它们吃草拉稀，身上早已好了的伤口又开始溃烂。越往南走天气越热，许多战马都病了。为了不影响行军速度，战士们只好忍痛把病马一匹匹放开，让它们去自寻生路。你们知道吗？骑兵和战马的关系那就是生死与共的战友关系啊，一旦要分开，而且又是永别，那种心情是何等的难受啊！但再难受也没办法，最后就连你爷爷那匹最好的战马黑旋风，也不得不放掉了。你爷爷抱着马头哭啊，真是肝肠欲断。最后骑兵连几乎成了步兵连，战士们硬是凭着两只脚板，每天以一百多公里的速度往前走。就在他们走进广东地面，每天在深山老林里穿行的时候，有一天，他们遇上了一桩奇事。

这天他们正在一棵大榕树下休息，前面再次响起了继续行军的号声，这时他们突然听见，后面传来了一阵雷鸣似的脚步声。当时他们是殿后部队，后面来的是什么人呢。你爷爷一声令下，战士们立刻做好了战斗准备。随着脚步声越来越近，战士们的眼睛全都瞪大了。你们知道他们看到了什么，是一群战马！就是骑兵连陆续放掉的部分战马。它们在黑旋风的带领下，循着军号声追赶部队来了。

当时的场面你可以想象一下，肯定是感天动地的。你爷爷在回忆录中曾经这样写道：我一眼看见，黑旋风就跑在马群的前面，就像我过去骑着它带骑兵连冲锋陷阵一样。我和战士们一起呼喊着战马的名字，迎着马群飞跑过去，抱着马脖子哭啊喊啊。黑旋风打着响鼻，眼中泪光闪闪，它还伸出舌头来舔我的手，看样子真想跟我说说话啊！可是忽然间，黑旋风却慢慢地倒了下去，所有的战马一匹匹都倒了下去。这时我们才看到，天啊，战马全都骨瘦如柴，身上几乎都烂得露出了骨头，它们就是凭着最后一口气，翻山越岭来追赶部队的啊！它们瞪着的眼睛好像在诉说：就是死，也要死在部队上，死在主人面前！我们的战马，它们是多么勇敢，多么忠诚啊！战士们呼喊着，痛哭着，最后在大榕树下挖了一个大坑，把所有的战马埋在了一起。我对战士们说：这棵大榕树就是记号，等到全国解放了，我们活下来的人一定要找到这里，为它们重新修墓……

后来你就知道了，你爷爷作为南下干部，就留在了南方工作，一干就是几十年。作为一个地地道道的北方人，他克服了重重困难，硬是把根扎在了南方的土地上。开始是忙，接着又被打倒，等他重新出来工作，身体就不行了。这时他就开始张罗进山去找战马墓，但是每一次都被我们给拦住了。我们打着关心他的旗号，却使一个老战士的毕生愿望一直无法实现。真是罪过啊！

父亲讲完了，我久久陷在一种神圣庄严的氛围中不能自拔。最后我激动地对父亲说：老爸，我现在决定，要陪着您一块儿进山去，去找战马墓。如果我们俩一下子没有找到，还有您的孙子，咱们可以一代代地找下去，直到找到为止。

爸爸听完，竟然跟我热烈握起手来，他眼含泪花说：好孩子，咱说走就走。其实，我们不仅是要去完成你爷爷的心愿，也是为了找回更多的东西。这个你懂的。

原载《南方日报》2017 年 10 月 6 日

我好着呢

寇建斌

天一阴，郝明就习惯性地给爷爷打电话。爷爷是老风湿，一遇阴雨天就疼痛难忍。爷爷说："我好着呢，别惦记我，干好你的事！"听上去，嗓门儿很大，气量很足。

暴雨倾泻而下。郝明在楼道里吼了一嗓子，就率先冲到大堤上。带人处理好几处险情，人早成了落汤鸡。郝明走进指挥部帐篷时，感觉腰腿有些酸疼。他还是对爷爷不放心，又拨通家里的电话，爷爷还是那句话："我好着呢，别惦记我，干好你的事！"

他刚当上乡长，就赶上了这场暴雨。他任上这个乡有好几个村子临河，防汛任务极重。他干脆把铺盖卷搬到帐篷里，不敢离开大堤半步。河水暴涨，像千万匹野马乱窜般要越过河堤。河堤被冲刷浸泡得像块松软的蛋糕，时有管涌和垮塌。哪里有险情，他就带人往哪里上。郝明小时候，父母外出打工去了，家里只剩下祖孙俩。他跟着爷爷长大，跟爷爷最亲。每逢阴天下雨，他就赶紧生火烤炕，抱出狗皮褥子给爷爷裹上腿脚。爷爷年岁大了，身子骨弱，赶上这场连阴雨，他担心爷爷的老毛病会犯，不知能否扛得住，本想抽空回老家去看看爷爷，可哪里脱得开身，只能抽空给爷爷打个电话问询。爷爷每次都是那句话："我好着呢，别惦记我，干好你的事！"

十多天下来，郝明人累瘦了，眼睛熬红了，头发打缕，胡子拉碴，衣服成了迷彩服，泛着汗碱，粘着泥巴，哪里还有个乡长的模样。不过，人们都听他的。不论是乡干部、村干部，还是老百姓，只要他一招呼，呼啦啦就都跟上了。打木桩，填沙袋，他都冲在最前面，一次次化险为夷，愣是把河水牢牢圈在大堤以内。上任之初，他还担心，自己这张娃娃脸能否镇得住人、担得起事，这会儿他有了底气，越发信服爷爷过去常说的一句话——当头儿，就是领青（注：过去地主家带领雇工干活的人），你带头干，大伙儿就都干好了。

爷爷在村里当了一辈子村干部，用他的话说，叫干了一辈子领青的活儿。先是当生产队长，每天清早，第一个起来，敲钟，集合人，安排计，带头干最脏最累的活儿。天黑，场里、库里、牲口棚里，各处收拾妥当了，最后一个拖着沉重的脚步回家。那时人们日子过得很清苦，却极少有人抱怨。后来爷爷当了村支书，领着村里人挖鱼塘。已经入冬了，鱼塘里齐腰深的水结了冰碴，寒气逼人，人人看了发怵。他一言不发，挺着胸脯一步一步蹚进水里，挥锹干起来。大伙儿面面相觑，但很快被爷爷感染，大伙儿下水干得热火朝天。郝明参加工作后，爷爷点着他的脑门儿告诫："你端的是公家的饭碗，要领青干好哟。"

雨终于停了，洪水渐渐退去。县里开了总结表彰大会，郝明上台领了奖。本是喜庆事，他却高兴不起来，心里无端地有些慌乱，会一散，就马上赶回了老家。

父亲惶惶地跟他解释："这次刚一闹雨，你爷爷的病就犯了，疼得要死要活，把别的病也勾起来了。进城进镇的路都毁了，哪里也去不了，只能在村里。"

郝明接过父亲的手机，打开播音键，爷爷说话了："我好着呢，别惦记我，干好你的事！"

郝明抓住爷爷的手，使劲摇："爷爷，爷爷……"

原载《金山》2017 年第 12 期

土地的儿子

七　月

二叔家门口的红砖墙上钉着一块长方形的小铁牌子，黄底红字，上面写着"中共党员家庭户"。二叔把它视作传家宝一样爱惜。

二叔膝下有三个儿子，都分家另过了。老儿子离开父母的时候，提议三家每月给父母固定的生活费用，二叔不接受，说年纪不大，爬得动走得动，还能掐块瓜秧盖住自己的屁股呢。但是提出，三家给凑几千块钱，买个犁地的拖拉机。算是借的。二叔说得很恳切。

三个儿子犹豫了。他们不是出不起钱，别说父亲借，就是孝敬给父亲，也是应该的。不过，老大最先提出异议，老二老三也支持大哥的意见。拖拉机犁地是快，比起赶着骡马拉着犁翻地也省了很多的力气。可毕竟是机器呀，老爹岁数这么大了，手脚跟得上吗？

二叔是个通情达理的人，儿子这么说，也没有继续难为儿子，一个人蹲在阳光亮堂的地方看着小铁牌抽闷烟。

二叔有二叔的心事。

生产队散伙以后，二叔东借西借，盘下了队里的一辆马车。

在生产队里，二叔就经营着这辆马车。春天犁地播种，秋天收秋送肥，冬天跑口外拉荆条，日久天长就有了感情。马车是自己的了，也算是多了一个挣钱的门路。谁家的地都得翻，谁家地里都得送肥，谁家的庄稼都得收秋，虽说是乡里乡亲的，谁家也不能老让二叔白搭工。我家和二叔的情分就是那个时候留下来的。二叔赶着马车过来，我们给骡马喂了水喂了料，中午给二叔烙几块油饼，二叔这一天的工就搭在我家了，几块钱拉扯碎了，二叔也不肯装进口袋里。二叔说，人吃马喂的，再要工钱，那还算人啊。后来人工值钱了，我家带头，愿意给骡马点水料就给点，不愿意就让二叔自己去打理，中午也不招待二叔，但是一定要按市场工价支付给二叔。说给二叔，二叔开始有些难为情，后来就接受了，于是成了村里的习惯。

后来，村里逐渐添置了机动车辆，二叔的活儿一点点少了。少了也够二叔忙活的。细心的人算了算，二叔一年的收入赶得上跑供销的了。

最先眼红的是开面坊的赵家老四。老四拴上了一辆三大套的骡马车，比起二叔多了两个拉纤的。老四这个把式年轻力壮，赶着三大套，装载起来自然把二叔压了过去。犁地的时候，三个牲口轮着用，哪有跑得不快的理由？开始，二叔没在意，其实也不用在意，毕竟，犁地不是谁都能给垄沟犁直的。可是过了一年半载，老四练达出来了，逼得二叔也换了三大套。

在二叔换三大套不久，老四添置了十里八村第一台又能犁地又能播种的拖拉机。

二叔的憋屈并不在老四的拖拉机上。二叔说，你犁得快就快吧，商量好了一亩地的工价，开始老四是背地里少收，后来公开在村里大喇叭里宣讲，已经有人和二叔开玩笑说："你财黑呀，看看人家老四，比你少一半呢。人家的机器是烧油花本钱的，你的骡马可是吃青草哩。"

二叔憋屈呀，照老四的工价，一天还不如在工地锄泥的小工呢。

儿子们劝二叔，到岁数了，歇歇吧。二叔想想也是。犁地出车挣钱的活儿几乎都被老四揽去了。老四把自己逼到这个份上，想不歇歇也不行呀。老儿子突然提到养老的钱，让二叔冒出了这个新念头。

"刚入秋，离开春还早呢！"

"村里的活儿都要落到你一个人身上，到时候顾不过来呢！"

"邻村也有犁地的。"

"你犁得好，十里八村有谁比得过你犁的地啊！老四非要你犁，别人犁会少一半收成呢。"

"老四忙着挣钱，自家的地撂荒了，开春再犁吧。"二叔说，"秋犁压害虫，春犁破草芽。"

老四媳妇回去了，说给老四，不是在搪塞吧。老四拨楞着脑袋说二叔不是那样的人。

我问二叔，开春真的给老四犁吗？二叔指指门口小牌子，说："睁开眼睛看看这上面写的什么。"

二叔叨叨咕咕地还说："不看僧面看佛面呢。"

听着二叔说的话，敬佩之情油然而生。

后来有人告诉我，二叔那一冬一春，年轻了十几岁，手里的鞭子甩得啪啪响，简直抢出了一盘盘圆圆的月亮。

原载《燕山》2019年第3期

香　火

吴小军

1942 年夏，冀中平原，夜。

老屋，青砖高墙耸立，气度非凡。日本鬼子的嚣张气焰，令整个冀中平原死气沉沉，鬼气森森。老屋却像一个熟睡的老人，气息沉稳，丝毫不受影响。

三更时分，老屋北边侧门前闪出一个黑影。他握着门上的铜环，轻轻地叩击了三下。清脆的金属声令他有些不安，他警惕地看着四处。门"吱呀"一声开了，门里传来一个声音："来了？"

"嗯。"应了一声，黑影一边警惕地观察四周动静，一边向着屋后小林子处发出三声蛙叫。

不一会儿，林子里走出一行人来，都提着枪，互相搀扶着，有八个。当头一人一瘸一拐地指挥大家进了门，然后将门闩插上。他提着驳壳枪，穿着八路军的军装，四方脸上有一双大眼睛。黑影给里面的人介绍："这是田营长。"又对田营长说："这是我们的堡垒户靳老板。"

田营长和靳老板握手。

1944 年冬，冀中平原，日。

一支八路军队伍整齐地走进一个小村。他们刚打了一个大胜
仗，要在村里做个短暂的休整。胜利的喜悦让这支队伍更显得充
满了活力。当头的是一个二十多岁的年轻人，方脸，大眼，目光
坚毅。是田营长。

"是田营长！你们可回来了！"村里快步走来一人，穿着大黑
棉袄，满头灰白的头发下，一张黑红的脸上满是惊喜。

田营长一把握住这人的手："老周！是你？我们回来了！"他
招呼七个战士过来，"你看，我们可不回来了？八个人，一个都
没有少。"他捶了老周胸口一拳，"我们和鬼子硬碰硬，面对面打。
你们和鬼子软对硬，暗中打。咱们软硬兼施，鬼子快顶不住了！"

田营长问："乡亲们可好？"

老周说："小鬼子的'三光'，杀了不少人，逃开了的乡亲也
饿死了不少。"

田营长眼里闪着愤怒而痛苦的光芒："血债血还，仇一定要报
的。"他停了一下，又问，"靳老板可好？"

一个战士说："营长，我们去靳老板家看看吧？"

一个战士说："对呀，我们在他家养伤，他这一家人对我们太
好了！"

又一个战士说："我开始看他们家住那么大房子，穿那么富贵
的衣裳，心里还犯嘀咕哩。"

田营长敲了他的头一下："抗日面前，中国人是一条心的。靳
老板以他商人的特殊身份，为抗日做了很大贡献。"

看着大家的兴奋劲儿，老周几次张口又止，这时他插话了。
他沉痛地说："田营长，同志们，靳老板已经不在了……"看着大
家不愿相信的表情，他犹豫了一下，又说，"你们在靳老板家疗伤
两个月的事，后来被汉奸举报了，日本鬼子抓了他们一家十七口

人，全部杀了。房子也烧了。"他忍不住哭出了声，"上到靳老板八十多岁的老母亲，下到他三岁的小孙子，全没了……"

"啊……"田营长和七位战士悲痛万分。

"靳老板一家是外来户，从此，姓靳的香火，是绝了……"老周边擦眼泪边叹息。

田营长长舒了一口气，大声地说："不，不会绝的，这爱国主义的香火，永远不可能绝！"他看着大家，眼里没有泪水，只有仇恨和更多的坚定，"从今天开始，我就姓靳！"

七个战士也纷纷叫道："我们也姓靳！我们的命是靳老板一家救的，我们来给姓靳的传香火。"

靳老板家的老屋烧得只剩下断壁残垣。田营长八人在老屋前面站成一排，每人手上三炷香火。三拜之后，香火插在了老屋前面的一个香炉里。田营长叫口令："敬礼！"八人齐刷刷地敬了个军礼。

从此，八路军某营就有了八个姓靳的兄弟。后来，他们中有三个牺牲了。新中国成立后，活下来的五人分别在各地工作，都娶了妻，生了子。他们的孩子，都姓靳。靳老板家老屋的断壁颓垣前的香炉里，每年的某个日子，总会有香火点着，烟雾袅袅。

原载《南方日报》2017 年 10 月 6 日

九　爷

朱文彬

　　洪水来了，村里人都走了，九爷不走。九爷死也不走，九爷就
想死在这老屋里。能死在自家老屋里是福气啊，九爷的心定着哩。

　　两个兵娃进了屋来，要背九爷走。九爷不走，九爷的手抠得
炕沿都要出洞来，九爷的手力大着呢，俩兵娃使劲掰也掰不动。

　　兵娃叫来了将军。

　　将军蹚着齐膝深的水进来。将军说："走吧大爷，再不走这屋
就要塌了，我们把您送到安全的地方去。"

　　九爷不言语。

　　将军说："对不住您了大爷，我们要保护您的安全。"将军转
过头来对兵娃说："救人要紧！把炕拆了，把大爷背走。"

　　"是，首长！"

　　经水浸泡久了的炕很快被拆了。兵娃背起九爷的时候，九爷
手里还抠着块炕砖泥，手指快要抠出血来。

　　"把我……放……下！我要死……死在……石头……村里！"

　　九爷发话了，九爷向来说一不二。兵娃停住了。

　　将军凝重的脸上淌下了两行泪。将军说："大爷，您不会死，

您还得好好地活啊！等洪水退了，我回来给您老盖新房子，我向您保证！"

九爷不言语。

"大爷！我知您离不开这土地，可洪水退了您还会回来的啊，这洪水就和当年的日本鬼子一样凶，可鬼子闹得再凶不也被咱打退了吗！"

九爷不言语。

"大爷！我答应您，这洪水一退，我就赶回来给您老盖房子！那时，我也解甲归田了……"

九爷不言语。

"大爷！我给您跪下了！"

将军跪在齐膝深的水里，水淹到了老将军的腰身。

一漾一漾的水在晃荡着。

兵娃也诧异了。

老将军泪流满面："大爷！我懂您的心哩，死也不离自己的土哩！五十多年前，我爷、我爸、我妈也是死在自己的村子里哩！我是亲眼看着，日本鬼子把他们一个一个杀死在村子里……"

电光一闪。

九爷的眼瞪圆了——

鬼子是在半夜进村的。烧、杀、抢、掳、奸。火光冲天，日月无踪。一村子人被押到一起，鬼子像乌鸦一样哇呀一通后，汉奸叫了："皇军说了，全村人都要迁到满洲城里去享皇军的福，为了表示对皇军的感谢，全村人都要向皇军和大日本帝国的太阳旗下跪！"

全场寂静。

枪响了，一个六岁的孩童倒了下去，鲜血迸流。随着一阵阵撕心裂肺的号哭声，一双双膝盖战栗着跪了下去，唯有一位七旬老人和四条汉子立着不动。

枪响了，老人倒了下去！

四条汉子纹丝不动。

枪响了！

枪响了！！

枪响了！！！

剩下一条汉子高高地立着。

乌鸦又叫了。汉奸传过话来："一人不跪，全村灭绝！"

汉子纹丝不动。汉子的脚下，他年轻的妻子和年幼的儿子在扯他的裤腿，汉子依然纹丝不动。

疯狗丧心病狂了，挥起日本军刀把汉子的妻儿劈了！

汉子纹丝不动！！！

疯狗一刀把汉子的一只脚板劈了一半！汉子痛得快要昏过去，但仍用左脚立着！！

疯狗又一刀把汉子的另一只脚板劈了一半！汉子昏了过去，但仍然奇迹般立着！！！

疯狗一剑刺向汉子的胸口，汉子终于倒下去了，但不是向前跪倒，而是向后仰去……

然而汉子并没有死，又活过来了，汉子活成了九爷，九爷虽被废了双脚，但却练成了力大无穷的双手。

九爷再也没离开过石头村。石头村后来住的都是逃难来的外村人，石头村原来的一百几十号人都没了，九爷要守着石头村。要不石头村的百十号冤魂回乡来的话，还有谁给他们带路呢。九爷一心要死在石头村，死也不离石头村。

然而九爷不知道，不管下不下跪，全村人都是逃不脱被灭绝的命运的：全村人被送去做了 731 部队的"田鼠"，日军在他们身上进行着罪恶的人体试验，无一生还。

然而九爷不知道，石头村除了他一人活下来外，还有一位半夜起来到后山小解而幸免于难的六岁小童……

九爷的眼睛湿润了，苍老的脸容激动了，他手里抱着的炕砖松落在水里：

"石头娃……九爷听你的……"

原载《微型小说月报》2017 年第 5 期

谎 言

相裕亭

盐河北岸，有一小村，倚河而居，几十户人家散落在一条两里多长的古河套里。远看，乌蒙蒙一片，恰如零零散散的旧船被遗弃在河岸边。走到跟前，透过河堤上茂密的竹柳，才可辨出一家一户错落有致的小院及房屋间的石巷黛瓦。

此村，名曰：犯庄。

乍一听，以为此处是出土匪、罪犯的地方。其实不然。

日伪时期，那里曾上演过一场貌似影视剧里才有的场面。有两个进村来寻找花姑娘的小鬼子，被村里的男人打死，扔到村外的芦苇荡里。驻扎在盐河口的小鬼子追查下来，把全村的成年男子集中到盐河边的小码头上，架起机枪，限定时间，逼他们交出"凶犯"，否则，统统杀死。关键时刻，村里的陈铁匠站出来。

陈铁匠说，小鬼子是他杀死的。

日本兵中一个留着八字胡的小队长看到陈铁匠站出来，嘲讽般地独自鼓起掌来。随后，那家伙满脸狐疑地走到陈铁匠跟前，指着地上的两具尸体，变换着指间的数字，问他："你的，一个人，杀死他们两个？"

陈铁匠脖子一梗，说："是。"

小鬼子"呦西"一声，随之目光转向旁边陈铁匠的儿子，怒吼一声："你的，不明白吗？"

小鬼子不相信陈铁匠一个人能杀死他们两个日本兵。当即，陈铁匠的儿子也被拉出队列。

小鬼子逼迫陈铁匠父子转过身去，向那两具尸体谢罪，向他们大日本帝国谢罪。岂不知，就在他们转身的同时，枪声响了……

处置了陈铁匠父子后，小鬼子们仍不肯罢休。他们说村里的男人中还有其同伙，甚至说这村里的男人，个个都是危险分子。

于是，小鬼子们把村里的男人编成三人一组、九人一串，用绳索绑连后，让伪军持杨木板子，在背后敲打他们的脚踝，一个个将其押上河边的巡逻舰，说是要带他们到"据点"内继续盘查。其实，是强征他们到山东招远金矿做劳役。

不久，他们中有人写信来。

小村里，许多妇人听说那户人家有信来，都纷纷跑去，想看看是什么人从什么地方寄来的。那些闻讯跑来的妇人中，有人怀中正奶着孩子，有人手里还拿着针线或是一把尚未择好的翠韭菜呢。来信的人家找来村子里识字的人，念信上的内容。街口玩耍的小孩子与墙角翘腿撒尿的小狗，也都跟来凑热闹，陆陆续续地挤满了那户人家的小院儿。

而接到信的人家，显然是很高兴的！至少，说明他们家的男人还活着，否则，怎么会有信来。但是，信中提到另外几户人家的男人，就没有那么幸运了，他们或在半道上逃跑，或在开采金矿时不守纪律，被日本人给打死了。

这一来，聚来听信的妇人、孩子与狗们，很快都散去。他们拥向了那几户死了男人的人家。

而那几户死了男人的人家，就有妇人滚在床上或地上哭。

此时，陈铁匠家的女人，一定会在那些剖鱼、洗菜，或是择鸡、煮米汤的妇人当中，因为，当初她家男人与儿子被日本人杀死后，村里的妇人们就是这样帮她的。

但是，此时陈铁匠家的女人，在帮衬那户家人料理后事时，如坐针毡！她从那户人家的哭声里，隐隐约约地感觉到人家的冤屈与愤懑。

"死鬼呀，你死得好冤！你跟着人家白白送死呀。"盐河边的女人，哭亡夫时，都是那样称其死鬼。

人家哭她家的死鬼死得冤，白白地跟着去送死！这说明什么？说明她家男人是不该那样死的。究其原因，自然就落到陈铁匠父子的头上了。

陈铁匠家的女人，听了那哭喊，心里边能好受吗！整个村庄的男人被日本人掠去做劳役，都与她家的男人打死鬼子有关。所以，陈铁匠家的女人在那户人家做事时，半天不说一句话，她甚至想找个僻静的地方躲一躲。可她，偏偏又在众人的视野里。

村子里的女人，表面上看不出她们是怎样恨陈铁匠家的男人和女人，但是，每当半夜醒来，摸摸自家男人不在身边，或是孩子哭泣、家中无柴起灶时，那些女人的心里，或多或少地还是会怨恨陈铁匠父子招惹祸端，以至于性格刻薄的女人，大清早的，在街面上与陈铁匠家的女人走个对面，都不搭理她。

这样一来，陈铁匠家的女人就觉得日子过得煎熬与苦涩。以至于后来，村子里再传来哪家男人死去的噩耗，她干脆缩在家里，不想去做帮手了。再后来，她悄无声息地带着孩子隐居娘家。

新中国成立后，陈铁匠的后人，想为他们的先祖因打死鬼子而惨遭日寇杀害之事树碑立传。他们找到盐区地方政府后，颇费了一番周折。

原因是，当年死在芦苇荡里的那两个"鬼子"，并非真鬼子，而是两个穿着日本军服的盐工。日本人之所以要自编自导那样一场惨剧，目的，是向金矿输送劳工！

这就是说，陈铁匠父子打死鬼子之说，是子虚乌有的事。不过，地方政府综合事态的前因后果，最后还是追认陈铁匠父子为革命烈士。理由是：陈氏（铁匠）父子，在敌人的屠刀下，为保护众乡亲，挺身而出，不惜牺牲自己的生命，是民族英雄，追认为革命烈士。

转载《小小说选刊》2017 年第 4 期

青春期功血

陈力娇

时值十二月底，河彻底封冻了，树林稀疏起来，没有了树叶的遮挡，隐藏变成了神话，且不说天上飘下的雪粒子，一副决死的架势，只大地的寒冷，就让没穿棉衣的女兵们打起了哆嗦。

昨晚的一场突围，牺牲了一个连的兵力，三小队当时负责阻击，占领了一个山头，也多亏了这座山，否则她们七个也一样会牺牲。大部队撤退后，阵地异常肃静，伪军刘七，本是带领鬼子冲杀上来，但到了半山腰，忽然又折了回去，这让女兵们倍感惊讶。

刘七是伪军中队长，和日本兵来往甚密，和抗联也有过正面接触，但每次都让他侥幸逃脱。逃脱的他，没有痛改前非，而是越发效忠鬼子。

向花对刘七很了解，他们曾住一个村。她不相信狡猾的刘七会放过她们，他一定是在使花招。刘七奸诈多疑，贪图享乐，他离不开日本人，仅大烟就能把他变成了一条忠实的狗。

九香想的没向花远，她是副小队长，对战局分析过于草率，她认为这是刘七不敢上来，上来他会第一个吃她的枪子。也的确，她的歪把子枪，没少立战功，死在她枪口下的鬼子，不计其数。

七个女兵围坐在掩体里想招儿，怎样离开鬼子的视线，逃出包围圈。鸡冠山后面是冰水河，冰面一望无际，只要从鸡冠山的崖壁下去，通过二百米开阔地，到达河面，她们就有希望躲进对岸的深山。

由于思想不同，木槿总是抱着枪在一边独坐，必要时来两句，硬邦邦的，石头一样，惹得其他人很不满意。这会儿见九香目空一切，就咳了两声，将脚边的树枝踹向一边，说，跟没长心似的，刘七也是你能对付的？他是想张开口袋，把我们瓮中捉鳖。九香刚要反驳，兜兜不是好声地叫了起来，流血了！

兜兜是最小的女兵，才十五岁，没父母，非要跟着向花上山打鬼子。向花作为小队长，既心疼她，又舍不得她，最后到底把她领了出来。兜兜不负众望，枪打得又稳又准，聪明伶俐，针线活儿又好，常给只识字、不会家务的木槿缝裤子。

兜兜叫流血了，不是谁受伤了，而是自己的经血流了一裆。

九香第一个笑起来，她没心没肺地说，成人了，现在若找个男人可以生孩子了。她的话又一次激恼了木槿，木槿又把枪端了起来。但九香什么也没看到，她是背对着木槿的。向花走到木槿跟前，按下她的枪管，并坐在她身旁，一边帮她擦枪一边说，把劲儿使在敌人身上，一致对外吧。木槿没吭声，直起身，伸长脖子观察敌人的动向。

兜兜的经血来得猛，这出乎大家的意料。向花把自己的手帕给了她，教她怎么用，企图挡住那来势汹汹的血。但根本没有奏效，那血不但把手帕染透，还顺着裤筒流了下来，一直穿过她的草鞋，滴到地上。

只有向花知道，那不是正常例假，是太紧张，太劳累，她们已经战斗了三十六小时了。

天色已晚，夕阳不怀好意地偷觑着她们，冰水河泛着狡黠的光。她们几经商讨，挖空心思，终于达成共识，想趁黑夜穿越冰水河，然后辗转山里，去找大部队。可是这里面也存在着问题，就是敌人会不会有埋伏，偌大的冰面，在哪个部位有埋伏都会让她们吃不了兜着走，七人也许会全部丧生。

九香傻乎乎地说，不会的，不会有埋伏，冰水河浩大，五公里，敌人知道我们从哪里突围？我们现在在这座山头，我们就不能再翻越两座山再过河？刘七可能就是想到这一点，才做缩头乌龟的。

没人认同九香的说法，也没人能有体力去实施她的话。

木瑾更是不买她的账，直瞪着九香说，刘七怎么会像你一样傻蛋，他是想等我们上了冰面再追击我们。九香说，怎么追呀？用炮轰吗？木瑾不理她了，小声讥笑，还用炮？两条狼狗就把你收拾了。

她们说话间，兜兜一直在对付自己的经血，没有纸，也没有草灰，她只有把自己的一只袖子撕了下来。

向花担忧地问木瑾，她这么流，一是会把自己流死；二是到了冰面，敌人会顺着血迹追上我们，有什么办法能让她止住经血呢？木瑾动用了全部的医学知识，良久说，办法倒有，就是太残忍了。向花说，影不影响生命吧？木瑾摇头。

山上有一眼泉，水积在低洼处结成了冰。向花让兜兜把草鞋脱了，赤脚站上去。并告诉她，只要站上去，经血立马就不流了。兜兜站上去了，十分钟后，裆间果然就封住了口，兜兜高兴地对这边的姐姐们喊，真的管用哎，真的不流了哎。

原载《小说月刊》2018 年第 3 期

不能救

崔 立

    潘爷爷爱讲那些发生在战争年代的故事。

    这一天，潘爷爷如往常一样站在我们面前，他的身后，是我们这边的烈士墓园，那里沉睡了无数位为我们今天的幸福生活献出生命的烈士们。

    潘爷爷说，今天，我给你们讲一个"不能救"的故事吧。

    故事开始了——

    游击队接到这个指示后，派侦查员大兵进入县城，刺探日军军火库的位置，还有排兵的情况。

    大兵去了一天，两天。第三天，县城的同志传来消息，大兵同志被捕了！

    怎么办？大伙儿坐在一间屋内，很快，就形成了几个意见。

    一个意见，是去救人，马上安排救出大兵，一定要救出自己的同志。

    第二个意见，是取消行动，万一大兵扛不住敌人的严刑逼供，招认了呢？那游击队再去炸军火库，不是自寻死路吗？

队长尹高照抽着旱烟，一直没发声音，烟雾随着旱烟口出来，萦绕着像一条蛇形般缓缓往上，缠绕在一起。

大伙儿的目光都聚焦在尹高照的脸上。

多半，他会选择一。

一会儿，尹高照摘下了旱烟，手轻轻拂了拂，那烟雾瞬时在他手上散去。尹高照说，我选择第三个，继续执行炸毁军火库任务。

所有人的眼睛都在瞪视着尹高照，惊讶极了。

老胡说，队长，你疯了，军火库的信息我们不足，大兵同志的生死，还有，万一大兵同志——

小赵也说，队长，您太冲动了——

大刚也说——

尹高照看了眼大家，说，首先，我们要相信大兵同志，大兵一定是扛得住的；其次，时间不等人啊同志们，敌人随时会把军火运出去，到时前线死的战友那都是不计其数的啊！

大家的眼前，瞬时跳出来一个硝烟弥漫、战火连天的血与肉交织的战斗画面——

尹高照安排战斗任务。

尹高照带小赵、大刚进城执行炸毁任务。其余十余名队员分两批，一批由副队长大江带领，请附近县的游击队援助，佯装攻击县城，吸引守城敌军；另一批，由老胡负责在军火库外接应，万一尹高照他们失败了，老胡他们再顶上去……

大伙儿反对。

大江说，队长，炸军火库还是我去吧，那里太危险了！

尹高照说，就这么决定了！

战事一触即发。趁着黑透了的半边天，县城外，已响起了连绵的枪声，像噼里啪啦的炸豆响。

只见尹高照三人敏捷的身影，进入了军火库。

尹高照他们小心上前，渐渐地逼近目标。

当军火库被炸响、军火库头顶上的天空爆发出巨大的火光时，整个县城，瞬时像是沉浸在一片白昼之下。

县城的路上，时不时地跑过急急忙忙往军火库赶的日军。

尹高照他们已经与接应的老胡一伙顺利会合，大家分散开，往县城大门处赶。

老胡他们突然停住了脚步。

老胡小声说，队长，我们去救大兵吧。

小赵、大刚也说，队长，正好小日本都往军火库方向赶，关押的地方一定空虚。

片刻的停顿，尹高照抬头看了看头上，漆黑的天空中，有一轮圆月，还有几颗闪着光亮的星星。

尹高照叹一口气，说，不能救！

尹高照又说，赶紧出城吧！万一敌人布下陷阱等我们去救，不能有再多的战友出意外了！

三天后，上级带来一个好消息，前线的部队击退了日本鬼子的一次大冲锋，取得了整个战役阶段性的胜利——

另一个，是大兵同志，英勇就义了！

潘爷爷的故事讲完了。

潘爷爷又带我们去看烈士们的丰碑。

有一处，我们看到了：尹大兵烈士永垂不朽——父尹高照立。

丰碑前，潘爷爷似是揉了一下眼，我们也都揉了一下眼。

原载《芒种》2018 年第 9 期

三分钱

陈玉兰

逢年过节，我与姑姨娘舅家的孩子总免不了聚会。

现在，老一辈已经相继离我们而去，我们这些孩子们就倍加珍惜大好时光。我是长子长孙，往年买单总是一揽包收。大家总说我看不起他们，总为了争抢买单闹得不愉快。

今年春节，我与姑姑、叔叔家的孩子聚会。与妻子商量好了一个主意——各自讲讲买单的理由，谁讲的理由得到大家认同，谁来买单。

我们提前订好了雅间，酒足饭饱、卡拉 OK 后，我把提议讲出来，大家一致叫好。

我的妻子一马当先道：我们有五个"第一"。一是辈分排行第一；二是官位第一；三是工资收入第一；四是孩子读清华学府第一；五是家庭生活水平第一。

大姑家的孩子说：我经商，腰缠万贯不敢说，拿出千八百万来不含糊，我不买单谁买单。

二姑家的孩子说：我做房地产生意，几个亿还是有的，房子随你们挑，内部价，我不买单谁买单。

三姑家的孩子说：我是教师，现在桃李芬芳满天下，说句话哪个学生不听，我不买单谁买单。

二叔家的孩子说：我是医生，手术刀下救活无数生命，患者念我积德行善，感恩戴德。我不买单谁买单。

只有小叔家的孩子，半天没有言语，吭吭哧哧从上衣兜里掏出一样东西说：看看这上面都有谁？

我们手中传递着，那是一张发了黄的陈年老照片，片边毛糙，影像模糊：中间坐着我们的奶奶，小脚老太太，补丁摞补丁的藏青色大襟褂，脑后挽着小簪。我的父亲与二叔分坐两边，各自怀里搂着自己的孩子，妻子分站两边。后面分别站立着三个姑姑和小叔，抱着自己的孩子。

照片最顶端署明：全家照，1964 年 7 月 21 日摄。

其实，我们皆有这样一张照片，只是珍藏着不敢露面，它记载着那段不愉快的历史。

那年山里的奶奶来城里看望她的孩子们，小叔陪伴着。奶奶的儿女们在我家欢聚一堂，不亦乐乎。奶奶临走时，父亲想奶奶来一次城里不容易，提议留一张全家照留存。自然群情欢呼。

到了人民照相馆，一张四寸黑白照片，要一块七毛钱。因我妈妈没有工作，爸爸每月工资三十多元，还要拿出十元给奶奶每月作生活费，因为爷爷死后，奶奶跟着小叔在山里过活。

妈妈提出照相款分摊：二叔与三位姑姑每家出两毛钱，小叔因为穷，出三分钱，剩下的我家兜底。妈妈当时觉得已经很大度了。

没想到众人一脸不情愿，个个摇头称兜里没有一分钱。

妈妈有些不高兴，认为他们吃大户，说：我也有五个孩子要养活，哪来的这么多钱，这是我家一个星期的生活费。

奶奶解围说：就按老大说办，老大先垫上，过后你们各家还给他就是了。

可能因为这个原因，也可能是因为头一次照相紧张，一家人二十多口子人人噘着嘴，沉着脸，没有一丝喜气，像谁欠谁八百吊钱似的。

奶奶回乡下去了，丢下妈妈一人向各位小叔子、小姑子要钱。可是他们个个死丧着脸哭穷，妈妈一分钱没要来，还落了浑身埋怨与不是，就冲父亲撒气：怎么嫁了这么个穷人家，贫抠，小气鬼。整天唠叨爸爸。最后忍耐到极限的爸爸与妈妈争吵起来。妈妈一声"离婚"，带着我们几个孩子回娘家住了。

当时已是副局级的爸爸自觉理亏，拉下脸来，到姥姥家苦苦哀求，哄妈妈回家来。但妈妈与几个小叔子、小姑子们亲情算断了，再也没有往来。那个月我家头一次借钱度日。

弹指一挥间，四十多年过去了，上一辈的恩怨到下一辈这里早已云消雾散。几个叔叔姑姑的孩子与我这当大哥的，整日大哥长大哥短地套近乎。我自然拿出当大哥的样子，用天津话说，嘴上抹猪油，冒充有钱人，有事给办，有求必应。

我考虑小叔家的孩子是乡下人，从没有让他掏过一分钱，每次来我这里都是大包裹小提溜地拿回去。

现在，他有些难为情地说：大哥，多年过去了，我一直想还父亲一个心意，你却不给我机会。因父亲临走时，告诉我，一定要还大伯的那三分钱，这是他一辈子的亏欠，死不瞑目。

我万万没有想到，几个弟弟妹妹竟然异口同声：是的，这是老一辈的心愿，让我们还了吧，了却他（她）们的心愿。

我与妻子哑口无言。

他拿着手机点击几下道：款付了，我也赶赶时髦，手机付款！

原载《三门峡日报》2018 年 12 月 12 日

英雄魂

张昧林

　　居住在这里的人，自不必说，大凡来过这里的人，他们也都会知道。英雄某某，于某年某月某日，在寿阳狮脑山战役中，率领一排战士和日寇浴血奋战。为了那条清凌凌的小河，那座绿葱葱的大山，以及狮脑山上那座古庙，庙中临时驻扎的医院，不沦陷于敌手。身负重伤的英雄某某，抱起敌人扔在庙里的炸药包，冲向敌群和顽敌同归于尽。最终保住了古庙，保住了医院，保护了八路军医生和伤员。这些，碑上都记载着……至于英雄与顽敌在这里同归于尽后的故事，就不会知道了。而我今天要给大家讲的恰恰是这些，英雄和顽敌同归于尽后，碑上没有记载的故事。且说那天，英雄魂飘到阴曹地府，十殿阎君对英雄十分敬佩，破天荒地没让英雄下地狱受苦受难，也没让英雄投胎转世，而是留英雄在殿前干了份差事。唉，差事好忙，也不知晃过了多少年月，英雄方又轮来半日闲。这天早上，英雄正在筹划自己该如何度过这半日闲。同僚来找，让英雄带他到人间，到当初英雄跟顽敌同归于尽的地方转转。平日里阎君常在他们耳边夸，英雄在狮脑山气吞山河的壮举，同僚便产生了去狮脑山的兴致。狮脑山，英雄家乡的山，英雄小时候和小伙伴们掏鸟窝捉松鼠的山，英雄跟顽敌同归于尽的山，英雄抛头颅洒热血的山。按说英雄没有理由不带同僚去，但英雄开口就拒绝了。不想去，有什么好转的，英雄说话语气很重，话里有股怨气，像谁惹了他。其实，英雄是想起上次去狮脑山的事。

那是到人间办差事的途中，英雄忙里偷闲，跑到他在人间跟顽敌同归于尽的地方。想好好儿地看看他用鲜血、生命保护过的狮脑山，那山那水那古庙。谁料想，那条小河流淌着一股混浊的污水，快干枯了，早失去了当年那清凌凌的活泛。那大山，顶着一头火样的烈日，快变成光秃秃的了，早不见了当年那绿葱葱的树木。那古庙嘛，早已经是残垣断壁，杂草丛生，快成一堆废墟。

唉！当年没有被日本鬼子炸毁的庙宇，却让……英雄愕然了，他怔怔地在那里站了好一会儿，鼻子里发酸，呜呜地哭了。自此，英雄回到阴曹地府后，再不提狮脑山一字半句，并发誓不再去狮脑山。狮脑山，英雄抛头颅洒热血的山，也是一座让英雄伤心落泪的山。英雄架不住同僚磨缠，带同僚又回了趟狮脑山。虽说狮脑山如今山光秃，水混浊，庙倒塌。但那是英雄家乡的山，那里留有英雄许多美好记忆，那是英雄童年的天堂。小时候跟大人去赶庙会，山坡儿草丛中掏鸟窝，小河浅水滩里捉泥鳅。一条伴着水泥路弯曲的小河，时而清澈见底，时而水花飞溅，时而在大大小小的石头间缓缓流淌。水中鱼虾蝌蚪透着灵气，欢快地顺水或逆水漂移游弋。水面上，间有几只蜻蜓飞来飞去，又间有几只水鸟飞起落下……河边杨柳依依，河草青青。小河下游那座浮桥，浮桥上亭阁依旧在，小时候跟小伙伴捉泥鳅的浅水滩变成了一方堤塘，周围坐满垂钓的人们。

沿盘山路绕行，再直行拾台阶攀登，映入眼帘的是苍松翠柏、钻天榆和一片片杨柳，满山遍野一抹翠绿。置身于青山绿海中，英雄心旷神怡,激动万分,儿时跟小伙伴们追着一窝小山鸡满山坡跑的情景仿佛就在眼前。英雄在半坡儿,想把那刻骨铭心的地儿指给同僚看,然而,如今的狮脑山,山青树绿环境太美丽了。找了半天,英雄却找不到当年与顽敌同归于尽的那弯松树林……爬上狮脑山,走进那座青砖垛,白墙壁灰瓦顶红大门,厢房楼阁,庙顶飞檐走兽,气势非凡的古庙。

英雄犯了迷糊。上次来,这里不是残垣断壁?什么时候修复的庙,这是我保护的庙吗?这里什么时候开发成了旅游区?

看着狮脑山古庙中、小河边、山坡儿树荫底,来来往往观光旅游的人们,繁华热闹无比。

英雄释然了,站在自己墓碑前,鼻子发酸,呜呜地哭了。这次,英雄眼里流的是激动的泪,欣慰的泪,高兴的泪。

原载《仰韶》2018 年冬季刊

解　药

刘向阳

来人说，只要到警察署办一张良民证，新生就无事了。新生有一年多不曾回家，前天，天刚黑辗转进屋，下半夜又一声不吭出门了……于是，老杨连夜步行四十多里的崎岖山路，冒雨赶到湘乡县城。

清早，草萝街行人稀少，偶尔传出几声野狗的吠叫，叫人胆战心惊。警察署铁门紧闭，一对高大的石狮子冷漠地鼓着吓人的眼球。它对面是维持会馆，大门敞开，一个四十岁左右的长脸男人主动跟老杨打招呼。老杨收拾伞具，说明来意。长脸男人姓王，他安慰老杨不要急，只要肯听话，良民证好办。不久，警察署张开黑乎乎的大嘴，把一些赶来办事的乡民吞入肚内。姓王的领着老杨，径直走了进去。

扯出一脸奸笑，叽里咕噜说了一通，可老杨一句也听不懂。老杨意识到上当受骗了，暗暗诅咒那个捎信的汉奸不得好死。一张良民证横在老杨面前晃动，像香喷喷的诱饵，等待鱼儿上钩。

王会长说："这位是金井将军。你儿子是读书人，竟敢跟皇军作对，投奔'葛土匪'！'葛土匪'唆使那帮刁民，傍涟水河之险伏击皇军，拿鸡蛋碰石头，简直不想活了！实话告诉你，国军节节败退，皇军飞机轰炸，希望你把杨新生劝下山，金银珠宝……他学的枪械专业，皇军大有用武之地嘛。"

"葛土匪"姓葛名威武，曾经的北伐勇士，湘乡沦陷后，毅然挺身而出，树起抗日战旗，成立抗日游击队，与鬼子巧妙地周旋于洙津渡、万贯亭至山枣、城江一带。得知儿子加入了游击队，可以痛打小鬼子，老杨心里乐开了花，可听王会长一番"说教"后，又替儿子及游击队员们担忧……他低着头，接过良民证，汗水透背。

回村后，乡亲们都盯着他，个个双眸喷火。罗铁匠去了，就再也没回来，还有易石匠、刘木匠等附近乡邻，都因日本人的阴谋，一个接一个被骗被缚，推至涟水河，沉入河底，只因他们的亲人参加了抗日游击队。老杨居然活着回来了，而且怀揣良民证，若无其事地出现在村子里。

老杨乃一介厨师，手艺精湛，蒸香芋扣肉和湘乡蛋糕最拿手了，方圆数十里，堪称一绝。打县城回来后，他就只能待在家中，抱酒坛喝闷酒了。一个没有骨气的男人，屈服于日本人的淫威，谁会请他当主厨？

葛威武的队伍驻扎在画岭之巅，日本人一直没占到便宜，伺机蠢蠢欲动。九月，晴少雨多，日本人的装备供给跟不上，枪械专家也未到位，金井就给王会长下了死命令，全歼游击队，活捉葛威武和杨新生。老杨上山了，是被荷枪实弹的日本人押着。杨妻香莲啼哭不休，骂他丢尽了湘乡人的脸，跳进了清凌凌的水库。老杨双手被反绑着，紧咬嘴唇，心在滴血。他知道，金井并不相信他，只是利用他；何况他是厨师，煮得一手好饭菜，鬼子也要吃饭啊。

山河破碎，秋风呜咽。金井驱赶着被抓的乡亲们没日没夜地修筑工事，稍有迟缓，皮鞭似雨点般落下，一些人伤痕累累，疼痛难忍。老杨攀岩爬石，费尽周折，找来草药，可他们并不领情，一脚踢翻了药罐子。老杨默然退出，轻轻地叹气。

战事吃紧，金井惶恐不安，命人捆上老杨向山头喊话，逼葛威武率部投降，交出杨新生，却遭到葛部的迎头痛击。晚上，老杨把鱼肉端上日本人的桌子，狡猾的金井却要跟乡亲们换着吃——乡亲们吃的像猪潲啊。老杨冷冷地瞪着金井。金井手一挥，一个瘦小汉子点头哈腰过来了。

老杨额角冒汗，看着乡亲们吃那大鱼大肉，吃得满嘴油腻，而日本人惧怕中毒，又要填饱肚皮，艰难地吞咽着粗粮……不久，乡亲们捂着肚子喊痛，日本人也起了反应，"哎哟"连天。老杨急呼："乡亲们，解药在这里，快来喝酒！"乡亲们跌撞着跑过去，可酒坛却被那汉奸抢走，交给了金井。金井腹胀难受，抱着"救命解药"猛灌几口，剩下的则被手下抢去瓜分，一滴也不留……月光下，日本人七窍流血，一命呜呼——老杨在所有饭菜里都放了泻药，而真正的毒却下在药酒里。

不幸的是，老杨中了汉奸的冷枪，血染草地。乡亲们愤怒至极，冲上去把汉奸摁住，一顿乱揍，最后交游击队就地处决。

原载《小小说月刊》2018 年第 3 期

67 号马车

刘　帆

　　一座低矮的房屋里，晋丰泰商行的杜掌柜拨拉着算盘，一天的收入并未给他带来特别的兴奋。突然，一声枪响，杜掌柜心里"咯噔"了一下：不好，秋之娟还没回来！

　　夜色渐浓。秋之娟应该快回来了！地窖里的六位同志必须趁夜幕走，到赤塔。杜掌柜注视着门外，希望秋之娟蓦然出现在眼前。

　　杜掌柜放下算盘，穿过跨院，到后面平房看了看，确认没有破绽后，轻轻放下布帘，退出门外。枪声使得街上空空的。关好门，坐在火盆边，望着高高的曲尺形柜台，杜掌柜无由地抽泣起来：秋之娟不回来了！再不会说在白桦林等我了。

　　"67 号马车……白桦林……"五十九年前，秋之娟断断续续地说。

　　她像白桦树一样高洁纯白。晋丰泰那间杂货铺，浸润着秋之娟的温馨和快乐，她是外人眼里甜蜜的老板娘。在杜依依心里，秋之娟就像美丽的山茶花一样漂亮，值得珍爱。

杜掌柜的心每天都在咚咚响：那声枪响既是给"老毛子"听的，也是给自己听的。

只有白桦代表的女儿说，那声枪响是给十三个人听的。

情况万分危急！67号马车平安远去后，白桦的女儿小白桦务必要安全护送去扎赍诺尔。

小白桦，从哈尔滨到额尔古纳河，几次出色地完成了掩护任务，杜掌柜必须平安送她到中转站。

长大后的小白桦有一次说，杜掌柜带她转移的时候，喝了酒。

晋丰泰的杜掌柜出去进货了。

接头的是高粱酒。

杜掌柜从火柴盒中取出九根火柴，齐齐折断，对上了暗号。

高粱酒问："草料没有了，需要加水吗？"

杜掌柜听到这句话，很激动，回答："那要是遇到狼呢？"

高粱酒说："你去白桦林。"

白桦林！杜掌柜没有听错，是"白桦林"。

秋之娟曾说过，阳光灿烂的时候，想她的时候，就去白桦林，山上有高高的敖包。我们相会。

杜掌柜到了白桦林中一个叫猛犸的地方。

不得不说，猛犸人非常了得，杜掌柜的马十分的桀骜不驯，那人只一声吼叫，就唬住了马。

但是，杜掌柜却不记得是如何进入帐篷的。

第一声枪响的时候，仿佛坐在67号马车上，去赤塔，他太激动了：赤塔去喀山的西伯利亚火车！

枪响又起，秋之娟倒下，没有起来，杜掌柜也没有起来，两个人隔得那么近，居然够不着手拉着手。

枪声再次响起。

杜掌柜很想问谁在外面？九月底的扎赉诺尔，风呼啦啦作响，不对，好像不是风吹的响声。

响声没有停顿的迹象。杜掌柜的眼睛一动不动地瞪着门外。他想爬起来，去把门拴住。

这样太危险了！

也不对，1927 年不也是这样过来的吗？汉口，鸽笼似的小阁楼，露出一丝丝缝隙，透过不太密实的门缝，地板下面的楼层，包括最底下的门楼入口处，下面的声音完完全全听得到，如果想看出点什么，那些缝隙，从往下漏出的光里，可以看清来人的穿衣打扮，甚至可以窥视鞋子的颜色。搜捕的军警不断从阁楼前经过，明里暗里晃动的便衣，那些日子，心提到嗓子眼。

背上的汗水，凉飕飕的。

响声还是没有中断，杜掌柜急了。

一路骑马飞奔，白桦的女儿，此刻到了哪里？猛犸人，你搞的是什么鬼？难道要囚禁自己？

自己人，开什么玩笑？

不对啊，将白桦的女儿送到猛犸人手中后，理应返回，如何还在这里？发生了什么事情？难道没有安全送到？不对啊，印象中，自己跟猛犸人还说了话。

这是一个揪心而难挨的时刻。比那年在小井红军医院第一次见毛委员还要紧张。那一年，抬头望见北斗星，心中想念毛委员。从汉口到根据地，红米饭南瓜汤，心里却甜甜的。

偏偏要自己做交通。还派美丽的秋之娟来作新娘子。离开高高的井冈山，真是不舍啊！

现在，自己在干什么？才秘密送走 67 号马车的同志，不能倒下啊！秋之娟临终说了，你不把党的女儿平安送到交通站，你就不是好汉，即使我回到了白桦林，也不会再见你。

杜掌柜努力睁开眼，终于看清了这是一处安静又安静的地方。这才意识到，自己终究是睡着的，恍惚中那些门响，不过是秋之娟被枪击的枪声在梦里响起，天亮前最晦暗的时刻，一直在杜掌柜耳边响起。

　　猛犸人去了哪里？为什么把自己扔在这里？

　　难道"在劫难逃"？

　　如果是这样，杜依依应该为党做点什么？说六位同志安全通过交通站到了赤塔？不，这不算什么，那说什么好呢？应该努力成为党代表，见到国际的同志，不，这是不能说出的心里话，尽管内心十分向往。

　　"嗨！掌柜的，又见面了……"杜掌柜抬头，猛犸人和六位先生出现在眼前。猛犸人朝自己嘘了一声，杜依依习惯性地闭了嘴。

　　猛犸人小声说："掌柜，不，杜依依同志，祝贺你成为党代表！"

　　杜依依愕然。

　　猛犸人伸出手："你负伤了，小白桦安全。组织决定，你去喀山，第十三位代表。"

　　67号马车会载你们去远方。

　　远方。杜依依忘不了，那些年，67号马车，辘辘声不断。

原载《作品》2018 年第 12 期

抢　炮

蒙福森

　　赵万福在抢炮庙里三叩九拜，焚香祈福之后，拿出怀表看了一下时间，谦恭地问渡边一郎：司令官阁下，您看，抢炮可以开始了吗？

　　渡边点了点头。

　　下面的群众骂了一声赵万福：哼，狗汉奸！

　　赵万福站起来，看了一圈人群，大声说：各位父老乡亲，一年一度的抢炮活动即将开始，有请渡边司令官致词！

　　时间在那一刻仿佛凝固了、停止了，全场鸦雀无声，静静地等待抢炮开始，似乎能够听到自己的心跳声。

　　咚咚咚——

　　咚咚咚——

　　蓦然间，鼓声骤起，震耳欲聋。

　　赵万福往空中高高地抛出红炮，红炮飞出一道弧线，落到地上，队员们齐声一吼：抢炮啦——寂静的草坪瞬间就变成了一个战场，像风平浪静的海面突然间刮起了一场飓风，风高浪急，卷起万丈波涛；又似万马奔腾，撼天动地，他们如猛虎下山，蛟龙入海，奔跑如飞，争抢激烈。

抢炮是大鹏古镇流传了上千年的风俗习惯。镇上有一个抢炮庙，香火鼎盛，庙里供奉着一个巨大的红炮，粗如大树，庙前有一个宽阔的草坪。每年的正月十五，都要举行盛大的抢炮活动。据说，谁哪年抢到红炮，哪年就添丁发财、家宅平安。红炮用一层层红纸缠绕挤压而成，似竹棍大，半米长，便于传接。

抢炮源于先祖的一个古老传说：大约在一千多年前，先祖族人为躲避战乱，拖家带口，跋山涉水，来到这里，见古镇山环水绕，草木葳蕤，土地肥沃，便定居下来，耕田种地，繁衍生息。一天晚上，德高望重的族长做了一个梦，梦见仙人赐给族人一个巨大的红炮，之后，他们人丁兴旺，五谷丰登。为感念上苍，他们建了一个庙，名曰"抢炮庙"，每年正月举行抢炮活动，祈求风调雨顺，百业兴旺。

日军占领大鹏镇后，在镇后的北帝山上建了一个秘密雷达站，监控盟军丹竹空军基地。雷达站驻扎着一个日军联队，戒备森严。不远处有一个山洞，是日军的秘密军火库。北帝山地势险要，山高林密，地形复杂，易守难攻。日军在山下设立关卡，严禁外人靠近；从北帝山下来唯一通往外面的大鹏镇路口，更是岗哨林立，盘查严密。

自从日本人来了之后，有两年不搞抢炮活动了。今年，渡边突发奇想，搞一次盛大的抢炮活动，要全镇的老百姓参加，以示中日友好、大东亚共荣。

赵万福是大鹏镇维持会会长，他一家一户上门请求大家组队参加。

一个老人说：赵万福，你就甘心做日本人的走狗？当汉奸？你有辱"精忠报国，耕读传家"的祖训啊！

赵万福不吭声，低头走了。

老人叹息一声。

有人连门都不开，有人冲赵万福的背影啐一口：呸，狗汉奸！

最后，只组成三队。

以前，最少四队。

赵万福小心翼翼地向渡边提议：我有一个好朋友，叫张老三，家在临近的一个小镇，要不……请他组一队参加？

渡边想了一下，说，可以。

此时，抢炮场上激战犹酣。抢炮队的每一个队员，胳膊、腿、头，甚至全身，有力地搏击着；他们挥汗如雨，奔跑如风；红炮在他们之间飞来飞去，忽上忽下，忽左忽右，忽前忽后，忽高忽低，迅疾如风，眼花缭乱。全场观众时而凝神观看，鸦雀无声，时而发出阵阵的喝彩声、喊叫声、欢呼声，声震四野。那时，大家暂时忘记了战争带来的饥荒、灾难、恐惧和死亡。

渡边看得如醉如痴，频频点头，连声说，吆西吆西！

最终，张老三那队抢得了红炮。

他们带着红炮离开大鹏镇。

在城门口，他们被拦下了。日军仔细搜身，除了一身汗臭熏人的破脏衣服，一无所有。日军拿起红炮看了又看，要撕开红炮。张老三赶紧说：太君，这是渡边司令官亲自颁发的红炮，拆开就不吉利了。你们可以打电话问司令官。

日军迟疑了一下，最终没有拆开。

张老三的心都要蹦出胸口了，冷汗直冒。红炮里，藏有赵万福画的北帝山雷达站地形图！

几天后的一个深夜，十多架中美空军轰炸机满载弹药，从丹竹盟军飞机场起飞，在茫茫夜色的掩护下，飞越崇山峻岭，向北帝山日军雷达站悄然扑来……

日军查出传递情报的是赵万福。不久，他被敌人枪杀了。

原载《军事故事会》2018 年第 9 期

颁奖嘉宾

一　兵

　　县城里这些年做公益活动的越来越多了，有专门献血的，有做义工的，有志愿者，有学雷锋的，有做环保的……每天这个小城的微信自媒体里，总会有这家抑或那家的公益组织活动出现在微信新闻里，人们对这些公益爱心组织的活动都很关注，点赞、转发、留言……积极性很高，非常吸引老百姓的眼球。

　　夏天一个周日的上午，一家公益组织在这个县城最繁华的地方组织为环卫工送矿泉水的活动。公益人士早早就聚拢了过来，大家都想献上自己的一份爱心，有的还带着孩子或者老婆一起来参加。大家分成不同的组别，在不同的十字路口，为环卫工分发矿泉水。

　　虽然是上午，但是夏天的太阳毒辣辣的，从一跳出地平线开始就炙烤着这个小县城，柏油路面几乎都被烤化了，走在上面都能听到粘鞋底的声音。环卫工老张戴着草帽，看到路中间飘着一张传单被车带来带去，急忙穿过车流，用长夹子夹住传单，转身向路边走去。

　　这时一辆黑色SUV开了过来，老张正好挡住了SUV的路，

SUV驾驶室玻璃降了下来，一个留着小辫子的男子，随手扔出一个矿泉水瓶，紧接着又吐出一口痰，车窗又徐徐升起。老张并没有看清司机，但看了一眼黑色SUV，无奈地摇着头，向矿泉水瓶走去……

过了一会儿，身穿红马甲的公益组织志愿者过来给老张发矿泉水，并告诉老张，一会儿到十字广场集合一下合个影。

老张忙了一会儿活儿，就急忙赶到了十字广场。

广场上，聚集了几十位附近路段的环卫工，还有十几位穿着红马甲的公益人士。一位公益组织的负责人组织大家排好队，环卫工站两排，公益组织人士站在前面一排，还扯出一个条幅，上面写着："关爱环卫工，酷暑送清凉"的标语，另有两个人扯着代表公益组织的旗帜，在后面高高举过头顶，唯恐照片拍不到。

这时候，公益组织负责人和一个留着小辫子的男子走到队列前面。负责人介绍说："各位辛苦的环卫工大爷大妈，今天我们×××公益团队联合我们县最著名的歌手郝阿心老师一起为大家免费发放矿泉水，感谢大家为这个城市做出的贡献。下面欢迎郝阿心老师给大家讲话，大家欢迎！"一阵掌声响起……

小辫子男子双手示意大家掌声停下来说："亲爱的环卫工们，你们每天起早贪黑，打扫马路，是我们这个城市美丽的创造者，我非常感动。我郝阿心，从今天开始也加入了咱们的×××公益组织，献爱心做公益，为大家服务！"接下来又是阵阵掌声，老张看着小辫子，总感觉此人在哪里见过，心底里不是太喜欢他。

随后，大家照了大合影，小辫子又拉着几位环卫工合影，老张也被小辫子拉过来，老张极不情愿地和其他环卫工凑在一起，给小辫子当背景让他们合影。

随后的日子里，小辫子郝阿心不断出现在县城各个公益组织的活动现场，摆各种姿势合影照相，非常活跃。小城著名歌手郝阿心一时之间成了小城著名的爱心公益人士，出现在小城的各种自媒体甚至官方媒体平台，每天这些新闻里，做公益活动的镜头没有几张，大部分是郝阿心和公益对象以及公益人士的合影，好像每一个公益组织的每一场爱心活动，没有这个郝阿心就不行。

入秋了，树叶纷纷落下，每天早上环卫工老张都要早早起床才能扫完自己负责的路段。

这一天，环卫工老张从凌晨四点扫到早上六点，就剩转盘十几米了。前面慢车道一辆黑色 SUV 停在路边，驾驶室里有人不断从车窗向外扔着鸡蛋壳、卫生纸、矿泉水瓶、瓜子皮……而距离 SUV 不到五米远的地方就有一个垃圾箱。

环卫工老张走近了一看，感觉这辆 SUV 很面熟，好像在哪里见过。他顾不得多想，拿着扫把和垃圾斗走到 SUV 驾驶室外清扫地上的垃圾。这时候一个小辫子男子把一个香蕉皮从车窗里扔了出来，紧跟着香蕉皮后面探出了脑袋，和老张打招呼："哎，老头儿，这一段是你打扫？"老张一看此人，就是上一次公益组织给他们送矿泉水时那个和他们合影的男子，还是什么著名歌手，叫郝阿心。

老张急忙笑着说："是啊，这里我负责打扫，你起得真早啊。"

小辫子郝阿心说："嗯，辛苦啊！我们今天到省城一趟，在这儿吃点东西等个人。"

小辫子郝阿心说完就不再理老张了，和车辆里的人说着话。老张在小辫子郝阿心眼里，就是一名普通的环卫工，他根本就没把老张看在眼里，也懒得记住他的面孔，这时也顾不上再搭理老张。

老张扫完 SUV 丢出来的垃圾，倒在了自己的三轮车里，继续向前干着自己的活儿。等老张返回来时，SUV 不见了，车子旁边又有一堆烟头、瓜子皮一类的垃圾，老张无奈地摇摇头，及时把垃圾清扫干净。

第二年"五一"劳动节前夕，老张被评为县城的劳动模范。颁奖现场热闹非凡，县里的各级领导都来了，颁奖现场还请来了一些颁奖嘉宾。

轮到老张上台领奖了，主持人一一介绍了大家的先进事迹，最后让颁奖嘉宾上台给劳模颁奖，站在老张面前的竟然是那个著名歌手小辫子郝阿心。郝阿心对老张没有一点印象了，但环卫工老张对郝阿心可是记忆深刻。这时候看着一脸皮笑肉不笑的郝阿心，老张的倔脾气不知何故一下就上来了，当郝阿心把证书和奖杯递给老张时，老张没有接，沉着脸看都不看郝阿心一眼。

台上所有的获奖者都拿到了颁奖嘉宾递过来的证书和奖杯，嘉宾们转过身来准备合影，唯独老张就是不接郝阿心递来的证书和奖杯。主持人见状，急忙过来询问老张。

老张从主持人手里夺过话筒，大声说："这个人，根本不配给我颁奖！"

整个会场顿时鸦雀无声，郝阿心一脸尴尬，不知所措。

选入《2018 中国年度作品微型小说》

梯子爱情

红 墨

祖 父

　　祖父站在树上，随着一把一把稻草飞扬上来，越站越高。

　　祖父是叠稻草蓬的高手，祖父叠的稻草蓬漂亮结实，从不会因漏雨而烂心。

　　割了秋季稻就要叠稻草蓬，叠在地上，也叠在树上，以储备垫猪圈做栏肥和耕牛过冬的饲料。

　　菊子握着长长的竹挑，让稻把飞扬起来。祖父褪下竹挑头的稻把，叠在脚下。

　　还有俩妇女把散晒在地上的稻把聚拢到菊子的竹挑下，其中一个突然肚子疼，另一个扶着她回家了。

　　祖父扎好了稻草蓬的帽子，准备下来。菊子放下竹挑，把梯子倚在稻草蓬上，双手扶住梯子。祖父的一只脚没有踏实梯子的横档，整个身子滑溜了下来。菊子本能地抱住祖父，祖父趁势抱住菊子，没有松开。

　　夕阳已下了山梁，突然落下几个雨点，祖父利索地拖来好多的稻把，挨着稻草蓬，筑了间洞房……

菊子就成了祖母。

祖父的老婆病死了，留下一个儿子；菊子的老公修渠被砸死，也留下一个儿子。祖父的老婆几次托梦，让祖父娶了菊子；菊子的老公也几次托梦，让菊子嫁给祖父。可是祖父和菊子心里都犯嘀咕：本来就穷，再添上俩儿子，雪上加霜，怕是连累了对方。

那天，队长故意安排祖父和菊子一起干叠稻草蓬的活儿。俩妇女闹肚子疼也是一场双簧戏。

也许屋子太挤，也许祖父祖母骨子里的浪漫，祖父祖母在夜幕的掩护下，在后来的若干年里仍去稻草蓬下，筑一个爱巢……

父　亲

祖母对祖父说，父亲就是在稻草蓬下怀上的。

新垒的两间泥瓦屋先后给两个哥哥成了家。父亲仍居住在老屋里，床安在楼上，潮湿的楼下住的是祖父祖母。

父亲初中毕业后就出远门跟随师傅学钉秤手艺，父亲个头不高，钉秤行担重，吃了不少的苦。更难的是，父亲学不会行当里的鬼把戏，比如，秤杆不是正宗市场进的货，水分还没有真正地晾干，买家没用上几天，秤杆就会弯曲变形，如此以次充好，钉秤师傅就能赚到更多的钱；秤砣底下有个小孔，里面装进糊泥，样品的确是实心秤砣，可是买卖结束前还是被钉秤师傅神不知鬼不觉地掉了包。

父亲是个实诚人，做不了肮脏手脚，自然赚不到钱，所以若干年过去，仍然垒不起新的泥瓦屋，只能一直蜗居在老屋低矮的楼上。

菜叶看上父亲的英俊和实诚，可是因为父亲的"窝"，也就没能吃了秤砣铁了心。父亲不怪菜叶，没个窝，咋成家呢？那天，菜叶来父亲家。祖母心里乐开了花，急忙给菜叶煮鸡蛋酒吃。菜叶客气着不让祖母煮。父亲说，你就别阻挡了，我娘心里会难受的。吃了香甜的鸡蛋酒的菜叶上了楼……

祖母悄悄撤了两脚梯。菜叶哀求父亲让祖母放回梯子。祖母心里说，得罪了，我的好媳妇！梯子一直没有放回。

祖父大嗓门儿地对祖母说，走走走，咱俩去代销店磨嘴皮子去。祖父还把门关得山响。祖母乐颠颠地跟在祖父屁股后。

菜叶成了母亲。

儿 子

父亲的夙愿儿子得以完成，儿子师范大学毕业后在县城中学任教。在边远山区支教的时候，儿子与香香相识、相知。香香在政府的扶贫捐助下完成了初中学业，回到老家枣树乡希望小学教书。香香漂亮、温和，对孩子们充满爱。香香渐渐走进他的心里，并满满地占据着他的心灵空间。可是娶了香香，就意味着他永远留在大山里。他的形象在香香的心里也很丰满，可是香香自觉配不上他，而且自己永远不会走出大山，这儿永远是她的根。所以两人只是默默地相互喜欢着，欣赏着，体贴着，关照着，并没有捅破那层薄薄的纸。

阿望是香香班里的学生，在爬上自家院子的枣树，采摘枣子准备送给香香老师的时候，不慎摔了下来，跌伤了脚。香香和他买了礼物去看望阿望，顺便辅导阿望落下的课业。阿望家离学校要走半小时坑坑洼洼、曲曲拐拐的山路。

阿望的父母出外打工，家里只有一个弯着脊梁的老奶奶。老奶奶刻满皱纹的脸盘笑成向日葵，端出撒着红糖的糍粑款待老师。香香和他，嘴上都沾满红糖。屋里的笑声四面飘散。

阿望让他搬来一架梯子，倚在枣树上。他站在枣树的树杈上。

阿望又要过香香老师的手机，又让香香老师登上梯子。

香香和他站在枣树的树权上。

阿望用手机拍照，还指挥香香老师和他一起绽放甜美的笑容，并用臂弯搭出一个漂亮的心形。

香香成了儿媳妇。

原载《金山》2018 年第 10 期

神　医

曾立力

正是水稻扬花时节，镇北铁路上溃下一拨拨溃兵来，乱哄哄的像群马蜂，不顾一切地向南仓皇逃窜。当最后一列火车"吭哧、吭哧"喘着粗气经过时，溃兵们不要命地往上爬，整列车如同爬满了土黄色的蚂蟥。紧接着传来"轰隆"一声巨响，这帮龟儿子把铁路给炸了。

仅仅只过了半天，一股洪流浩浩荡荡奔涌而来，有穿灰布军装的，也有土黄色的、草绿色的，个个精神抖擞，成四路纵队沿铁道线一路向南。向南急进，并不理会周边零星的枪声。

又过了两天，几匹快马往镇上疾驰过来，马不停蹄地跑到镇区公所前，将伪政府的牌子一掀，挂上块"琴洲区人民政府"的招牌，宣告旧制度的灭亡，新政权的建立。

领头的白马上是一位北方大汉，方脸阔嘴、铜铃大眼，胸前挂条汤姆逊冲锋枪，屁股上斜挎把大号驳壳，左脸有道刀疤，身如铁塔，面露威严。汉子姓贾，是在江北南下工作团时就被任命的本区区长。原本是战斗部队的一名连长，1946年入党，是三下江南、四保临江的英雄。上级考虑到南下开辟新区情况复杂，需懂军事的，便从部队抽调批人到地方工作。为此贾区长还闹过情绪，地方工作特麻烦，不像带兵打仗，端起冲锋枪，扳机一抠，"嘟嘟嘟！"三下五除二解决问题，痛快利索。

南方的天气闷热，贾区长下马后打了几桶凉水，将人和马冲了个浑身透湿。抹掉脸上的水珠，连呼数声："痛快！痛快！"便立即召集保甲长、乡绅富商开会：筹款筹粮支援大军南下！

新区的工作就这样十万火急地展开了。

轰轰烈烈的清匪反霸、土改，是在几个月后。群众发动起来了，斗争会一开，"琴洲区人民巡回法庭"的横幅一拉，台下口号声排山倒海。贾区长把冲锋枪往台上一搁，喝道："把人犯押上来！"立即开庭审判。罪大恶极者，当场拉出去枪毙。贾区长说："开天辟地、暴风骤雨，不以霹雳手段，怎能显菩萨心肠？对敌人的仁慈，就是对革命的残忍！"故从不含糊，干脆利落，倒也符合他的性格。

唯眼下一叫冷竣的郎中，让他犹豫不决。每当快轮到这人时，贾区长便抬腕看表说："今天时间不早了，到此为止吧，明天继续。"

这人出身中医世家，坐堂问诊包治百病，尤以治疗沉疴顽疾、跌打损伤，更胜一筹。这人态度冷傲，金口少话，出语便惊人，牛踩不烂。手重爱下猛药，难免有所闪失。一说："郎中治得了病，治不了命。"还说："治不好人，治不死人，绝非好郎中！"这话带刀，伤人犯众，遭人记恨，惹下祸端。台下就有人死揪住他不放，说他草菅人命，非要他偿命不可。问题是这傲郎中还毫无歉意，梗着个脖子站在那儿，俨然一副死猪不怕开水烫的模样。

台下的呼声岂容小视？咋整？

这天冬至，通信员给贾区长端来碗热气腾腾的饺子，让他想起"祛寒娇耳汤"，想起神医张仲景的故事。张仲景任长沙太守时，仍坚持坐堂问诊，为百姓治病。他虽无悬壶济世之能，不能坐堂问诊包治百病，但坐堂问医总可以吧？前几天去山里剿匪，大白马摔折条腿，抬回来躺在马厩里不吃不喝，已是奄奄一息。南方少马，哪去寻医马的兽医？人畜同理，死马当作活马医吧，就他了！遂命通信员将冷郎中带来马厩。

彤云密布，夜落无声，片刻冷郎中被带到。马灯下但见这人依然腰板挺得笔直，举止淡定从容。不像那些土匪恶霸，平日里威风八面、鱼肉乡邻，真正被拉到台上早都尿裤子了，瘫成一团泥。冷郎中冲贾区长点点头，算是打过招呼，便着手查看伤情。只见他伏在大白马身旁，前前后后，这里摸摸那里捏捏，掏出一大把银针，将匹马扎成个大刺猬。提来装满两大桶雾气缭绕的汤药，强行给大白马喂下去一桶半，余下半桶用嘴含着一口一口喷遍马的全身，一会儿他便累得满头大汗。又不知从哪儿弄来捆新鲜青草，朝马逗引，口中念念有词："白马非马，神医非医，起，起。"半个时辰后，大白马竟真的神奇般地站立起来，摇摇尾巴，打了个响鼻……

第二天公审大会后毙人，冷郎中被拉了出去，头顶个瓦罐站立一旁。贾区长拔出驳壳枪，瞄都没瞄，信手一甩，"砰"，瓦罐在冷郎中头顶迸裂，地下洇湿一大片，分不清是冷郎中尿裤子了，还是那瓦罐里的水。贾区长朝枪口吹了口气，收入盒中，毋庸置疑地对众人说："瓦罐业已抵命，马上放人！"

贾区长这一枪彻底改变了冷郎中，从此他一改往日作派，行医做人处处小心谨慎，再无闪失。几十年安然无恙，还留下本中医方面的书，至今仍作为中医学院的补充教材。

只是这些，贾区长并未看到，他于不久后的一次剿匪战斗中牺牲，把自己永远地留在了南方。

原载《小说月刊》2018 年第 8 期

将军赞

刘建超

将军脾气倔，做事说一不二。

将军得知学习成绩优秀的孙子晓龙要报考外交学院，他手中的拐杖捣得地面咚咚作响。

将军用拐杖点着晓龙的鼻子，好铁要打钉，好男要当兵。我家的男儿世代都要当兵，报效国家。

晓龙说，爷爷，国家需要您和父亲这样的卫国将士，同样也需要像您和父亲一样优秀的外交官，我要当外交官。

将军说，别扯淡。你小子只能给我报考军校，军校！我家的后代只能报考军校，否则不要再登我的家门。

将军用拐杖将房门猛地关上，屋外寒风料峭。

晓龙也是个倔脾气，还就是报了外交学院。

将军气病了，晓龙几次去探望都被将军用拐杖给轰出来了。

晓龙上大学期间，将军从不接晓龙的电话，都是夫人转告说晓龙问候你个老顽固哪。

晓龙大学毕业后被派到非洲工作，将军都没有理睬。

晓龙打过来的越洋电话，将军也是毫不理会。

夫人告诉晓龙，你爷爷的房间里挂了一幅世界地图，我看到过好几次，他拿着放大镜找你工作的国家。

将军扔下放大镜说，就你话多。

将军十四岁当兵，人长得瘦，个头又小，肥大的军装穿在身上，人就像套在麻袋中。

团里派他去卫生队，学护理。他去了，一看都是女兵娃娃救治伤员，扭头就走了。他找到团长说，我要跟你打鬼子。

团里又安排他去炊事班，他还是不去，端锅做饭谁都能干，他找到团长说我就是要跟你打鬼子。

任凭你讲道理骂娘关禁闭，他一根筋就是要跟着团长打鬼子。

团长只好把他留在身边当通信员，打鬼子我让你第一个冲锋，到时候你小子可别怂了。

一次战斗打响。

他急了，催促着团长赶快冲锋啊！

团长严厉瞪他一眼，你懂个屁。

再不冲锋鬼子就跑了。他忽然站起身高喊着，同志们冲啊！带着头就冲了下去，战士们也不明情况，跟着就发起了冲锋。

团长骂了一声，吹响了冲锋号。

伏击战取得了胜利，他举着缴获的歪把子机枪又蹦又跳，团长一脚把他从山坡上踹了下去。

团长揪着他耳朵，来到一片草坡前，这里埋着刚刚在战场上牺牲的战士。

团长一脚把他踹跪在坟前，你好好看看，如果不是你的鲁莽，他们可能还活着。

他哭得稀里哗啦，头磕得砰砰响。我要替你们报仇，我替你们多杀鬼子。

他就是不认错，俺爹俺娘都被小鬼子杀害了，我杀鬼子有啥错？

团长气得掉泪，小鬼子该杀，杀十个鬼子也抵不上我一个战士的生命。他们活着就可以多杀鬼子，多打胜仗。

他跪在战友的坟前，直至东方发白。

将军带兵打仗了，他更加爱惜自己的将士。每次布置完任务，他都要强调，完成任务是必须的，能活着回来才是真英雄，活着回来才是真胜利，活着回来才是你有真本事。

将军带兵严厉，很少见到他笑，更听不到他的赞扬话。

有一次，将军视察战士训练。

一位神枪手士兵，射击十发十中。

将军拍拍他的肩膀，嗯，合格。

听惯了赞扬的战士对将军只给个合格的评价，显然不满意。他不屑地小声嘟囔，才合格，有本事你来个合格。

将军说，枪枪命中是一名士兵最起码的要求，否则就有可能被敌人撂倒，我也只是个合格的兵。

将军带过的兵个个都成了神枪手。

将军曾经可以指挥千军万马，如今却连自己的孙子晓龙都管不了，晓龙他远在万里之外，已经是住 T 国的大使。将军觉得有劲使不上，这让将军十分的气恼。将军常常站在地图前，用拐杖捣着一片疆域，你小子有种，有种就别回来！

晓龙所在的 T 国发生了骚乱，武装冲突升级。上百家华人华侨的店铺被焚，一伙不明身份的暴徒还绑架了五名中国商人。

晓龙大使出现在镜头前，他介绍了当前的局势，并将前去同绑架商人的暴徒谈判，解救人质。电视里的晓龙从容自信，眼里却掩不住疲惫。

将军家人聚集电视机前，将军站立在地图前塑像般一动不动。

桌子上的饭菜早已放凉，杯中的茶水也没有了温度。

新闻播报说，在我国驻 T 国大使馆人员的积极斡旋下，遭到不明身份者绑架的我国五名人员已经成功获释。

同时，中国政府派出近百次民航包机，军用机，军舰，中远、中海货轮，历时十二天，成功撤离了中国驻 T 国人员三万余人。

家人欢呼起来。

将军对家人说，告诉晓龙，就说他干得好，要他好好干！

将军又用拐杖点着电脑，说，点个赞，给晓龙点个大大的赞。

将军推开了房门，清风扑面而来。

原载《山西文学》2019 年第 8 期

丰　碑

王　宇

　　杨树滩有一百多户人家。村子四周都是沙，一眼看不到边的黄沙。村里有口井，井水不多不少，刚好够一村人的吃喝拉撒。每年春季，村子都会瘦一圈，井水也会浅一层。村里人干瞪眼，谁能斗得过沙。挨挨挤挤的村民，不得不背起行李卷儿，三家两家相跟着，远走他乡。

　　送走乡亲，满旺蹲在田里，看着玉米苗，肥嫩肥嫩的，一个劲儿地往上蹿，心里有说不出的高兴。他想，玉米长高了，抽穗结棒，秋后一准又是个大丰收。如果玉米能卖个好价钱，供养儿子双生上学所欠的外债就能还清了。有文化就是好，自从考上市林业学校后，儿子凭借专业知识，帮家里选种子，配肥料，村里唯有他家的玉米长得最好，产量最高。

　　那天晚饭，满旺破例喝了酒，微醉。

　　半夜，窗外沙沙地响。满旺推了推老婆说："凤琴，外面下雨了？"凤琴没好气地说："都五十二的人了，连刮风也听不出来？还下雨？"满旺一骨碌爬起来，穿着裤衩就蹦在院里了。满天黄沙飞舞，淹没了十五的月亮。扑面而来的沙子砸在脸上，生疼生疼的。"完了，我的玉米苗。完了。"满旺哭丧着脸，一锅接一锅地抽着老旱烟，一直坐到天亮。

昨天还抖擞着精气神的玉米苗，一夜之间，影儿都没了，畦垄间被一浪一浪的黄沙所覆盖。补苗，已经来不及了。这一年，又荒了。满旺跪在田里，不言不语，不吃不喝。太阳落山时，他做了一个大胆的决定。他给凤琴说："卖牛，买树苗，种树。我就不信，栽上树，种上草，黄沙还会欺负人。"

说干就干。两千多株杨树苗，没费什么功夫，纵横有序地栽到满旺责任田四周。一场连阴雨后，树苗吐出嫩芽来。满旺的脸上，露出久违的笑。他看见每一棵树苗，都和自己的孩子一样。每天，他在沙地里转悠。他想，杨树长得快，用不了几年，就像一堵墙，隔断黄沙的侵蚀。

夏天说来就来了，地上像下了火。沙土的温度，足可以在五分钟之内，烫熟一颗鸡蛋。树苗经受不了如此高温的炙烤，耷拉着脑袋，奄奄一息。村头的水井，赶趟似的作怪，慢腾腾地吐水，只能勉强维持村里的人畜饮水。根本不可能用来浇树。怎么办？办法总比困难多。满旺决定在自家田里打井。

年轻时的满旺，是打井好手。选水眼，挖井土，做支护，箍井窑，做辘轳，样样在行。农闲时，走村串户给乡邻打井。那年，满旺给凤琴家打井。愣是说井土不好挖，一挖就是半个月。一样的土，怎会不好挖呢？后来，他把凤琴也"挖"走了。一晃二十多年过去了，曾经"瞭不见那个村村哟瞭不见人，我泪蛋蛋抛在沙蒿蒿林"的狂热爱情，被生活磨得几近麻木。

为了救活树苗，打井的速度绝不是追求爱情的故意拖延。四五天工夫，井出水了。满旺蹲在井底，用手撩着汩汩涌出的水，兴奋地给凤琴说："咱家的杨树苗有救了，有救了。"凤琴没来得及回话，突然觉得脚下一松。松软的沙土撑破了水井壁的支护，轰然塌陷下去。

就这样，满旺没留下一句话，凄然离去。凤琴的天塌了。双生捧着毕业证书，刚刚赶回家门口。悲痛欲绝的凤琴不知所措。双生含泪把父亲安葬在水井旁。他咬破中指，用热血为父亲书写墓碑。他知道，父亲的离去，是个意外。但这个意外，也许能唤醒更多人参与治沙的意识。很遗憾，父亲没能看到绿树长成墙的样子。

那是一个统招统分的年代。双生放弃了留在城里工作的机会，主动请求留在村里。他跪在父亲的墓碑前，把父亲用过的铁锹擦得锃亮。

双生踏遍村头村尾的每一寸沙土地，拟定了一个治沙规划。农闲时间，他把自己的想法讲给张大爷听，说给李二叔听，他把乡亲们的好主意，全都记下来，不断修改治沙规划。双生的所为，感动了杨树滩的所有村民。人们纷纷拿起铁锹镢头，义务加入了他的植树治沙队伍。

按照他的想法，村庄四周栽杨树、柳树，挡风。山梁种沙柳、沙蒿，固沙。平滩地栽苹果树、梨树、杏树，发展经济林。低洼地蓄水，泡水稻，解决吃饭问题。

人心齐，泰山移。五十亩，一百亩，二百亩，黄沙渐渐退去，植树种草的土地在逐年扩大。

绿色点燃了希望。杨树滩的村民一边植树造林，一边积极发展特色农业。入秋，瓜果飘香，吸引着一拨又一拨远道而来的游客。人们欣喜地看到，杨树滩不再是黄沙飞扬的世界，绿色，悄然间主宰了这个世界。

那是一个阳光灿烂的早晨，双生把沉甸甸的稻穗放在父亲的墓碑前。恍惚间，他看见父亲手里拿着铁锹，大踏步走来。父亲额头的皱纹舒展开来，绽放着耀眼的光芒。

原载《陕北》2019 年第 2 期

扶　贫

唐波清

　　乡政府会议室里正在召开县委扶贫工作组成员与对口扶贫村负责人见面会。

　　这次县委扶贫工作组有两个后盾单位：县财政局和县科技局。

　　陈乡长在见面会上宣布：县财政局对口扶贫樟树村，县科技局对口扶贫荷花村。

　　荷花村的胡支书听到这个消息，满脸的不高兴。胡支书借口上卫生间，蹲在会议室旁边的走廊里，发"微信"紧急求见陈乡长。

　　陈乡长火急火燎地从会场跨到走廊：老胡，啥事儿？这么急。

　　胡支书贴在陈乡长的耳朵边说：俺的好领导，开开恩，帮俺调换调换对口单位，让县财政局驻俺们村，行不？

　　陈乡长：为啥？

　　胡支书：和尚头上的虱子，这不是明摆着的嘛。县财政局是财神爷，那是有钱的主儿；县科技局是清水衙门，比俺们村里好不到哪里去。

　　陈乡长：扶贫不是看谁的钱多，而是要为村里找赚钱的项目，帮老百姓走上致富路。你看看，这回财政局就派来一个普通干部；

科技局却是徐局长亲自带队，还有两个常驻队员。人家是真心想帮扶荷花村，你还嫌这嫌那。不说了，这是乡党委的集体决定，必须服从安排。

散会以后，果然不出胡支书所料。

县财政局的干部小覃当着大家的面，拿出了五万元的现金，递给了樟树村喜笑颜开的何支书：这是局里为樟树村下拨的扶贫款，一定要专款专用啊。下午局里还有个会，我就不到村里去了，有事电话联系。

科技局的徐局长有些尴尬：胡支书，咱们科技局费用紧张，不过，有的是人才。今后三年，这两位就是常驻你们村的扶贫队员，小赵是学果木栽培的，小钱是学旅游专业的。咱们先到村里看看？

尽管胡支书的内心蛮不乐意，但他的脸上还是强装笑容：领导好，欢迎指导工作。

"一家一户"地做思想工作，"一兜一树"地抓技术培训。小钱每天跋山涉水，一盘大卷尺，时刻不离手，丈量着荷花村的每一寸土地，在图纸上画来画去，那副仔细认真的样子，似乎描绘着一种希望，一种梦想。

年底，乡扶贫领导小组盘点账目：樟树村扶贫收入五万元，即财政局下拨的扶贫款；荷花村不仅没有一分钱的扶贫收入，每家农户还额外支出了五千元，即投入的猕猴桃栽种成本。

何书记得意扬扬，胡书记一脸沮丧。

第二年，小赵望着漫山遍野的猕猴桃，笑了。小赵决定从山坡转向田塘，去年栽猕猴桃树，今年种莲藕，每一口池塘，每一块水田，荷花盛开，让"荷花村"名副其实，真是应了那句诗的意境：接天莲叶无穷碧，映日荷花别样红。小钱去年设计的"荷花风情园"入选了市政府乡村旅游开发计划，政府搭台，村民唱戏：有满园争艳的荷花，有即将挂果的猕猴桃树，有农家乐餐宿，有体验榨油的作坊，有垂钓的鱼塘……

城里人来了，荷花人笑了。

年底，乡扶贫领导小组盘点账目：樟树村扶贫收入五万元，即财政局下拨的扶贫款；荷花村每家每户收入五千元，有卖藕卖莲蓬的钱，有吃饭住宿的钱，有卖土特产的钱。

何书记羡慕不已，胡书记满面笑容。

第三年，荷花村，猕猴桃挂满枝头，荷花朵朵飘香，游人如织；樟树村，年复一年，山水依旧，偶尔有几声狗叫，宁静得出奇。

年底，乡扶贫领导小组盘点账目：樟树村扶贫收入为零，财政局取消了扶贫款；荷花村每家每户收入五万元，这是城里人消费的钱。

乡政府在荷花村召开扶贫现场总结会：金山银山不如绿水青山。

何书记一脸沮丧，胡书记得意扬扬。

原载《常德晚报》2019 年 9 月 9 日

意　义

奚同发

　　那一夜，是我人生最大的犹豫，庄稼汉出身、被征兵四十多天的我，最终决定带着那个熟睡的婴儿逃跑，哪怕是被抓回来军法处置。

　　一个成年男人，断然无法想象一个婴儿的世界。在周遭混着密如冰雹的枪声，时儿消停下来或传出几声冷枪，在空气中弥漫着硝烟气味的夜幕下，那个刚出生仅几小时的婴儿，只喝了几小口水便香甜地入睡了，全然不顾外界的兵荒马乱。他不知道，在他脱离母体成为自己的同时，也失去了母亲——那个穿草绿色军装的女兵。

　　我是在田头被征的兵，几乎没有训练便上了战场。虽然有人私下传说解放军已夺得大半个中国，但对于我们局部来说，也总有些国军的捷报。那个白天，在一场围攻战后我们被打散了，不料中午刚过，又与一支解放军小股队伍遭遇了。排长接连督战，效果并不明显，解放军人数虽然不多。

　　天色向晚，排长十分焦急，组织我们再次冲对方阵地，密集地一排排扫射，然后借着各种地形掩体猫着身子前进，接下来却意外地没有受到任何阻击。但大家都提心吊胆，对方的掩体后是否会突然响起枪声？短暂的安静，反而令人心惊肉跳。我不小心踢到一个空罐头盒子，引发一阵"哐啷"的声响，惊得大伙儿哗哗哗地匍匐在地。然而，没有枪声，甚至对方一点儿动静都没有。

他这句话还没有说完，对方沙包后突然响起一阵"哇哇"的婴儿啼哭，响亮而有节奏，底气饱满而锐利，在刺破阒静的傍晚的一瞬间，制造出一派惊心动魄的恐慌，我们个个手足无措。

我们这才忽地一下子起身放开胆子冲过去。

大个子说的人死光了并非属实，至少我眼前还有两个男兵半依沙包。他们身上多处中弹，有伤口还在冒血。他俩正在低语，其中一人道：指导员，虽然孩儿出生了……唉，俺们七个战士都……另一个人仰望着天空，似还咧嘴一笑，说：是呀，七个……可这都是咱打仗的意义，都是为了这些孩儿的将来不再打仗……

我听得太明白了，他们的口音正是我们家乡沂蒙山那一片的。

突然，他俩竭尽全力把手伸向各自腰间，我身边的枪响了。我想阻止，话没来得及出口，他们的腰间哪还有什么武器——如此动作，不过是引诱我们开枪……

女兵在另一处沙包 T 形掩体的角落，我赶过去时，她好像刚费了半天劲儿才给娃娃穿上一件改制的小衣服——显然是早有预备。然后，她把一件大人的草绿色军装裹在娃身上，再用两个衣袖相互系成结儿。望着她那怜悯的目光和轻手轻脚的动作，兄弟们禁不住泪水涟涟。当她扯开胸前，把白花花的奶头伸向娃时，我们都迅速背转身子……接下来的一幕，完全超出我们想象——听到"啊"的一声惨叫后，我们再急转回身子，那个女兵，那个刚做了母亲的女人，用身边那把刚割断婴儿脐带的短刀，割断了自己的脖颈……

望着那个包裹着草绿色军装正哇哇大哭的婴儿，我们个个泪如雨下，大个子则声盖婴儿哭得山呼海啸。

入夜，围着婴儿，我们暂时忘却了战争和生死。白天只是象征性接触了一下妈妈奶头的他，至此双眼好像都未能完全睁开。我们笨手笨脚学着他妈那样用军壶给他喂了几口水，他竟旁若无人地安然入眠了。盯着那红扑扑的小脸儿，弟兄们的心都乱了。

半夜，在身边的鼾声中，我悄悄抱起婴儿，离开了那片焦黑的残垣断壁，没走出几步，还是忍不住回头——身后是班长的枪口。我大喘着气，心跳到嗓子眼，直到他的枪口慢慢垂下来，然后用枪管朝我摆了摆。我撒开脚丫开始了人生最急迫的一次逃命。我成功了，或许因为那个婴儿。

后来呢？

后来我离休时，履历表上写的是新中国成立前参加的中国人民解放军，再后来我在朝鲜战场还遇到当初那晚的几个兄弟。听他们说，不久，他们都起义了。

原载《百花园》2019 年第 8 期

去远方

赵悠燕

　　黑暗笼罩着这片被雨浸湿的大地，远处，炮击的闪光不时划破浓郁的夜色。闻其躺在积满水的坑里，他受伤了。仗打了两天两夜，很多人牺牲了，剩下的战友不知道去了哪里？他迷糊着，一会儿睡一会儿醒。他梦见自己四仰八叉睡在烧得火烫的炕上，太热了，他浑身上下淌满了汗。渴！渴！他叫着，再次醒了过来。

　　一个满脸络腮胡子的男人站在他跟前，手里拿着一杆枪。闻其下意识地一摸身边，发现枪在男人手里。一急，他又晕了过去。

　　男人站在那儿看了会儿，弯下腰，背起闻其。他踩着泥水一深一浅地向前走去。

　　前边有间房子，闪着暗弱的亮光。男人进去，把闻其放在这间屋子里唯一的一张床上。

　　他发高烧了，去拿些水和吃的来！他把枪放在桌边，对那个缩在角落里的女人说。

　　男人用水清洗了闻其的伤口，用一块浸湿的布贴在他额头上，又往他嘴里喂了些水。

　　女人冷冷地说，没有，东西都被你们抢光了，我都快要饿死了！

男人不信，在屋子里转悠，翻找着。女人的目光随着他的身子转动，嘴里嘟囔着：打仗委屈老百姓，啥时能让我们过安生日子哟。

他走出屋外，在过道的一个石臼里，发现了女人藏起来的半碗野菜米汤，还温热着。

女人绝望地哭了起来。闭嘴！男人恶狠狠地吼了一声，举起枪，说，再撒谎，一枪毙了你！

一转头，发现闻其躺在床上看着他，他把米汤端了过去。闻其摇摇头，说，把枪还给我！

男人握着枪看了会儿，咧了咧嘴，递给闻其。

你伤得很重，你得养好伤。他说。

男人和女人就像是一对冤家，碰在一起就吵。男人逼女人掏出藏着的粮食，女人愁眉苦脸，你们就知道欺负我一个寡妇，有本事上前线打仗去啊！

这天，男人又出去了。闻其躺在床上，隐约闻到一股弥漫的菜汤香味，他很饿，心里希望女人能给他一勺子。

一会儿，女人进来了，用一种冰冷的眼神看着闻其，说，你们啥时候走？我一个妇道人家，可不想背什么杀头罪名！

闻其说，大姐，这些日子打扰你了。我也想马上走，去找我的部队。等我能下床自己走路……

这时，男人进来，提了两条鱼，说是在河里摸到的，叫女人炖汤给大伙儿吃。

夜晚来临，暮色像一块黑布罩住了天空，女人坐在灶前往灶底下塞柴火。这时，有歌声传来：长亭外，古道边，芳草碧连天……

渐渐地，女人的脸上挂满了泪痕。战争夺去了她家人的性命，她恨战争，恨所有参与战争的人。她不要打仗，只想和家人平平安安地过日子。

闻其倚靠在发霉的墙角上，他想起了大学时代的同学，他的冲锋陷阵的战友们。可是现在，他们在哪儿呢？

如果能和平，谁希望生活在有战争的年代呢？

男人痴痴地听着歌声，看着闻其，说，你唱得真好。我从来没有听过这么好听的歌儿。

闻其笑了，说，这很简单，我教你。

闻其的伤渐渐好了，他打算第二天出发。

男人说，我知道你是解放军。老实跟你说，我是被国民党抓壮丁逃出来的，回家后才知道家人都被杀害了。这些日子，我发现你是个好人，我想跟你参加解放军。你带我走吧，我要为我的亲人报仇！

天蒙蒙亮，闻其和男人准备出发的时候，发现桌上放着一个布袋，打开来，里面是几个热乎乎的玉米馍馍。

在晨曦里，他们往远方而去。

原载《黄河文学》2019 年第 7 期

军歌做证

高　杉

五爷说，人家黄花塘的麻六儿，给红军喂过骡子，都给定上了，我那么小，就挑了两年多弹药箱。老郑说，人家到北京找老首长给开的证明！你部队番号呢？团长是谁？连长是谁？班长是谁？战友在哪儿？在哪里打的仗？说不出个一二三来，就能给你定个老红军？五爷说，咱没文化，那时候年纪又小。老郑说，那都不是个理儿。五爷说，我只要个名头，一分钱的补贴我都不要，行吧？求你们了！说完他拄着拐棍儿跪在地上。那些人都赶忙站起来，扶他坐在凳子上。

他哽咽着说，你们不知道，青天白日的帽子有多压头啊！我八十六啦，还能活几年啊！

让他说说吧！县里部门的负责人从包里掏出了本子和笔来说。

五爷老家是离这里好几百里的红山嘴子。十三岁的时候，红军经过他家乡，他正被吊在树上打。给财主放鸭子的他，贪玩耍丢了四只鸭子，财主正在收拾他，红军为他解开绳子，让他吃了顿饱饭。没爹没娘的他就赖着跟上了部队。

县里的人问，是哪支部队？五爷说，我也不知道，反正叫红军。又问，你知道往哪走吗？五爷说，被追得东一头、西一头的，整天奔逃，谁知道往哪儿走？对了，有一回部队准备过一条大河。县里的人问，知道叫什么河吗？五爷说，不知道，反正没过河我就发烧、迷糊、拉血、走不动路！班长把我安排在河边一个老乡家，留下三块银元就走了。临走专门嘱咐可别说你是红军，叫白狗子知道可不得了！你班长是谁？姓马，不知叫啥子名。在老乡家养了二十多天，能走路了，怕连累老乡就走了。准备上哪儿去？家是不能回了，只有找部队。你知道部队去哪儿？不知道，经常听说北上、北上的，我就往北走，一路上要饭干点零活，边走边打听，找了大半年，走到这里，就没再找。怎么没再找？五爷说，我在这里入赘做了上门女婿。

干部们准备上车，五爷颤颤巍巍走过来说，领导们，我给你们唱段那时候的歌，算证明吗？老郑说，算了吧，领导还有事，等着走哩！五爷把身子挡在车前，大有不让唱就不让走的架势。县里部门领导只好说，唱吧，我们听听。五爷左手握着拐棍当枪扛在肩上，右手向大家行着军礼，原地踏步唱起来。大家听到他撇腔拉调的歌，都哄笑起来。

只有县里那位部门领导没笑，他一直认真听，等五爷唱完，他握着五爷的手说，老同志，放心吧，你这歌就算证明了！他对大家说，当年为配合某个战斗，红军会根据现成曲调临时编歌，作战前动员以鼓舞士气。除了参加过这次战斗的人，一般人不知道这样的歌词。一个大山里不识字的孩子，没经历这场战斗是绝对不会唱的，国民党兵更不会唱。这首歌，长征回忆录里有记载。

他对五爷说，老同志，我回去为你做证。旁边的人告诉五爷，这是县民政局的李局长，你等着好呀！两个多月后，村支书吴长勇把老红军身份认定的通知书和李局长的亲笔信，送到五爷病床前。

信中说，那首起到证明作用的歌叫《渡江动员歌》，是红军宣传队专为强渡金沙江创作的。歌词是："渡过金沙江，活捉狗刘湘，消灭反动派，北上打东洋！"

原载《红豆》2019 年第 7 期

亲　戚

司长冬

　　当那个人绕着刘大伯家的扶贫房仔细察看时，王大头的头正大得不行。望着准备浇铸混凝土的扶贫房，和那稀拉拉的七个手下，他不停地嘟囔：怎么办？这可怎么办啊？

　　王大头是方圆十里有名的包工头，他手艺好，人实诚，多年来找他盖房子的人排成了队。最辉煌的时候，手下有几十个泥工、木工和小工。但这些年，只要一收罢庄稼过罢年，男劳力们一个个亲戚带亲戚，朋友带朋友，背着包天南海北地打工去了。村里只剩下老弱病残和妇女小孩，想找个精壮的大劳力比找白乌鸦还难。

　　师傅，就你们这几个浇铸，人够不够啊？那个人仔细看了红砖的成色和墙体的垂直度后问王大头。

　　随着精准扶贫工作的深入，政府帮助贫困户改造老旧危房，让许多贫困户实现了住新房的梦想。作为十里八村手艺顶呱呱的师傅，王大头也承建了几座扶贫房，但让他头大的是，现在他连"十来个人七八条枪"都凑不上，砌墙的时候还好对付，可浇铸就不中了，那可是一个萝卜一个坑，拉沙石、搬水泥、拌料、浇水、上料、震动，还要靠人工一锹一锹把混凝土弄到一人高的二架上，然后再从二架上一锨一锨把混凝土扔到三米多高的屋顶上，不光少一个人就开不了工，而且一旦开工浇铸就得一口气做完，要是进度慢了，就容易造成屋顶混凝土裂缝、漏水。唉，要是再来俩大男人该多好啊！王大头挠着秃顶的大头自言自语。

王大头白了他一眼，心里说看你的打扮也不怎么样，可真啰唆！

刘大伯家的老房可真寒酸，不光墙裂得五指六缝，逢上雨天更是"外面大下，里面小下；外面不下，里面滴答"。自从政府帮助他家开始建新房后，一家人高兴得像过年一样，刘大伯的瘸腿也利索了，他那傻婆娘一天到晚咧着嘴笑，连他的傻儿子也拖着两条黄鼻涕拍着手唱：盖新房，娶新娘，儿女生了一满床。

那人还在不住地问这问那，王大头的头更大了：你这人真多事，你是刘大伯的亲戚？

那人愣了一下，就微笑着点点头：是，是亲戚。

王大头眼球一转，就笑嘻嘻地说：我说亲戚，是亲戚就该有个亲戚的样子，有活了就得干在前头，要是像个县太爷一样光说不干，那还叫啥亲戚？

好。那人说着还真撸起袖子拿起了铁锨。还别说，他铲石子、拉水泥、搭二架，不论干啥都像模像样的。王大头不头大了，冲那人高兴地叫道：好，这才像个亲戚的样子。

浇铸前的准备工作妥当了，刘大伯和他家傻儿子也拎着茶水，拿着开工鞭炮来了。就在王大头准备大喊开工、放鞭炮的时候，村长慌慌张张地跑来了，看到那人就急忙迎上去：王书记，真的是您，来我们村也不打个招呼，咋在这儿干起来了？

啥？书记？王大头"嗡"一下又头大了，好像唐僧在猛念紧箍咒。

那个被称为王书记的人说：我今天特意没有惊动你们，就是为了实地看一看。

王书记，请您到村委休息一下吧，我们村的工作有不到位的地方，请王书记多多批评。

你们做得很好，不愧是全县的扶贫标兵，辛苦你们了。

王书记过奖了，我们村的工作要是有不足之处需要加强，还请王书记指示。

王书记笑了：要说需要加强的地方，就是这里浇铸的人手不够，你也参加吧，咱们一起把屋顶浇完。

好好。村长说着也撸起袖子拿起铁锨。

刘大伯过来颤巍巍地说：你……真是县里的大官？

王书记拉着他的手笑着说：大伯，我不是大官，是您的亲戚。

王大头疑惑地问：你真是刘大伯的亲戚？

王书记哈哈大笑：师傅，我和咱们大家都是亲戚，快开工吧。

紧箍咒没了，头不大了，王大头精神一振，心情豁然开朗，他大声说：好，亲戚，咱们开工，放鞭炮！

在一片开心的笑声中，点燃的鞭炮像一朵朵红花在绽放。

原载《南海文艺》2020 年第 4 期

莽昆仑

墨　村

中士下岗的时候，"白毛风"刮得正紧，雪雾弥漫，雪山冰峰若隐若现，利刃般的寒气，如钻心之虫剥皮噬骨。中士不管，似乎听得见自己周身血液撞击管壁的声音。

中士抱紧枪，裹紧大衣，顺石阶路一级一级往下走。风声尖啸，撕扯他的皮大衣，雪团也纷纷横着往身上扑，吹得眼睛生疼。中士不反抗，反抗也无望。雪团狠命亲中士的嘴巴、鼻孔，堵得他喘不过气。

一排石头砌成的营房在山坡背风处，包括中士在内，驻守着八九个兵。中士顺石阶路一级一级往下走，岗楼便被扔在了脊背上。岗楼上的五星红旗，刚换上的旗面又被风咬碎了。接岗的士兵持枪而立，如雕塑，生根般稳。

巡逻归来的兵们正围在火炉边取暖，侧身而入的中士摘下了皮手套，一只手便去抓怀中的枪，猛然醒悟了似的急缩手，但为时已晚，冰冷钢蓝的枪身已生生啃去手掌内的一层皮肉。这一切，被走出厨房的军士长看个真切，扑哧地笑出了声，"又不是新兵！"中士抬起手掌，用嘴吮吮，翻眼瞅着，"我想提前退伍，就今年。"

军士长望着中士，又望望大家，他们的脸都一模一样，长期的高原生活，被强烈的紫外线亲吻得黑红干燥，飞翘的死皮一揭，便蹦出一条红白的鲜嫩肉色，极像画家即兴的一个飞笔。军士长说："别忘了，咱是军人。"

去年开山时，一名画报记者从北京来，人上了哨卡，可就是瘫在床上，脸如黄纸。中士用土法给记者治高原反应，在他太阳穴、人中穴等处，耐心地一下一下按压，一口一口喂罐头汁。中士说，初来乍到，都这样。记者感动，"我来半天，就成这副熊样。"中士说："习惯了。""你们太不简单了，我要把你们全都拍下来，让全国人民都知道，在喀喇昆仑山这天寒地冻的冰峰哨卡上，战斗着一群多么可亲可敬可爱的了不起的战士！"

记者咬着苍白的嘴唇，手握相机，挣扎着硬是滚下床。站不住，就跪在地上，边流泪边给中士他们一张接一张地拍照，嘴里不住地念叨着："太伟大了！太了不起了！"中士和战友们憨厚地笑着，"咱是军人哩！"

……

中士用嘴吮吮手掌虎口，避开军士长的眼，抬头望向屋顶。

屋顶上，团团重重叠叠的图案，浑圆，发黄——这归功于长期的烟熏。抽象的图案曲里拐弯，中士很自然地想起家乡那一眼望不透的沟沟岔岔、梁梁峁峁。

他突然嗓子发痒，想唱，于是就唱："墙头上跑马还嫌低，面对面坐着还想你……"

他唱得心酸，嘶哑的声音破了，如一缕破布条，在屋子里绕过来绕过去。

军士长进了厨房，接连端出几种罐头菜肴，对大家说："同志们，今天是刘根同志的生日，我们一起祝刘根同志生日快乐！"

"嗯？啊！"中士胸口一热，泪水夺眶而出，从口袋里掏出一封信，"这是几个月前我女朋友来的信，说我的邻居们出外打拼，一个个家里都盖起了小洋楼，我要再不早点退伍回去，什么都耽误了。"

八只碗无声高举，"咣"地一声，几线水珠溅起来，落在火炭上，腾起一股裹了灰末的水蒸气……

火炉里焦炭没劲了，屋内已冷。军士长撮起几块焦炭投进去，一缕蓝烟飘起来，又用火钳在火炉里搅了搅，"叭叭"炸起几串火星，溅在了大家的身上、帽子上。

突然，军士长大声唱起来："什么也不说，胸中有团火，一颗滚烫的心哪，暖得这钢枪热……"

中士和几个兵精神为之一振，雄壮的歌声在清冷的雪山哨卡上飘荡回响，经久不散："什么也不说，祖国知道我，一颗博大的心哪，愿天下都快乐……"

原载《解放军报》2019 年 10 月 16 日

一人团

张中杰

"我是杜团长，杀小日本鬼子！给我冲呀！"

"哎哟，我的大团长。你醒醒吧！吵死个人啦！"下铺战友用手捅了捅杜子龙的脑瓜。

杜子龙猛然惊醒，原来自己刚刚是在说梦话。如果不提醒，自己没准真冲出去梦游了。

十八岁的杜子龙是个新兵蛋子。他打小是个孤儿，跟着爷爷过活，吃村里百家饭长大。他个子小，才一米六五，胆子更小。加上吃上顿没下顿，常常食不果腹，一副柔柔弱弱的样子。性格也怯懦，见个生人说个话都哆嗦得像个女孩子，脸老红。

日本鬼子血洗村庄，爷爷被刺刀捅死了。他扒个坑埋了爷爷，咬破食指写了血书，跟上部队当了八路军。

司令检阅新兵。为了鼓劲儿，问新兵们有什么愿望。有人说要当连长，有人说要当营长，又好像底气不足。周边的战士一阵哄笑，下边一阵乱嚷嚷。

轮到他，"我，我，我要当团长！"杜子龙从喉咙里咕噜半天，才紧张地挤出声，引得大家哄堂大笑。

"就你个熊样，姓个杜，还想当团长？！"有战士取笑他。

"头回敬个礼还出左手，还想当团长？做梦娶媳妇吧？"还有战士揭他开始训练时的"伤疤"。

"我姓杜，独立团团长，咋了？"杜子龙不服气地辩解，脖子上直暴青筋。

司令用手势止住下面的窃笑，"不想当元帅的兵不是好兵！我们要向杜子龙同志学习！"

他紧张得脑门儿上出了汗，阳光下脑门儿上映出一粒粒晶莹的白光。心中涌起一阵暖流，右手暗暗攥紧了拳头。

每次越野拉练后，战士们一个个累得狗喘气一般，纷纷就地倒下酣然入睡。杜子龙每次都强迫自己继续训练，俩月下来瘦是瘦了，动作干练有力。一次掰手腕居然还意外赢了虎背熊腰的大个子班长。

月上中天，寒气逼人。杜子龙伸左臂，"一营长""到！"；伸右臂，"二营长""到！"；出左腿，"三营长""到！"；出右腿，"四营长""到！"；"五营长""敬礼！"。

连长半夜查岗，发现杜子龙偷偷一个人练习军姿，做着动作，自问自答。最后那个标准的军礼孔武有力，连长虽然口中批评他溜岗私练，心中还是竖起大拇指。

团里杜团长来做战前动员，听到战士们说杜子龙跟他一个姓，开心地拉杜子龙坐石头上一块儿唠嗑。一问，嘿，两人邻村，祖上一家子。论辈分他高一辈，团长管他叫叔呢。

"叔呀，咱叔侄俩打仗要学长坂坡赵子龙！"一家子团长平易近人，令他心潮澎湃。

三场战斗下来，日本鬼子装备好，火力猛，战士们虽然猛打猛冲，但伤亡很大，减员严重，仅剩下不到一个营的兵力。有人想拉杜子龙开溜，"我爷爷仇还没报呢？！"杜子龙咬牙切齿。

最后一场是凶多吉少的阻击战。杜团长带剩下的一个营要掩护主力部队开赴前线，面对一个旅的日本鬼子的攻击。敌人的火炮轮番地毯式轰炸，战士们杀红了眼，虽然只剩十几个人了。

又坚守阵地一个小时，阵地上仅有杜团长和他两人了。杜团长说，叔你还年轻，我掩护你撤吧。杜子龙说，侄儿，我可是叔呢，要撤你撤。坚决不同意走。

杜团长命令他去找弹药，故意支走他。等他背弹药回来，杜团长身上全是子弹击穿的血窟窿，临死还瞪着愤怒的眼睛。杜子龙血脉偾张，一股热流涌上眼窝，他上前用手轻轻抚合团长的眼睛。

步话机里在呼叫，"你们情况怎么样？请务必坚守阵地，掩护兄弟部队战略大转移！"

"我是杜团长，请首长放心，人在阵地在！"杜子龙抓起话筒话。刚有个胆大的鬼子侦察兵爬近前，但见前方五十米有一个血人，边伸臂出腿边喊，声嘶力竭。

原来是一个人！鬼子狞笑一声，连声喊后边的日本鬼子向杜子龙形成包围圈。

打扫战场时，战友们发现，满脸血污的杜子龙左腿微微前驱，那分明是三营长报道的姿势。

原载《三门峡日报》2019 年 8 月 28 日

映山红

戴智生

为什么叫塔眉塘，没有人去考究。

塔眉塘是江西余干县辖区的一个自然村。

二十世纪三十年代，这里只有三十几户人家，都是一脉相承的叶姓。塔眉塘颇偏僻，四面环山，山峦连绵。准确地说，这里是丘陵地带，山丘脚下有一块块水田。因为地广人稀，村民尚能艰难维持生计。

那时，方志敏领导农民轰轰烈烈闹革命，在江西乐平县创建了中国工农红军第十军。为了扩大根据地，周边区县都建立了特别委员会，秘密开展各项工作。

方佩龙是余干县县委书记，上面委派下来的。他是弋阳县人，时年二十七岁，长得人高马大，读过私塾，跟随方志敏一起打土豪，是年轻有为的革命干部。

塔眉塘方圆几十里，分布着许多小村庄，都是方佩龙活动范围。他居无定所，个中原因，大家可想而知，那是白色恐怖时期，国民党疯狂抓捕共产党人。

有一天，方佩龙再次路过塔眉塘，突患疾病，腹痛发热呕吐，疑是急性阑尾炎。他实在无法行走，借宿一户人家，正是叶富宽的家。

叶富宽与方佩龙同庚，他听过方佩龙慷慨激昂的演说，被他现身说法感动。叶富宽并没有真正明白革命的道理，却好奇方佩龙为什么舍弃家业，风里来雨里去，甘冒坐牢杀头的风险。叶富宽的家也小有土地，父亲灌输给他的思想是安居乐业。

收留共产党人在家过夜，叶富宽的父亲就很不愿意。好在不是叶富宽请来的，他听方佩龙演讲，父亲也不知道，不然父亲一定怪罪。虽然叶富宽也当了爹，家里的事还是父亲做主。

于是，叶富宽的父亲把方佩龙两人藏在阁楼上。

方佩龙翻滚了一宿，没有好转。隔天一早，他拿出一块现洋，托请叶富宽帮忙找郎中抓点草药。塔眉塘没有郎中，得去十里开外的镇上。叶富宽的父亲说："我去，我认识药铺里的周郎中。"

岂料，不知哪里走漏风声，百余号国民党士兵拥进塔眉塘，径直包围了叶富宽的家。带队的"国军"连长知道屋里是大人物，要抓活的，他让士兵喊："放下武器，饶你们不死。"

方佩龙个头大，警卫员背不动，扶他下了阁楼，突围已无可能。方佩龙说："今天肯定脱不了身，我们要死也不要死在人家家里，老百姓有忌讳。我们走出去吧，拼一个是一个。"

但他们没有射出一颗子弹。

"国军"士兵埋伏在围墙外，枪口顶着叶富宽一家七口人站在院门前。警卫员搀扶方佩龙走出屋，两人大义凛然，满眼血丝。"国军"士兵躲在暗处吼叫："放下枪！放下枪！"两人的枪握得更紧，快到院门口的时候，"国军"士兵开了枪。

"国军"没有抓到活人，割下方佩龙的头颅，撤出了塔眉塘。

目睹整个事情的过程，叶富宽心有余悸。他父亲更是吓得瑟瑟发抖。叶富宽不及细想，喊来宗族兄弟，把两人的遗体抬走掩埋了。

方佩龙两人的遗体埋在村后的五塔峰山腰上。五塔峰是塔眉塘的"靠背山"，也是叶姓的祖坟山。两座新墓，与别的坟茔有段距离，显得很是孤静。

如果方佩龙在屋里抵抗，"国军"士兵肯定是火攻，他家的房子将不复存在；如果方佩龙两人开枪射击，他和家里人绝有可能受伤或送命。

叶富宽记住了这一天，1933 年 4 月 7 日。

4 月的天气，依旧有一丝清冷，风起，柳絮飞扬，便有点伤感。4 月，又是杜鹃花开的季节，满山的映山红含苞欲放。

"每年的今日我都给你们送灯烧纸钱，我死之后有儿子，儿子后面有孙子，保证三代人给你们扫坟墓！"

誓毕，叶富宽沉重地叩了三个响头。

原载《景德镇日报》2019 年 8 月 14 日

老将军的板凳

石庆朋

我到部队参军时，只有十八岁。

年纪小，个头也不高，在班里，老是被战友说成是小兵蛋子。高炮团训练很严格，一般的身体还真吃不消，一天下来，累得像害了场病似的。有战友私下问我：你这个头儿怎么想到要当兵啊？

一天，我们班长对我说，你真有福，老将军听说你与他是同乡，要见见你。

我一时不知所措。我想这可能是我改变自己的一个契机。战友们也以为我会离开连队，去师部机关。

果真，第二天师部通讯员小范就打电话来了，要连部派车速送我到师部。

我在训练营累得满头大汗，没顾得及擦洗一把就搭乘连部的吉普车往师部赶。

到了师部，通讯员小范热情地接待了我，他说老将军是我们的老首长，对我们这里的一草一木、一兵一卒都怀有深厚的感情。离休后，他主动要求回到这里。今天时间紧，以后有空，我带你去师部荣誉室参观参观。现在，我们一起去老将军家吧。

我原以为老将军会像电影里的将军一样气派，他的家也和电影里一样的摆设。我简直怀疑眼前这个腿脚已经不太方便的老人不是我想象中的老将军。

他看到我后，就示意小范退出了房间。我一时不知是坐着还是站着，他伸出了双手，我也下意识地伸出了双手。他握我的手时很是有力。

然后，他问我，你是南山头的？

我说，我是。老将军一口的乡音，让我感到亲切。

哪个村？

楚家坳。

我知道得不是很多，我只听说您当年是最勇敢的小战士。但我不知，您还是这个部队的老将军。

你坐，你坐，我去倒茶。论辈分，我和你爷爷是一个辈分的，那时你爷爷没有跟着大部队走，现在还健在吧。

老将军一边说，一边倒茶。

我看到老将军家除了彩电是新的，其他的家具都很旧。特别是那个小板凳，三块小木板拼成的，矮矮小小的，普通人家都有的那种。

我坐了下去。

我之所以没有坐到沙发上，主要是心里对老将军很敬畏，有点诚惶诚恐。虽然沙发也很旧。

老将军见了，笑笑后说了声：有山里人的质朴。

老将军把茶递到我手里时，我发现老将军看我的眼光很慈祥。这使我想起了我的爷爷。

我们谈了一个上午，主要是老将军问，我答。

都是问家乡的人现在日子过得怎么样了，家乡有哪些变化，家乡的党员和干部在干什么。我把知道的都向老将军说了，不知道的，我说，我写信回去问问，再来向您汇报。

老将军说不了，我老了，我要回楚家坳去，叶落归根。他说这话时很伤感。中午，师部又安排我和老将军一起吃午餐。

从那以后，我回到班里总想听到老将军给我带来的好消息，班里的战友也以为我很快会被调到师部或者送到军校去学习。

等了好长时间，一天，师部通讯员小范又打来电话，点名要我到老将军家搬家。我以为有戏，一定是老将军在师部领导面前提到我。为老将军搬家，我很是兴奋，我认为，老将军这样的功臣应该安排一个像样的家，让他安度晚年。

结果出乎我所想像，老将军是告老还乡。

我帮他把一些旧家具搬到车上。他说，搬家具是私事，所以，我只有让你来。

老将军说，我没什么留下的东西，我只留下你第一次到我家作客时坐的那个小板凳。

我感到诧异。一只小板凳，为什么要留给我？

老将军被师部的小车送回了楚家坳。我望着远去的老将军，眼里一片潮湿，心中五味杂陈。

到了初夏，老将军已经病危。

师部领导通知我一起回去看老将军，我带着那只小板凳回家了。老将军在弥留之际，让我把小板凳拿给他看，看到小板凳，他笑了。他说，在延安大生产运动时，这只小板凳是中央一位首长纺纱时坐过的。他当年到抗大学习时，那位首长送给他了。他说，当年，他就坐在前排，听过很多中央领导讲课。

我默默听完老将军讲的小板凳的故事，低着头，任泪水直流。

原载《百花园》2019 年第 3 期

不要过来

佟掌柜

　　过完九十岁生日的第三天晚上，爷爷靠在沙发上泡脚的时候，迷迷糊糊地睡着了。

　　父亲看水凉了，就把爷爷的脚拿出来，用毛巾擦。

　　爷爷突然瞪圆眼睛，身子使劲往后缩，大喊："不要过来……不要过来！"

　　父亲赶紧拍拍他，"爸，您又做梦了，擦干脚赶紧上床吧。"

　　爷爷看了看父亲，似乎回过神来，"儿子，我要走了，刚才我看见师长了。"

　　父亲听爷爷的语声有些异样，心没来由地一紧，"您别乱说，去年病那样都没事。现在好好的，走什么走，您又怀念你们师长了。"

　　"确实看见他了，他冲我招手。"

　　"爸，您能活到一百岁。现在国家政策好，社区每月给百岁老人多补助三百元呢。"

　　爷爷呵呵笑了，脸色竟有些红润，"老子没白革命，能过上这样从前连想都想不到的好日子，值了！"

　　他穿上拖鞋，下了地，也没用父亲扶，回到卧室躺到床上，

"哎，可惜师长没活到今天。当年过草地的时候，要是没有他那头大黑骡子，你老子早死了……"这些话爷爷不知说过多少遍，可今天父亲还是觉得怪怪的，他担心地问："爸，您没事吧？觉得哪里不舒服？要不咱去医院吧？"

"我没事，哪也不难受，你快睡去吧，明天想着让晓临带雅儿回来，我想他们了。"

父亲答应一声，给他盖好被子回到客厅，拨通我的手机，"儿子，你爷爷想你和雅儿了，明天下班赶紧过来。"

这两天公司正要接一个大单，我这个部门经理忙得顾头不顾腚的，听父亲说让我带女儿回家去看爷爷，不耐烦地说："爸，过几天行不？我都要忙死了。"

"混蛋，让你回来你就回来，你爷爷白疼你了！"父亲顿了顿，"儿子，刚才你爷爷说话怪怪的，又喊不要过来，又说看见师长了，我感觉可不得劲儿了，不会有什么事吧？"

我正想着明天怎么和客户谈判呢，随口应付了句，"能有什么事，你这老共产党员还迷信。"

挂了父亲的电话，我就躺下了，闭上眼睛怎么也睡不着。不知怎么就想起去年陪护爷爷的时候，也听他喊过好几次"不要过来……"

后来他病情好转，我就问他，"爷爷，您病的时候，总喊'不要过来'，咋回事？"

爷爷刚从鬼门关转悠一圈回来，谈兴比平时浓，口齿不太清晰地对我说："1935年，我在彭老总的队伍里，大概是八月吧，我们接到命令，从四川毛儿盖出发，进入草地。那草地，根本就不是人能过的地儿，河汉上全是水草，远远望去，像灰绿色的海子，看不到一个人一只鸟。进草地的第三天，下大雨，我身上带的青稞麦被淋湿了，成了疙瘩，把喉咙塞得满满的，根本咽不下去，

没办法只能挖野菜吃。好不容易熬了一夜，差点没冻死。早上赶
路的时候，看见几个人背靠背坐着，一动不动，我上去一推，发
现他们的身体早就僵硬了。我那时才十六岁，吓坏了，也不敢哭，
跟着大伙儿小心翼翼地走。突然，我们排长陷进了泥泡子里，他
旁边的战士去救他，结果自己也陷了进去。排长对我最好了，我
像疯子似的往前冲，想去救他，班长狠命地抱住我，只听排长和
战士大声喊，'不要过来！不要过来！'我眼睁睁地看着他们被淹
没，只剩下两顶军帽在泥水上漂啊漂的……"

爷爷讲的时候好几次用他的小手巾擦眼睛。

好不容易迷糊着，电话就响了起来，我眼都没睁拿起电话，
"喂，谁呀？"

"儿子，你爷爷走了……"

电话那端传来了父亲的哭声，我噌地一下从床上蹦了起来。

"爷爷走了？！天，怎么这么急？！您别哭，我马上过去。"

我开着车往父亲那儿飞奔。一路上死的心都有，我算什么
人？爸打电话的时候为啥不赶过去看看呢。

爷爷躺在那儿，就像睡着了一样。

父亲跟我说，他半夜起夜的时候，发现爷爷卧室没有光亮，
很奇怪，爷爷卧室的小台灯从来是不关的。他突然想到一句老话，
推开门走到床边，看爷爷一动没动。他叫了两声，爷爷也没动，
伸手一摸，身体已经凉了。

父亲说话的时候，我仿佛看到爷爷动了。他摆着手，对我嘶
哑地喊，不要过来……

原载《中国铁路文艺》2020 年第 8 期

追　逃

戴　希

陈东潜逃后，警方一直在绞尽脑汁全力寻找他的下落：每年节假日特别是春节，警方都会去陈东家蹲点守候；对陈东的亲属、朋友和其他关系人，警方一直耐心地做工作、经常上门询问相关信息；也四处张贴悬赏通告进行通缉。在警方看来，陈东可能的藏身之处，他们都认真仔细地排查过多次……可挖地三尺，找遍全国，使出浑身解数，也是徒劳无果。一晃十六年过去，这十六年里，母亲去世，陈东没有回家；父亲走了，陈东没有现身；家中大小事情，陈东都不问不顾……俨然在人间蒸发了一般，没有一丁点儿陈东的蛛丝马迹。

而现在，十六年之后，2020年这个春天，陈东竟主动地投案自首了！这么长的时间，他都去了哪儿？

据陈东坦白，杀人脱逃后，他通过改名换姓、漂白身份，浪迹了大半个中国。在广东的电子仪器厂、四川的家政服务公司、河南的建筑工地等多处打过工，也在甘肃的穷乡僻壤、新疆的"生命禁区"等人烟稀少的地方藏匿过。

陈东是洞庭湖里的麻雀——吓大了胆，不仅不惊慌，还扬扬自得的。

可天有不测风云。陈东怎么也没想到，春节前，新型冠状病毒肺炎开始侵害国人，很快武汉封城，接着全国二十四个省、自治区、直辖市启动重大突发公共卫生事件一级响应，涵盖总人口超过十二亿。

也是人算不如天算。警方哪里料到，就在全国进入"一级响应"后不出一周，犯罪嫌疑人陈东投案自首，对其故意杀人的犯罪事实供认不讳了！

这里一定隐藏着某种玄机，警方更想解开个中谜团。

"说吧，你为什么选择抗疫之战最紧张最紧要之时，直接向我们投案自首？你不是狡兔三窟、隐藏得很深很巧吗？"民警讯问陈东。

陈东狡黠地一笑："这样躲猫猫都十六年了，我早已习惯，可你们一定累坏了，是不？"

"直接回答问题！"民警正色道。

"也行。"陈东很快梳理了一下思绪，"很显然，武汉我是不能去了。武汉成了重疫区，病毒感染人数最多，传染速度最快，医院床位最紧。如果感染，身体抗病力又差，容易死人的。新冠肺炎不好惹呀，湖北也不安全。"

"有头脑，接着说。"警方盯着陈东，点头。

"那么逃到其他地方比如湖南、广西、山东等省藏匿吧，我试过，压根儿不行！这些地方都在挨家挨户、昼夜不息、逐人登记比对，小区物管一走，社区干部又来；社区干部刚转身，街道督查又到。"

民警面露不易觉察的欣喜："原来如此！继续说。"

陈东扫视了一眼民警，又道："我也试图以打工为掩护，同时挣点儿钱糊口。可大街小巷冷冷清清，四面八方关门闭户，没有一家企业开工，没有一个店铺营业，我无处可投，又身无分文，总不能眼睁睁地饿死吧？"

"还是保命要紧，"民警瞟一眼陈东，"好死不如赖活着。往下说。"

"躲到荒郊野岭去吧，"陈东几乎哭丧着脸，"南方阴风怒号，北方天寒地冻，不死也得脱层皮！再者，万一染病特别是被蝙蝠等野生动物叮咬，前不着村后不着店的，不能及时得到医治，咋办？"

"怕死吧？"

"当然！我现在投案自首了，还能争取宽大处理，或许小命能保。就是坐牢吧，也能混口饭吃。"

"逃亡至今，你总算想清楚了。还有吗？"警方提示陈东。

陈东摇摇头，接着若有所思地说道："我都投案自首了，你们就给我好好检查一下吧，看我是否传染了新冠肺炎？"

民警笑道："不是给你量过体温吗？"

"可我听说，有些人在潜伏期体温也不升高。"陈东辩解道，"之前一直逃亡天涯，东躲西藏，天知道我有没有感染？"

民警们笑了，是那种尘埃落定之后的舒坦。

陈东也跟着笑了，是那种获得解脱之后的安然。

原载《小说月刊》2020 年第 4 期

过命兄弟

颜士富

傍晚，一轮红日挂在枝头。

一群孩子正在玩耍。村头，一位身着长衫的货郎摇着拨浪鼓向孩子们走来。

孩子们一窝蜂拥了过去，团团围着货郎。

货郎放下挑子，拿出一瓶大麦芽糖，说："谁能告诉我马啸家住哪儿，糖就给谁吃。"孩子们面面相觑，没有一个能说出的。

货郎给孩子们每人发一粒糖，说："你们玩去吧。"

孩子们接过糖，作鸟兽散。

货郎来到马大鞭家，敲了敲门。"谁啊？"大鞭一边应着，一边把门打开，见是货郎，便问："有特大号的大行针吗？"

货郎拱了下手，说："特大号的大行针已卖完，有上好的顶针要吗？"

马大鞭一听，向左右望了望，将货郎让进了屋。

"同志，"大鞭紧握货郎的手说，"盼您好久了。"

"最近长沙会战，鬼子吃了很大的亏，屡屡受挫。抗日正处在紧要关头，据可靠情报，鬼子近日要下乡扫荡，中央决定，要动员各地老百姓把粮食等物资转移了，坚决粉碎日伪的扫荡计划。"

货郎姓曹，因身材魁梧，人们都称他曹大汉，是鲁南人，组织上派他来苏北泗沭一带开展敌后武装运动。马大鞭是共产党在小马庄发展的地下党员。

马大鞭随手拿了一根小树枝，在地上边画边说："小马庄依泓而建，庄形杂乱，户形向头不一，东南西北俱全，陌生人进了村庄，转来转去，从早到黑也走不出村庄。这就是庄形复杂的原因。另外，村外就是马泓，因十里芦苇而得名。虽说叫十里芦苇，其实，方圆几十里，以水上青纱帐著称。很早以前，依仗天然屏障，匪患无穷。官方虽然经常围剿，但土匪遁入芦苇荡，官兵多无功而返。我们动员老乡把物资转移到芦苇荡里，这样比较安全。"

"好，"曹大汉说，"就这样定了。"

马大鞭平时在村里乐于助人，虽然有这个不雅的绰号，但很受乡亲们的尊重。

鬼子在小马庄的扫荡扑空了。

从此，曹大汉就经常出入小马庄，配合马大鞭组织地方武装，利用芦苇荡作掩护，开展游击战。

1945 年，日本宣布无条件投降，抗战取得胜利。

然而，刚驱走雾霾，阴云又至。蒋介石挑起内战。驻扎县城的"国军"对小马庄进行围剿。战斗了一天一夜，游击队伤亡惨重，最后边打边退，被逼进了芦苇荡。

"国军"在岸上布下岗哨，游击队一时上不了岸。就这样耗着，时光飞逝，转眼已近晚秋。芦苇抽出了芦花，芦苇叶儿近枯黄。

一天，"国军"下令烧秋，一把火把方圆几十里的芦苇点着，熊熊烈火冲天而起，火借风势，噼啪作响……

马大鞭和曹大汉被捕了。

他俩被关在同一间牢房。一天，看守打开牢门，冲着马大鞭喊："马大鞭，出狱了。"

马大鞭好像没听到，在一旁的曹大汉说："看守喊你了，让你出狱。"

"出狱？"马大鞭竟然怀疑自己的听力，冲着看守问，"那他呢？"

看守有点不耐烦，说："他不行。"

"为什么？"

"你们村里给你出了三百块大洋，我们长官说，这笔买卖成交了。"

"告诉你的主子，要走两人一起走。"

"老板说了，两人就得五百大洋，你们村七拼八凑才凑齐三百大洋，他们只赎你。"

"兄弟，你快走吧，常言说得好，留得青山在，不怕没柴烧。"

"不行，一人我不走。要走你先走，我是本地人，他们还会想办法来赎我的。"

"你快走，正因为你是本地人，对地方都熟悉，有利于开展武装斗争。革命需要你。"

"你一天不走，我就陪着你一天，不能欺负外地人，留下你，我会背负不仁不义的骂名。"

"唉"，听了马大鞭的话，曹大汉仰天长叹，两行热泪扑簌地流了下来，一把抱着马大鞭，说，"这辈子咱是兄弟，下辈子还做兄弟。"

马大鞭放弃了出狱，最终和曹大汉一起英勇就义。

在行刑时，一个看守咬着另一个看守的耳朵说："天下终究属于共产党的。你看，为了战友，为了信仰，宁愿放弃自己的生命。"

原载《金山》2020 年第 5 期

老胡同志

戴　涛

腊月二十九的晚上，我刚跨进家门，妻子就跟我说，老胡同志来电话了，让我们明天去他家开会。老胡同志就是我的岳父，不知从什么时候开始，我们背地里都这么称呼他。我说，明天本来不是就说好上他家吃年夜饭的吗？妻子说，是的，可他特地关照要提前两小时到，先开会。我问开什么会？妻子说，我也不知道。

嗯，为什么一定要叫你们今天来开会，因为有一项重要的决定我不想拖过今年，这两天我看到一篇材料，说当年参加革命的一些老同志，新中国成立后没像我一样进城工作担任职务，而是回了农村，他们都八九十岁了，有人现在还很困难，这些都是我的战友啊，还有，国家正在开展脱贫攻坚战，我这个老头子总不能袖手旁观吧，所以我决定，把我的存款拿出来，一共是一百万。

老胡同志说到这里，又用威严的眼神扫了我们一眼，然后等着大家表态，可在座的人还没有一个回过神来，歇了一会儿，他又问，大家没什么意见吧？

终于，他的大女儿先开口了，爸，您都九十了，免不了身体有时会不好，您把钱都捐了，以后看病怎么办啊？

我是离休干部，看病不是全报的吗？

可一些好的进口的药是不能报的。

我不搞特殊化，我不需要进口药。

这时儿子说话了，爸，您当了几十年的领导，我可没沾过您一点光吧，可您现在住的房子，三十多年没装修了，总该装修一下了吧，这样您住着舒服，我们带着第二代第三代来看您也会感觉舒服些。

不装修不是也能住吗，都几十年住下来了，还有，你们的孩子在墙上涂涂画画的这些东西，我时常看看还蛮有趣的嘛。

儿媳反应挺快的，马上接过话来，是啊，时间可真快，我们孩子的孩子都要上幼儿园了，爸，现在好的幼儿园可贵了……

老胡同志反应也快，我们的后代都该去普通公办的。

妻子开始拉我的衣服，我知道这是她让我出马的意思。

爸，我们现在从中央到地方都讲究要依法办事，可您今天的决定好像与国家的法律规定不是十分一致。

你说什么？老胡同志把眼睛瞪得很大。

爸，您先别生气，听我解释啊，您要捐的这一百万是您和妈这辈子的积蓄，在法律上叫作夫妻共同财产，要两个人全同意了才能捐的。

可你妈已经过世了，怎么同意？

那五十万就成了遗产，有您和您儿子还有两个女儿共同继承。

什么，什么，我都不能决定了？！老胡同志气得脸都发青了。

妻子见这状况急忙说，先不讨论了，吃饭吧，孩子们的肚子都饿坏了。我赶紧给老胡同志斟满一杯酒，他一言不发，端起一饮而尽，那天晚上，老胡同志头一次光饮酒不说革命历史，最后，他把自己给喝醉了。

　　第二天早上，我还在睡觉，妻子就把我叫醒，说老胡同志又来电话了，要大家下午一起上墓地去看看妈。我纳闷，大年初一又不是老岳母的祭日，怎么想到去看她老人家。

　　其实，岳母是没有墓地的，她只是在一块纪念碑上拥有一个名字，那块纪念碑是红十字会为捐献遗体的人立的，每年老胡同志带着我们就是对着这块刻有许多人名字的石碑默哀。走进公墓，老胡同志没有按原先的走法先去捐献遗体的纪念碑，而是径直走向了新四军广场，面对着用花岗岩筑起的新四军纪念墙，看着长长的新四军英烈的名字，这位十四岁参加新四军的老同志，没有像以往那样滔滔不绝地给我们讲故事，而是默默地站立着……

　　然后当他来到刻着岳母名字的石碑前，便再也抑制不住自己的情绪，他一连大声呼唤着岳母的名字，老泪纵横。

　　此刻，大家终于明白了老胡同志的心情，碑前一片哭声。

原载《安徽文学》2020 年第 1 期

第二次抓周

申 弓

正直一生的龙书记，最近却做了一件出格的事情：欺瞒组织！

龙书记人还不是很老，才五十出头，一向做事雷厉风行，一是得益于其耿直的个性，二是得益于他那壮实的体魄，据他夫人说，好像他这一生就没有吃过什么药。只是今年年初，他感觉力不从心了，出点力或是熬点夜就觉得吃不消，累，加上喘气，也消瘦了许多。办公室里的同志都关切地劝他，去医院看看吧，不要累出病来了。他却拍拍胸膛说，没问题，我那医疗证都不知道躲到哪个角落去了呢。

说归说，自己的事自己知道，在一个早上，他只身来到省医学院，找到了老同学。身为内科主任的老同学一见，大大地吃了一惊："怎么看你瘦成这个样子！"他由老同学陪着，做过了该做的检查。结果让老同学更加吃惊："住院吧。"

"怎么？大问题了？我还没有这个先例呢。"

老同学心情沉重地说，"看来什么也瞒不过你，不过你要有思想准备，你得的是绝症。"

他的目光游移了一下，随即看着老同学说："再下个判决，大约还有多长时间？"

"多则半年，少则三个月！"

"哦？"他心事重重地说，"请不要告诉任何人！"

他走了。当然，他也不告诉任何人，包括组织。

他奋斗了半生，也算是闯出了一番天地，从一个平民百姓一路攀升，已成为一县的一把手。在旁人看来，他是要风得风，要雨得雨的了。不想上天所给的时间不多了。

人生自古谁无死？死不足惜，只是他尚有心愿未了。

他的心愿就是他那个不成才的儿子。去年儿子所在的厂子面临危机，得裁员，可裁谁谁不愿。厂长来找他拿主意，他说，先让我的儿子带头吧。为此事，他被夫人埋怨了足足一年。夫人还在机关里活动，要将儿子安排进公安局里去。他知道了，下了死命令，没有他的允许，谁也不能安排。他知道自己的儿子，哪是干机关的料，更不是干警察的料。即使是碍着老子的面子进去，旁人议论不说，就那个小孩流口水的样子，也不可能在机关里混。

"就不能趁你在位，给儿子弄个铁饭碗？"

"我说不行就不行，铁饭碗是这样端的吗？我的儿子我知道！"

儿子始终是他的一块心病，他觉得这辈子都欠了儿子的，要不是那年忙于工作，耽误了治疗，儿子不至于成为现在的样子。当然，他们夫妇健在的情况下，儿子的衣食是不忧的，可百年以后呢？因而，他要在自己有生之年，给儿子一个生活的条件，要让自己的儿子自立起来。

他回到县里，安排了工作之后，便拉出那辆久违了的自行车，在县城里跑。

这天，他将三件东西摆在客厅里，让儿子自己选择。夫人也好奇地要看看是什么宝贝。

儿子来了，抹干了垂下的口水，看着面前的三件物品发怔：

一把斧头，一把手秤，一台电话机。

夫人想到了抓周："怎么，还要让儿子抓一次周？"

"不是的，这是职业选择。拿着这把斧头，可以到山上去打柴卖。"

"什么？你一个堂堂的书记，叫儿子去挖树头卖？人不笑你狗也笑啊！"

他不理。接着说："这杆秤，可以到蔬菜批发市场去拉菜卖。"

"哦？叫儿子去当菜贩子？这就是一位县委书记的能耐？"

"这电话，如果愿意，我倒可以为你找个亭子，安个公用电话，兼做些卖书报、香烟的事，也可以度日。"

"哦，是当街摆电话。看你这书记当得也够窝囊了！"

"儿子，你看哪一样合适你？"

"于我看，哪一样都不合适，儿子，不理他，老娘养着你！"

儿子却有点儿兴奋，他看了看几件东西，还真像周岁时抓周一样，双手抱起了那台红色的电话。

于是，城西的弯角处立起了个绿色电话亭。虽然偏僻了点，但不少人都要从远处拐过来看看，并且即使兜里有手机，也要拨个电话聊聊。他们的心里充满着敬仰，这敬仰还在于交费时要多交，不用找补。

可那个呆子却从不肯多收一分，说是父亲交代过了的。

半年后，书记果然西去了。可喜的是，他的残疾儿子可以独立生活了。

原载《钦州日报》2020 年 9 月 25 日

价 值

砌步者

初春的下半夜，大山里很寒冷。锄奸队长张德应借着微弱的月光察看山头的动静。突然，夜枭的叫声划破黑夜，钻入耳朵。他高度警惕的心情顿时宽慰了些，因为，这是湘南游击队接应的暗号。

张德应带着三个孩子。他挨个在孩子的脸上抚摸了一下。他知道孩子需要他的抚摩，这样，他们可以获得安全感，因为孩子们黑豆似的瞳仁告诉了张德应。为了这三个抗日英雄的遗孤，张德应的两个战友已经牺牲。现在护送孩子的担子，他独自担着。

张德应记得临出发前，首长神情严肃地说："派你护送这些革命烈士的后代，你虽然是湘南人，但长期在岭南活动，群众基础好。记住，三个孩子一个也不能落下，要安全送过梅关，交给湘南游击队藩哲夫队长。"首长又安排了两个锄奸队战士，一个叫何小山，广东花县人；一个叫谢回平，湖南常德人。首长嘱咐道："你们到了珠玑巷，游击队有人来接头的。"张德应回答："一定完成任务，首长！"

可是，在横穿清远公路时，何小山牺牲了。当时，张德应指挥谢回平带着三个孩子穿越公路，何小山在后掩护。日本便衣队发现他们追了上来。何小山说："队长快走，我掩护。"

何小山像一枚楔子钉在路上。本来他可以跑掉的，但为了让孩子获得安全，他跳上石头吸引便衣队。护送孩子跑上山头的张德应看到何小山打光了子弹，与便衣队拼刺刀，负伤被抓。便衣队将他吊在大榕树上一刀一刀剐他的肉，他也没哼一声。

谢回平是在晚上牺牲的。当时是深夜，他们绕过英德的一个村子，孩子们饿得走不动。谢回平要求去弄点吃的。起先，张德应说不行，危险。可是，当他看到孩子饿得口水直流时，就从身上摸出两个银元塞到谢回平手里，说："注意安全，快去快回。"谢回平摸到村边，谁知道村庄里驻扎着鬼子兵。鬼子的狼狗一叫，谢回平就被包围了。张德应想去接应，但三个孩子怎么办？突然，他听到"轰，轰"两声巨响，是谢回平拉响了身上的手榴弹，与鬼子同归于尽了。

张德应含着眼泪背起三个孩子一阵猛跑，直到累得瘫下来才停住脚。张德应歇了一会儿，看看没有危险，就将三个孩子安顿在山洞里，自己去田地里找了些半烂的山芋、红薯给孩子们充饥，又继续带着孩子们北进。好在这一路走来，山高林密，再没遇到多少危险。

张德应抬头看看，翻过丹霞山，就进入珠玑巷。现在，虽然听到山上传来自己同志的暗号，但张德应也不敢大意。他从腰里抽出两支快慢机，握在手里，带着孩子在密林中穿行。好不容易到了山顶，突然，从树上飘下四条黑影。张德应一摆手中的快慢机，挡在孩子身前。

"桃花源陶渊明。"来人压低声音说。张德应一听，是接应同志的暗号，连忙回答："珠玑巷张九龄。"从树上飘下的四个人是湘南游击支队的同志，带头的是游击支队长潘哲夫。潘哲夫让其他队员在梅关警戒，自己则带领三个队员下来接应。张德应握着潘哲夫的手说："可把你们盼来了。"

潘哲夫也摇着张德应的手说："辛苦了，张队长。上级交给我们的任务，是要不惜一切代价，接应你们，保证安全。"潘哲夫让同来的游击队战士取下背上背着的包袱，打开来，里面是用面粉烙的饼，让孩子们吃。三个孩子吃饱后，潘哲夫在前，三个游击队员背起三个孩子在中间，张德应殿后，一行人向珠玑巷奔去。

潘哲夫说："走过这段山路，前面的路平坦很多。"张德应听了，一愣，忽然想起多年来抗日的艰辛，就如这走路一样，走了这么多年艰难困苦的路，现在是该走平坦的路了，鬼子这几年的兵力捉襟见肘，在缅甸被"国军"击败；在中原，更被八路军打得焦头烂额，也许不用多久，就能将鬼子赶出中国。

"我们抗日的路也会平坦多了。"张德应接了一句。潘哲夫听了，会意地笑了。

一行人快走到珠玑巷时，已是曙光初绽。张德应说："我们快点行动，翻过梅关，那边就是你们湘南游击队的活动范围了。"话音未落，两发炮弹从南雄县城那边呼啸而来，有一枚落在他们的身后。

"快卧倒！"张德应急忙扑倒后面那个背着孩子的队员，自己却中弹牺牲了。那时，正是 1945 年 2 月。

新中国成立七十周年，我在常德一所学校给孩子们讲课。当我讲完这个故事时，孩子们都哭了。我想起多年来曾有人问过我"三个优秀战士为了护送三个孩子而牺牲，值不值得"这个问题。我走下讲台，一一抚摩这些孩子。我想我得告诉孩子们什么是生命的价值？我说："孩子们，先烈们艰苦抗日，献出生命，就是为了孩子们以后有书读，有平安的日子过！"

这句话，不是我说的，是张德应烈士牺牲时说的话。我就是三个孩子中的一个。

原载《辽河》2020 年第 7 期

耿直的命运

刘诗良

对耿直稍有了解的人，都知道他在业务上是有两把刷子的。

那次研讨会的议题是山水县即将建造的一标志性建筑的命名和设计造型。与会领导、专家发言行将结束的时候，耿直开口了。

"各位领导、专家好！既然是研讨会，每个人就要充分表达自己的意见和建议。有争论，才更方便科学决策。"耿直直奔主题，条分缕析，子丑寅卯、甲乙丙丁，讲得头头是道。

他忽而话锋一转，向自己的顶头上司钟向洋所长开了炮："这是山水县的地标性建筑，名称怎么可以照搬国外的呢？毫无个性和本土文化含量可言。如都这样，全国不知会有多少'时代广场'，岂不成了笑话？"

钟向洋所长被他批得脸上红一阵白一阵的，大家均面露好奇之状，感觉太新鲜了，尤其是同样坐在会场的设计所的上级管理部门县规划局的管伯乐局长。

管局长和高县长可能心照不宣，没过多长时间，经管伯乐局长推荐，耿直在规划局副局长的位子上走马上任。

不知内情的人都说耿直走了狗屎运，一个说话那么直白的人怎么就有了官运了？这样耿直的人怎么在官场待得长呢？

照说即便耿直真是千里马，那管局长也是他的伯乐，凡事总得礼让三分吧。没有的。班子会、全局干部职工会等会议，大凡有要讨论的问题，耿直还是那句口头禅："有争论，才更方便科学决策。下边我就直白讲了。"一次，两次，还觉新鲜、刺激。慢慢地管伯乐局长也不自在了，耿直也太一条筋了，对他这个伯乐、这个上级也是毫无情面，好几次他也被耿直批得灰头土脸的，几乎下不了台。

时间一长，管伯乐也烦他了，决心治他一治，也让他出出丑，尝尝当面被无情批驳的味道。

机会说来就来了。省里规划系统开一个大型的研讨会，邀请的都是本省乃至全国业界的领导和专家，耿直作为山水县乃至本市稍有名气的业务骨干，管局长向省里极力推荐了他。

临走时，管局长语重心长："耿局啊，这样的学习机会很难得，好好把握，好好表现，为我们山水县争光。"耿直连连点头："一定的，一定的，我会尽心尽力。"

为了应对这场研讨会，耿直做足了功课。全省会议上，面对业界领导和专家，他开场白是一样的："有争论，才更方便科学决策。下边我就直白讲了。"他毫不怯场，侃侃而谈。

老故事发生了，他眼里没了领导，没了专家。大家开始面露惊讶之状，感觉太新鲜了，慢慢地又皱起了眉头。主持会议的领导偶尔有意无意干咳一声以示提醒，但耿直正在慷慨激昂，哪顾得上这个。

会议结束了，耿直人还没回到县里，省里电话追到管伯乐局长这来了："我说管局长，这么大一个会议，你怎么大力推荐这么个愣头青来呢？故意砸场子吧？！"

这话分量就得掂量掂量了，没一会儿，分管规划工作的龚正副县长的电话也来了："你还伯乐呢？！就派这么一匹千里马去省里出山水县的洋相啊？！要好好追究责任！"

耿直又一次出名了，不过这一次代价有点大，县里的大致意见有人透露了：撤销耿直副局长职务。

有人替耿直惋惜，耿直倒不在意："这副局长先是我辩来的，现是我辩走的，我还是我。"

没过多久，一家世界500强企业的人力资源经理专程赶来山水县，申请向山水县调动耿直这么一个人。

据说耿直同意了。只是不知道他这回命运如何，不知道他还能否耿直下去。

转载《小说选刊》2020年第3期

堡垒村

徐 军

　　呼啸的寒风夹着冻雨冰雪，正摧残着工棚里三十多名湖北籍建筑工人的精神意志。他们的家乡被疫情肆虐，本都不打算回去过年了，却未料到村村戒严，路路封堵，他们买不到食物，断粮了。

　　附近村庄里的大喇叭反复通知提醒："村民们，新型冠状病毒那是相当严重啊！我们要发扬'堡垒村'的光荣革命传统，拒病毒于村庄之外，坚决打一场漂亮的人民战争！……"刺耳的喇叭声搅得工棚里的工人更加人心惶惶、饥寒交迫了。

　　"武汉封城了！"一听这话，几位村民下意识地捂了下嘴巴。

　　张老支书喝了两句："大家没听见广播吗？聚在一起不戴口罩的话，你们都会被传染的！"话音刚落，大家伙儿瞬间就惊得四散回家。

　　"爷爷，进村的道路全都封好了，保证疫情传不进来！"大春匆匆进了院门喝了一大口水。

　　"大春，老支书，国道边那个建筑工地有三十多名湖北建筑工人被困在工棚里没有吃的了，前面村不让进，后面村也不让退。"治保主任二黑紧踩着大春的脚后跟进了院门。

"什么？没吃的那咋整呀？"老支书敲了一下碾子："大春，赶紧召集村干部到这里开会，考虑考虑怎么帮助湖北工人。"

"那还用说，战争年代我们村是共产党领导的人民武装最可靠的根据地，救了多少伤员、捐了多少粮食、做了多少军鞋、送了多少男儿参加子弟兵，根本就不计其数。"二黑开了口："朋友来了有好酒，豺狼来了有猎枪，鬼子汉奸和'遭殃军'根本就渗不进村，全村家家户户都是支前拥军模范和堡垒户呗！"

"党的宗旨是全心全意为人民服务，新中国成立后我们村做得特别好，修大坝、水库、水渠出劳力，我们村总是出得最多，妇女也不甘落后，当年我就是铁姑娘队长，从来就没输给过其他村妇女，民主政府和专区政府都为我们颁发过奖状。"妇女主任自豪地回忆着往事。

"明白就好，中华民族的事，就是中共党员的事。这些湖北人是在我们家乡为祖国的未来添砖加瓦做贡献的，他们就是我们的兄弟姐妹，我们应该像当年堡垒村一样，待他们亲如子弟兵。"老支书呷了一口茶。

"可没有汽油柴油，机器怎么运转？"村主任辩解道："连拉磨的驴和骡子都卖光了。"

"就算没有机器运转，我们可以用这个磨面呀！"大春拍拍石碾子："虽然没有驴和骡子，我们组织青年团员轮流用人力推拉磨，绝对不耽误事儿。"

"大春说得在理，我们轮班安排妇女做饭，只要磨粉磨面管够，稀饭烙饼馒头就不会断顿，保证村民和湖北工人的伙食供应！"妇女主任许下诺言。

"我们治保队员除了保证村道安全外，负责及时运送食物和生活必需品。"二黑信誓旦旦。

老支书舒了口气:"这才是咱们'堡垒村'!我马上请求上级增援,大家按部就班快行动,一定要这些外乡人在咱村过个好年。另外,看看谁家还有多余棉被和保暖衣裤拿出来,给他们保保暖。记住,大家出门一定要戴口罩!"

除夕深夜,工棚里绝望中的工人看到一溜光束从"堡垒村"晃过来,越来越多,越来越亮,到近前看,是一群戴着口罩担着食物、拿着棉被衣裤的村民。

阴冷的工棚刹那间沸腾了!欢呼声、感谢声连绵不断。"堡垒村"的村民把食物送到工人的手里,香喷喷,热腾腾的!带队的工长流着泪打开手机播放起歌曲《我的祖国》:"……这是美丽的祖国,是我生长的地方,在这片辽阔的土地上,到处都有明媚的阳光!……"

原载《番禺日报》2020 年 5 月 3 日

阿全哥

刘 贵

阿全哥是我们这个小城法院执行局的副局长，是我的铁哥们儿。

读初中的时候我们学校门口有些乱，经常有一些社会地痞和逃学的混混在学校门口要东西、劫道。有一回我遭到了四五个混混的围攻，眼看就要被打趴下了，阿全哥和我们班主任田老师大吼着冲上来了，给我解了围。我说，谢谢田老师！田老师嘱咐我以后千万小心些。我又说，谢谢阿全哥！阿全哥说咱们是哥们儿，扯那干啥？

我家里盖一间煤屋子，阿全哥和几个同学帮我干了一天，个个累得满头大汗，浑身上下全是泥，完了我拦住大家不许走，想请大家吃饭。阿全哥擦了擦额上的汗水说：咱们是哥们儿，帮忙干点活儿是应该的，扯那干啥？说着推开我，领着同学们走了。

一晃儿二十多年过去了，大家见面的次数少了，但彼此心里都装着对方，谁有个大事小情都互相帮忙。

我有个客户是个老赖，欠我好几十万的货款就是不还，好几年了，自己却又是欧洲又是澳洲到处旅游，最近又买了一辆豪车拉着小蜜兜风。这小子不是正经人，如果不起诉，想让他良心发现主动还款，这辈子怕是没戏了。

我给阿全哥打电话，把老赖的情况讲了一下。阿全哥说，他有厂子有车你怕他啥？赶紧起诉！

进展很快，老赖的账户被查封，我很快拿到了钱。

当我开车准备走的时候，执行局法官小邱撵上来说：大哥，阿全哥朝你借五万块钱，有急用！

出什么事了吗？我有些惊愕。

邱法官说他也不知道。

我赶紧给他拿了五万，他要给我写借据，我说快拉倒吧。

我把钱存入银行，然后找了一家大酒店，给阿全哥打电话，说钱都拿回来了，邱法官借了五万，他说你让借的，出什么事了吗？

阿全哥说没什么大事，过些日子还你！

我说还什么还，帮我这么大忙我说谢谢还来不及呢！你赶紧到仙人湖生态园大酒店来，我请你！

阿全哥不来，我一个人吃饭也没意思，在偌大的酒店里瞎逛。假山、小桥、流水、绿色植物和鲜花。歌伴舞，酒伴乐，酒店好兴隆。走到桃花岛，那鲜艳的桃花吸引了我，我驻足欣赏，并掏出手机准备拍照，突然一段熟悉的对话声传入我的耳膜：

五万少了点。

那你咋不告诉我多整点呢？

是呢，整他十万好了，他又不缺钱，哈哈！

之后，我多次寻找机会提醒他，和他大谈本市最近几个贪官落马的故事，叫他引以为戒。他听了哈哈大笑：那些个贪赃枉法的，不把他们逮起来天理何在？咱哥们儿你不用担心，走得正行得端，日间不做亏心事，半夜敲门心不惊！

唉，我只能叹气。清酒红人面，财帛动人心，变相借钱还借得这么高尚，这么气壮如牛，我真是无语。

　　年底，我给班主任田老师张罗寿宴。田老师握着我的手说，谢谢你，你和阿全都是老师的好学生。我看了阿全哥一眼，语义双关地说：我们都努力争取永远做您的好学生！

　　刚回到公司，邱法官来找我，把五万块钱放在我桌上，说阿全哥和田老师都非常感谢你。

　　我莫名其妙地望着他。

　　他说，你们田老师上个月心脏做手术钱不够，阿全哥给他张罗了十万块钱，现在完璧归赵！

原载《红山晚报》2020 年 1 月 9 日

扫码支付

任　欣

"大爷，能扫码支付吗？"买菜的顾客问正在称菜的大爷。

"能，能。"大爷高兴地说。

"能？"我有点疑惑，想起了前段时间的一件事。

大爷是附近村子的，他和老伴儿看起来都七十岁左右了，收了菜就到我们小区门口的菜市场卖菜。他的菜绿色环保，又经济实惠，我经常买他家的菜，一来二去就熟悉了。

那天，我买了他家的菜，准备扫码付钱。

"大爷，你的二维码呢？"我左看右看没看到他的二维码。

"不扫码了，付现钱。"大爷好像有点不高兴。

"您不是一直用扫码支付吗？多方便，我挺佩服您呢，这么大年纪还会用网银，怎么不用了呢？"我问大爷。

"卖了两个月的菜，一个子也没捞着。"大爷情绪开始激动，脸色也不好看，看上去很生气的样子。

大娘告诉我，他们用的二维码是儿媳妇的，收的钱自然都去了儿媳妇那里。大爷用钱，向儿媳妇去要，结果要了好几次儿媳妇都没给，所以，在生气呢。

搁谁谁不生气？何况老两口都这把年纪了，容易吗？怎么会有这样的儿媳啊？我听说了他们的遭遇，还为他们愤愤不平呢。

有好长一段时间，不见老两口来卖菜了。我想，可能是让儿媳妇气病了吧，我有点替他俩担心。

"大爷，您怎么这么久没来卖菜？"突然有一天，我见到大爷了，感到格外亲，忙问。

"噢，是你呀。"说完他就低下头，不知说什么好了。

"来，到大娘这边来。"大娘见他没理我，便开口叫我。

大娘给我解释了一切。

原来大爷得了甲状腺瘤，不能吸烟喝酒，可儿子儿媳劝他根本不听。他俩卖菜手里有了活钱，大爷愿意买啥买啥，大娘想管也管不了。

儿媳想了个办法，把她自己的二维码给了二老，说现在流行这个，既方便顾客也方便自己。你只要看好扫没扫就行。他俩一试，确实省事，高兴得不得了，只夸儿媳妇会办事。

时间一长，大爷缺了零花钱，熬不住烟酒的诱惑，便向儿媳要钱，谁知儿媳说手头有点紧，都花了。

又过了一个月，儿媳妇也不提给卖菜钱的事。大爷觉得烟酒比吃饭重要，越想越生气，怎么办？卖菜不扫码，改用现钱了。

时间不长，儿媳妇把在外地打工的丈夫叫回来，联系好医生，给大爷动了手术。

是儿子一五一十地把事情的真相告诉了大爷，大爷惊得半天没说话，后悔极了。

"那你还吸烟喝酒吗？"儿媳笑着问他。

这不，存折给儿媳了，二维码还用儿媳的，你看把他高兴的。

我听完大娘的话，再看大爷，只见他笑容满面地在张罗着生意，与之前相比，简直判若两人。

"大爷，扫码支付还是现金支付？"我故意逗他。

"扫码支付，扫码支付。"说完，他不好意思地笑了。

原载《渤海风》2020 年第 10 期

秘 密

范春叶

最近，我总是思念过世多年的父亲。思念是从一位自称父亲老战友的人联系上我时开始的。

他是一位七十多岁的老人。满头白发妥帖地向后梳着，一副眼镜架在鼻梁上，腰板挺拔、硬朗。陪同他来的人称呼他为"郭老"。郭老先说出了我父亲的名字，然后问我是不是他的家人？

我踌躇着，不好回答。

因为我连父亲是否真的当过兵都不十分清楚。即便我的母亲，如今已是银发闪耀、荣升为姥姥的人，提起父亲当年，她张嘴就骂："你父亲他就是个骗子！上门提亲的时候，说他哈尔滨军事工程学院毕业，毕业后当过几年兵，退役前还荣立了二等功。可等我嫁他后，翻开他那二等功授奖证书一看，'主要事迹'一栏空着，问他怎么回事？你父亲支支吾吾，一会儿说这，一会儿说那，唉，谁知那几年他混哪儿去了？骗了我一辈子，末了也没跟我讲句实话。"

我嚅动了几下嘴唇，以一种平静地语调对郭老说："我的父亲已经过世了，您有什么事情？"

郭老一怔，摘下眼镜，捏了捏鼻梁，哀叹一声："来晚啦。"说着一行浊泪滚了出来。

我不知如何是好，只能看着他，长时间沉默。

片刻过后，郭老问起我的母亲。

我说："我母亲倒还健在，只是腿脚不方便，走路需要拐杖。"

郭老又是沉默，随后，他说："如果方便的话，希望能带我到你父亲的墓地看一看。"

郭老的声音悲切，我犹豫片刻，说："好吧。"

我说："打我记事起，父亲就一直在造船厂上班。前些年退下来后，就四处奔忙去当'最美志愿者'。其实作为小辈儿，我宁愿父亲像别的退休老人那样遛鸟逛公园。母亲也劝他'人老啦，不能由着性子来'。父亲不听劝，总说自我奉献让他感觉快乐。后来，在一次志愿服务回家的路上，他突发脑溢血，就这么过世了。"

郭老叹息一声，远望着肃穆的墓地、悠远的天空，像是想什么事情。好半天，他说："我觉着我还是应该见见你的母亲。"

郭老严肃地说："我来，本是想告诉你父亲一个特大喜讯：我们当年军队的秘密已经在年前'解密'了！"

我愕然。什么秘密？前些日子我刚在电视上看到民族资产解冻大骗局。现在联系到一块儿，我的脑海里一片混乱。

只听郭老缓缓地说："1966 年 10 月 27 日，我国首次发射火箭运载核弹头的"两弹"结合热试验获得成功，导弹从甘肃双子城基地发射，在新疆罗布泊核试验场上空预定的距离精确地命中目标，实现了核爆炸！我们中国从此有了可用于实战的导弹核武器！而你的父亲，作为这次试验的加注技师之一，荣立二等功。但由于核试验'上不可告父母，下不能告妻儿'的保密要求……"

我的泪水喷涌而出，我说："郭老，请让我带您去见见我的母亲，她一辈子都不知道我父亲藏着这样的一份荣耀在身！"

原载《小说林》2020 年第 3 期

自　尊

山　立

　　前几日我去陕北出差，往回返时，路过曾经插队劳动的山村，我对司机胡师傅说："去这个村庄看看吧。这儿是有名的瓜果之乡，也盛产蜂蜜。这儿有我一个姓蒋的朋友，我去看看他，有要事相求。前两次我来时他都不在，前后算起来许多年未曾谋面，不知他还能不能认出我。"

　　车晃荡着进了村庄，在村庄的西头第五家，我看到一座新砌的院落，于是敲响了院门。里面有位六十多岁的男人应声走了出来，然后问我俩："你们找谁？"我笑了笑故意说："走路累了，想讨口水喝，不知方便不？"男人说："有，你俩进来吧。"他眯起眼多瞄了我几眼，眼里的惊喜一扫而过。我心中暗想，这蒋建社除了满脸皱纹，模样倒没变多少。我认得他，他却不认得我，待我一会儿试试。

　　他倒上热水，我们边喝水边聊天，这时，我看到院落里摆放着几箱蜂巢，就问："老哥可是蜂农？"他回答："算是吧，这季节儿子都去了南方，我就是个留守老人。"我又说："看着老哥身体还壮实得很。"他说："比以前差远咧。"

我有意提醒他："以前咱村里也有知青点吧？""有啊，一伙十七八九的年轻后生。""和你关系咋样？"他沉思一下说："就钟战海那娃和我关系瓷实。"我故意说："钟战海我也认识，以前家在市里的部队大院。"他一把抓住我的衣袖，惊讶而兴奋地说："我和他在一张土炕上睡过，一块又在地里看西瓜，那瓜地在坟地里，夜里猫头鹰一叫，把娃吓得都出了声。"

我也笑了笑说："听战海说，他来过两次，说你在外地养蜂，还给你备下书信。你也不给人家回个信息？"他一拍大腿说："嗨！人家城里人和咱不是一个层次，人家有人家的生活，还是不讨扰的好。"

我说："这次战海让我传话，说你在农村辛苦了好些年了，有空去城里他那儿走走！"蒋建社说："这我得与儿子商量商量。"

第二天一早，我们又来到了那蒋建社家里，我问："你和你儿子商量好了没有？"他回应："不去！儿在电话里说，咱家养蜂不缺钱花，你年纪大了去城里干啥！我想也是。"我笑了笑说："是吗？那好！我们就回去了。"说毕我让胡师傅放下礼品。

他说："别急！"说着从柴房提出三个五公斤重的塑料壶蜂蜜说："没啥好东西，自家产的蜜，当地名头很响，不日弄人。拿一桶捎给战海。"我说："老哥使不得，要不，你把你的银行卡号给我，我这就用手机将钱转给你。"他瞪我一眼："咋！看不起人，再不许提钱的事。"

我招呼胡师傅出了他家门，掀开后备箱，放好蜂蜜，车开出了村庄。蒋建社看着我们远去，站在原地一动不动。

路上，我对胡师傅说："想来也惭愧，回城多年也未与他联系，每次有事才想起来，人家怎能不多想？"胡师傅问我："钟院长，老蒋真的认不出你？"我笑了笑说："刚开始没有，后来他认出来了。只是自尊心太强，不想说破罢了。"听我这样说，胡师傅很是奇怪:"自尊心强?"我说:"年轻时就这样,我若混得比他好,他会爱搭不理;我若混得比他差,他把心都能掏给你。"

我又道:"说起来他是我的恩人。插队第二年那个春季,我得了传染性极强的黄疸肝炎,知青点的人都借故躲我。他当时是生产队队长,就把我接到他家里,好吃好喝管我一个多月。虽然每天以喝玉米粥啃黑地瓜窝窝为主,可我非常开心。后来还安排我去瓜地照看西瓜,其实就是让我多吃西瓜保肝。"胡师傅又问:"你真的把一张银行卡压在他炕席下了?"我说:"是的。要不然他不会联系我。"

果然不出所料,没几天,老蒋就着急火燎地打来电话说:我们有张银行卡落在他家,有空闲他会亲自送还。我说不必了,若真想送还,就来当果树专家。

不大一会儿,他又打来电话:"我考虑了一下接受你的建议,不过我有两个要求,办到了,我就上任。"我说:"行!再加两个都行。"

"看你说的,就两条。第一,用农科院的牌子,帮忙把咱村上的优质瓜果全面推向你们那里的市场;第二,以后你当你的院长,我管我的树,少在我眼前晃荡。"

注:"日弄人"陕西方言意为,不糊弄人。

原载《小小说大世界》2020 年第 8 期

父亲的秘密

赵淑萍

她打开抽屉，拿出那宗卷轴，在父亲的床边打开。"馨兰，我可以去见她了。她一定不认识我的模样了，我带上它，她就知道了。"父亲说。随即，父亲握住了母亲的手，"我的一生没什么遗憾了，你把这个家照顾得很好，我们还有一个这么优秀的女儿。"

父亲闭上了眼睛，脸上有隐隐的笑意。

一位德高望重的书法名家，本地书协的创始人，在家里寿终正寝，享年九十岁，真是好福气。这个城市的人们都这么说。

其实，她早知道父亲的抽屉里有这么一件作品。父亲为人坦坦荡荡，平时深居简出，从书画院下班回来，在家就是读帖、临帖或看书，有时候，为了创作废寝忘食，写了扔，扔了又写。父亲没有什么秘密。他早年和一些书法大家及名人的通信，记者来采访，说是借去扫描，迟迟不还，后来又找各种借口，说找不到了，父亲也不计较。多少年后，有朋友说那些信件拍卖起来值多少了。父亲只是笑笑说："情意也能拍卖吗？我不在乎这些，但是，当时应该复印几份，老了看看也好。"

唯一神秘的是父亲这个樟木柜子，其他抽屉都不上锁，唯独最下面的抽屉，常年紧锁着。搬过两次家，这旧柜子始终没有处理掉，抽屉也还是上着锁的。

她二十多岁的时候，有一次，父亲开过抽屉，电话铃响了，他去接电话，没来得及上锁。那个电话有点长，她就往里看，是一宗卷轴，她打开，是一幅竖版行书。年月久了，那纸已经发黄，还有了斑点。作品抄的是秋瑾的《黄海舟中日人索句并见日俄战争地图》："万里乘风去复来，只身东海挟春雷。忍看图画移颜色，肯使江山付劫灰。浊酒不销忧国泪，救时应仗出群才。拼将十万头颅血，须把乾坤力挽回。"她记住了"丙寅年馨兰学书"。那字写得真好，秀雅又极有风骨，字里行间都有着芝兰般的气息。

父亲的电话结束了。她慌忙装着翻书架上的书。父亲进来后又把抽屉锁了。

馨兰是谁呢？她把她知道的书法家，尤其是女书法家排了一遍，好像没有落款用馨兰的。看纸张，应该是非常旧了，那个"丙寅年"，应该是 1926 年吧，她总觉得，父亲的心里藏着秘密。

那天，她试探着问母亲，有没有一个叫"馨兰"的书法家。母亲满脸的惊讶："馨兰是你小姨读中学时给自己取的笔名，很少人知道，你怎么突然问起这个？"

原来是小姨。小姨是一位烈士。她出生时，小姨已经不在人世了。地方党史里有小姨的事迹，但非常简短。照片上的小姨戴着眼镜，秀气、文静。外公家是名门望族，但小姨很"叛逆"，中学时就参加革命，组织学生运动。后来，小姨去莫斯科留学，入了党，回来做地下工作。有时，她烫着头发，穿着华丽的旗袍，出入社交场所；有时又衣着邋遢，去菜场逛，跟别的家庭妇女打麻将。她获取了不少情报。可是，一次行动时小姨暴露了，被枪决了。当时她才二十二岁。

她怎么也没想到，小姨的字写得那么好。"你小姨的字，比现在一些所谓的书法家不知要强多少呢。她曾经在你父亲这里学过书法。如果她走的是学书法的路，现在肯定是高手。她十八岁时字就写得非常好了。你父亲说，他的学生，没有一个有这么高的悟性，她若坚持，前途无量。但是，她从小就崇拜巾帼女侠，秋瑾就是她的偶像。她说，国难当头，再没心思舞文弄墨。"

其实，母亲没告诉她的是，当年父亲和小姨互生爱恋。但碍于师生的名分，双方都没有表达。而且，小姨已经决定走革命的道路。父亲是一个旧式的知识分子，他那时想的就是怎么写好字，画好画。"你既然认准了这条路，以后就不会专门地学书了。你写一幅作品给我吧。"父亲说。于是，小姨去写了一幅作品。那幅作品，还是母亲看着她写的。小姨牺牲后的三年，父亲因为家里催婚，提出要史家的姑娘。于是，母亲就嫁入了这个家。

那幅作品，母亲是知道的，但是，从不提及，是怕父亲伤心。

她呢，隐隐感到一些什么，但是，也不提起。既然父亲锁得这么深，他肯定不愿别人知道。

这幅作品，成了三个人的秘密。

"你小姨的那幅字，让你父亲带走吧。"母亲说。

她连夜叫来了搞摄影的朋友，把字拍了下来。

多少年后，她也成为白发苍苍的老太太了。那天，十八岁的孙女拿了作品给她看。孙女是省书协最年轻的会员，人见人夸，说她是才女兼美女。"不要以为你的字写得很好了。你看看这照片上的字，这也是一个十八岁的姑娘的作品，你好好比一比。"她说。

原载《金山》2020年第3期

石书记的承诺

李伶伶

老肖在山上捡了一捆松枝，下山前又去看武建国。

老肖看到武建国的墓前放着鲜花和果品，知道石书记又来过了。老肖把松枝放下，把鲜花和果品重新摆摆，把墓碑周围新长出来的草铲了，然后坐下来陪武建国待一会儿。老肖经常这样陪着武建国，一陪就陪了三十多年。

日头偏西的时候，老肖背着松枝，拖着一条残腿回家了。他看到窗台上放着蔬菜、肉和点心，知道石书记也来看他了，没等到他又走了。老肖把东西拿进屋后，没有急着做晚饭，而是坐到炕上，看起了炕头墙上贴着的年历。墙上一排贴着四张年历，每张年历上印着一年十二个月的日期。从第一张的十月份开始，每个月份都有一个日子用油笔画了一个圈，那是石书记来看武建国的日子。老肖数了数，算上今天，正好三十个圈。没想到石书记能坚持这么长时间。

老肖在今天的日期上画完一个圈后才开始做晚饭。老肖家就他一个人，当年他结过婚，媳妇生孩子时难产大出血，孩子没保住，大人也一起去了。老肖很难过，后来就没再娶。当然，没娶的原因，不只是难过，还因为这里太穷了。岭上村山多地少，种地的收入仅够维持温饱，村里的姑娘留不住，村外的姑娘不进来，村里的人口越来越少，光棍却越来越多，全村只剩四十一户人家，像老肖这样的单身汉就有十来个。不过现在就剩他一个了，因为其他人都在石书记的动员下搬到山下了，听说这两年日子都好过了。

老肖也有点心痒，可是他舍不得武建国和他父母。当年抗洪抢险时，武建国为救他被洪水冲走，他在心里立下誓言，会一直陪着他，并代替武建国给他父母养老送终。退伍后，他来到武建国的老家岭上村，照顾武建国父母的生活。如今，武建国的父母已入土，他可以安心地离开了。可他就是放心不下，武建国的父母没有别的孩子，他也没有后人，想到将来连个给他们烧纸添土的人都没有，他就觉得对不起他们。

晚上，老肖躺在炕上翻来覆去睡不着觉，想完武建国又开始想石书记。老肖没想到石书记真是个说话算数的人，当初对他许下承诺，会经常来看武建国，还真做到了。如果以后他一直这样，他也不能太难为人家了，人家大老远的从县城来到大山里，就为让他们过上好日子。人家是来帮他的，他不能不知好歹。可是他也听说了，像他们这样的干部不会长期留在村里，干满三年就走了。他要是回到县城，还能来看武建国吗？再说，他的腿自从那天夜里给武建国父亲去山下找大夫摔瘸后，就干不动重体力活了，搬到山下又能做什么？还不如留在山上陪武建国。这么想着，老肖决定还是不搬。

老肖种地之余，就是守护埋有武建国和他父母的这座松林。松树大多是老肖栽的，山上土少石头多，树扎不下根，栽下十棵能活一棵就不错了。老肖栽了三十多年才活下来三百多棵，能有这片绿荫很不容易。

这天，老肖又来山上看武建国，看到石书记正把鲜花放在武建国的墓前。石书记没有一点儿当官的架子，在村里走东家串西家的都是一个人，从来不用人陪。老肖转身想走，被石书记叫住了。石书记说，你为什么总躲着我？老肖说，你不用白费口舌，我是不会搬走的。石书记说，村里就剩你一个人了，万一哪天你病了，都没人知道。老肖没说话。石书记说，老哥，我真是为你着想，你一个人在山上生活多不安全，如果武建国地下有知，他也不会同意你这么做的。老肖说，可是，把他们一家三口留在这里，我也不放心啊。石书记说，我跟你说过，我会经常来看他们的，我如果没有空，会让别人来的。老肖说，你马上就要离开这里了，等你走了，谁还听你的？石书记说，这事我已经交给你们村的书记了，他答应我，会来给武家人扫墓的。武建国是烈士，为烈士扫墓是我们应该做的，而且会一代一代地传下去。

听石书记这么说，老肖稍稍放下心，说，可是我这身体，我这腿，搬到山下又能干啥呢？石书记说，这个我早就替你想好了，你的腿不好，吃不了大力，养猪养鸡都不行，不过可以养鸽子。山下现在有养鸽户二十多家，每家最多养二百多对鸽子，已经形成了规模，每月都有人上门来收鸽子，饲料也送上门，鸽子价格这几年比较稳定，收入比地好多了，你还有什么可担心的？老肖说，你说的都挺好，可是我没钱买鸽子啊。石书记笑了，说，这个你不用担心，养鸽子的本钱村里帮你出，不过是借你的，将来你挣钱了，得还给村里。老肖也笑了，说，当然得还。

五年后，老肖成了岭下村最大的鸽子养殖户，不但住上了宽敞明亮的房子，还找了个老伴儿。已升任县委副书记的石书记来村里走访，老肖拽着石书记的手不肯放，非要请他吃饭。石书记看着老肖和村民们生活得这么好，觉得自己当年来这里当扶贫第一书记时，提议把岭上村整体搬迁到岭下的决定是对的。石书记说，饭就不吃了，我们一起去山上看看武建国吧。老肖听了，心里涌出一股暖流，石书记真是好人，这么长时间还没忘了武建国。

老肖哽咽着说不出话，把石书记的手握得更紧了。

原载《天池小小说》2020 年第 12 期

爷爷的盒子

尹小华

这天，我陪爷爷去医院做手术前，他郑重地把一个木盒子交给我说："把它保存好，等我死后再打开。"

爷爷这是在向我交代后事吗？我顿时酸楚起来。

已经有一段时间了，爷爷干咳，还发低烧、出虚汗……我劝爷爷去医院看看。他总说，伤风感冒，不要紧。可打那以后，我明显感到，爷爷的白发越来越多，背越来越驼，身体明显瘦了……有一天，我哭闹着拽着爷爷的胳膊，执意要带他去医院，爷爷这才告诉我，已经去过医院了，查出肺部长了不好的东西，需要切掉。

我要给在外打工的爹打电话，爷爷不让。我要给嫁在外地的姑姑打电话，爷爷也不让。理由是，不给他们添麻烦。

爷爷参过战，在一次战斗中，爷爷被炮弹炸伤，至今肉里还留着一颗钢钉，还有一块弹片距离爷爷的心脏只在毫厘之间。后来爷爷作为伤残军人，转业到市民政局，退休前是局长。

爷爷当局长时，基本上不顾家，爹技校毕业，先在一个工厂当技工，工厂倒闭后出外打工。姑姑上完高中就跟一个做服装的人去了外地。奶奶始终在农村种地，五十岁谢世。此后，爹和姑姑像是跟爷爷赌气一样，再也没回过家。

我只听说爷爷没退休前，每年都有大半年时间在乡下，越是逢年过节，越不着家。还有，爷爷下乡，多是徒步，他喜欢穿军用胶鞋，一年穿坏四五双，人称"胶鞋局长"。

我只记得小时候逢年过节，常有人携礼带物来看爷爷，爷爷总要折价付钱，如果不收钱，就让人家把礼物提回去。

我一天天长大，爷爷一天天衰老。

爷爷做手术的前一天晚上，我和他头挨脚躺在了一张病床上，我感到他的脚像冰一样寒冷。有那么一刻，我以为他死了，不由得抽泣起来。爷爷闻声，有意动动，示意他的存在。

爹和姑姑夜里赶来了，他们让值班护士把我叫到值班室，姑姑给了我一个鸡蛋灌饼，爹夸我长高了长大了。

我睡眼惺忪地看着他俩。

爹问："你知道有个木盒子放在什么地方吗？"

我立即将头扭向别处，好像他是专门奔着木盒子来的。

第二天，爷爷被推进手术室，但很快又被推了出来，这期间我不知道发生了什么。正在纳闷时，爷爷告诉我：原来诊断错了。我顿时高兴得跳起来。

爷爷办了出院手续。可在返回的路上，爷爷却不住地咳嗽，几次都差点背过气去，病情像是越来越严重了。我不知所措，只能给爷爷捶着背问："好些了吗爷爷？"

爷爷默默点点头，缓慢地说："其实，没有误诊，已经到了晚期，来不及了。"

我不由得哭出声来。

待我搀扶着爷爷艰难地回到家，发现衣柜、厨柜全敞着，所有桌子的抽屉也打开了，地上很杂乱，爹和姑姑正在家里胡乱翻腾着。

爷爷躺在床上微闭双眼，并没有理会他们。

爹和姑姑同时将我叫到另一屋："木盒子呢？"

这时，听见爷爷"啊"了一声。我快速跑过去，将爷爷抱在怀里，他好轻，好薄，呼吸渐渐变弱，身体在我怀里慢慢变凉……

爹和姑姑终于找到了木盒子，他俩相互看看，都示意对方打开。

时间寂静地流动着，最后还是爹颤抖着双手，小心翼翼地将木盒子打开了……

里面有一个包了几层的红绸子包裹，再层层剥开，显出一块弹片，明晃晃发着亮光，铜已经变成了暗红色。

还有一个十几人的名单，上面都是爷爷扶助的孤寡老人：无儿女、重病、呆傻……爷爷还附了说明："以上这些人，每人每月三百元，均在我抚恤金中支付……"

另有一份收养材料，上面标明，我是烈士的后代，父母在一次抗洪抢险中，为转移群众，双双被洪水吞没……

原载《红山晚报》2020 年 1 月 14 日

燃烧的冰

庞　滟

　　我考上了一所不知名的财经大学。枯燥无趣的专业让我百无聊赖，便利的上网条件让我迷上了网聊，经历了一场不想回头的情劫。

　　大二那年，我闯进了一个网名叫"燃烧的冰"的空间。我被里面的摄影图片牢牢迷住了：洁白晶莹的巍巍雪山，碧蓝透彻的天空和湖水，如诗如画的雾凇，闪动着机警的大眼睛的红狐狸。最吸引我的是他情真意切、柔情深藏的文章。我沉醉其间，流连忘返。

　　我付出不达目的不罢休的努力，留言要采访他。终于加上了"燃烧的冰"的聊天软件，他是一名军人，负责雪山上光缆传输的维护工作。

　　经过我一再的恳求，我才看他本人的照片——哇！好英俊的汉子，帅呆啦！比新潮明星威武不知多少倍……寝室的同学看到后，都狂呼不休地夸他，让我快马加鞭赶紧追到白马王子。说实话，起初我没想和他谈恋爱，只是少女追星的荷尔蒙膨胀而已。

　　他聊天如同打游击战，刚回复完我的留言，马上就要下去做巡查工作。后来，我习惯了与他闪电式的约会，有了更强烈的期待，如同细品一杯醇香绵长的酒，让人迷恋。

我问他，为什么叫"燃烧的冰"？冰一旦被燃烧，变成水蒸气就消失不见了呀。

他回答，我喜欢在寒冷中创造温暖，冰化了会变成水蒸气，变成雾凇，再落进雪里，融化后又成了冰。这是个神奇的过程，有着无数兴奋的期待和快乐。好比我的工作，用长长的光缆连接千家万户，里面跑着阳光。我维护了无数人的需求和快乐，比雪中的圣诞老人还有成就感。我喜欢军装上的星星。

心中一直隐藏着灰色忧伤的我，慢慢被这纯洁的快乐浸染，融化，再凝固，我感觉自己也成了透明的燃烧的冰，发出了蓝色火焰。

一天，他拍了一只大白兔的图片给我，说是巡查时捡到的，被鹰抓伤了。

我发去流口水的表情，嘻嘻哈哈地问他，打算怎样吃掉它，清蒸还是红烧？

他发来晕倒的表情，说我从来都不吃山上的野物，这些都是大自然赠予的陪伴我的伙伴。我经常救助一些小动物，等它们的伤养好了再还给大山。遇到受伤的动物，我一定会救的。任何生物都是通人性的，你对它好，它会感恩你。

如果有一天，我去找你，和狗熊一起摔下山崖，你会先救我吗？我问道，心中一阵隐痛。

他答，会先救你，但千万别来！这冰天雪地的，会冻坏女孩子。

望着窗外飘飞的雪花，看着他满屏的回复，我突然流泪了，孤独脆弱的心弦被他拨动，颤动出爱情的曲调。

好半天我才问：你什么时候能转业？我毕业了，希望你来我的城市工作。这里也有雪，有曾经皇帝留下的宫殿，我愿意做你的公主。

他沉默了好久才回复，对不起，可爱的妹妹，我只能做你哥哥。在这雪山上，我工作了六年，这是个没人愿意长久干下去的工作，来的新兵都忍受不了寒冷寂寞。我也许要做一棵扎根雪山的松树。今天这里正在下一场特大暴风雪，我要马上去巡查线路。

我不想你做我哥，要你做我的王子。他没有再回复我。

时间真慢啊，我等了他三天三夜，又七天七夜，他一直都没有上线。我急迫地拨去电话，一个陌生的声音回复了我，说他抢修光缆线时，摔下了山，一直昏迷不醒。

我再也不能等了，独自去了他那座高高的雪山。他陪伴了我三年的大学生活。现在，他生死未卜，我怎能弃之不顾呢！

当我被冻僵在通往雪山的路上时，一个藏族老妈妈救了我。在她家里，我看到了"燃烧的冰"的照片。老妈妈的女儿动情地说，兵哥哥已经脱离了生命危险，她会照顾好他，她想嫁给他。她带有高原红的脸蛋被爱燃烧得更红了。

我没有勇气再去见"燃烧的冰"，哭着离开了向往已久的雪山，把一场风花雪月埋葬在洁白的雪里，冻成一块长久不化的冰，上面闪耀着太阳和星星的光芒。

长发女孩的故事讲完了，她泪流满面，颤抖的身体像寒冷中的小鸟。窗外的雪花乘风而去，把女孩的故事带向了远方。

原载《天池小小说》2020年第8期

小八路

张　凯

抗战时期，他曾经威震四方。一次因脑梗死他住进重症监护室，最后奇迹般地挺了过来，但记忆几乎全部丧失，言语迟钝如同痴呆，走起路来东倒西歪。

一天傍晚，环卫工往垃圾车里倒垃圾时，垃圾落得满地都是，一转脸瞥见一位大爷坐在凉亭里，便对着他喊，大爷，帮我把落出来的垃圾扫扫。

"扫扫"是排长的命令！当年部队每到一个宿营地，排长就喊，小八路——然后指着宿营地说，快去把地扫扫！他精神一振，立正站好，行个军礼道，是！小八路遵命！！

他一听"扫扫"，脑子似乎清醒了，原来一边活动不便的胳膊和腿也轻松了很多，仿佛有使不完的劲儿。打这天起，他一看到垃圾车过来，便迟缓地行军礼，口齿含混来一句"小八路遵命"，然后拿起扫帚……

小八路病后还喜欢追电视剧，特别是抗日的电视剧。也不知道他是能看懂那些电视剧，还是只瞅着那些炮火连天的场面。有一天，他看到电视剧中小八路夹着炸药包，匍匐前去炸小鬼子的暗堡，呆滞的他仿佛接通强大的电流，神经终于被震醒了，他突然站起来大喊，英雄！英雄！！

有一回，他和小孙女一起比赛择菜，一阵雄壮高昂的国际歌声传来，他顿时一震，手里的菜滑落地上。他缓缓地庄严地站起身，扣好领口，扯正衣襟。此时，他那冷峻的脸上又现出出征时无所畏惧的神色，那坚定的目光，正气凛然，昂首挺胸，老泪纵横，朝着歌声走去……原来电视里正在播放一组战争年代的入党宣誓的镜头。他激动地拉着老伴儿的手说，我从今天起就是党员了！我要为党的事业奋斗终生！你也要努力做好妇救会工作，争取早日入党！

他终于记起当年入党时的情景。是的，是这样一面鲜红的党旗，是这样一间低矮的茅草房，是这样一个风雪凌霜的寒夜，他和两位同志在党旗下庄严宣誓。老伴儿一时也受了强烈的感染，惊喜交加，泪花闪闪。五十年前那个雪夜，正是眼前这样的情景，他的神色，他的言语和动作，一模一样！

他一个劲儿对儿子儿媳和小孙女说，我现在是共产党员了，你们也要跟共产党八路军走。这不就是当年跟自己兄弟姐妹们说过的话吗？老伴儿心里又悲又喜，一时心潮翻滚。

一天，吃过早饭，他和老伴儿上街去买菜，忽然发现前面围了一堆人。他硬是要挤上前去看，只见一个中年男人抓住一个小青年不放。小青年见对方不肯松手，拿出匕首，对中年男人就是一刀。他火了，怒眼圆睁。这不是还乡团的黑八吗？他大喝一声，黑八，你竟敢来这儿欺压百姓！他大骂着，扑上前，夺下匕首，揪住那家伙道，看你往哪儿跑！

原载《右江日报》2020 年 6 月 14 日